Les Chron

AU·BONHEUR·DES
MONSTRES

GRANDE AVENTURE IMPLIQUANT
BRICOLIAUX, RATS, SCÉLÉRATS
& AUTRES CRÉATURES

Nathan

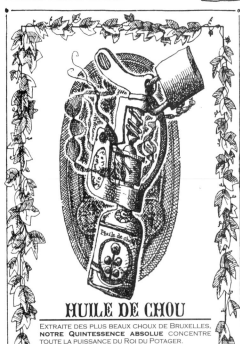

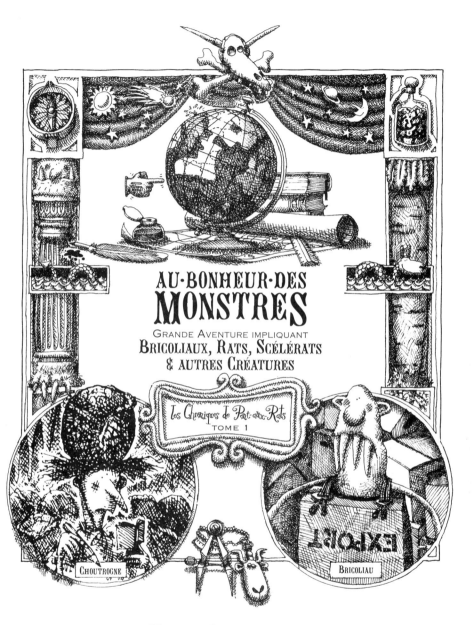

AU·BONHEUR·DES·MONSTRES

GRANDE AVENTURE IMPLIQUANT
BRICOLIAUX, RATS, SCÉLÉRATS
& AUTRES CRÉATURES

Les Chroniques de Pont-aux-Rats

TOME 1

TEXTE ET ILLUSTRATIONS

Alan Snow

TRADUCTION DE ROSE-MARIE VASSALLO

Textes et illustrations © Alan Snow 2005
Publié pour la première fois au Royaume-Uni en 2005
en anglais sous le titre *The Ratbridge Chronicles – Here be monsters !*

Traduction française © Éditions Nathan (Paris, France), 2008
Loi n° 49956 du 16 juillet 1949 sur les publications
destinées à la jeunesse
ISBN : 978-2-09-251552-5
N° éditeur : 10199987 – Dépôt légal : octobre 2013
Imprimé en France par CPI Aubin Imprimeur à Ligugé (Vienne)
N° d'impression 1309.0094

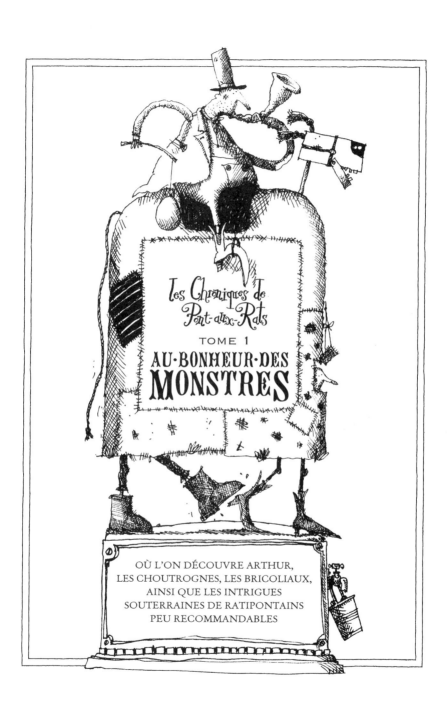

Les Chroniques de
Pont-aux-Rats

TOME 1

AU·BONHEUR·DES
MONSTRES

OÙ L'ON DÉCOUVRE ARTHUR,
LES CHOUTROGNES, LES BRICOLIAUX,
AINSI QUE LES INTRIGUES
SOUTERRAINES DE RATIPONTAINS
PEU RECOMMANDABLES

Pour Edward,
et un immense merci à tous ceux
qui m'ont soutenu en chemin

TAXONOMIE DE JOHNSON
TROLLS ET AUTRES CRÉATURES

Aardvark

L'aardvark figure invariablement en tête de liste sur tout inventaire alphabétique de créatures. Hors cette particularité, il n'a pas grand-chose à faire ici.

Affiliés (les)

Nom donné aux membres de la très nébuleuse Guilde Fromagère Ratipontaine, officiellement dissoute depuis le Grand Krach Fromager. Véritable association de scélérats, cette confrérie n'avait d'autre but que de trafiquer les cours du marché et tricher sur la qualité des produits à base de caséine et de lactose.

Bon-papa (William)

Tuteur et gardien d'Arthur, Bon-papa vit sous terre depuis de longues années, au creux d'une caverne aménagée où il s'adonne à sa passion, l'ingénierie mécanique. L'humidité du lieu s'ajoutant à l'âge, Bon-papa est quelque peu perclus de rhumatismes ; de temps à autre, son humeur s'en ressent.

Blaireau courvite, alias « courvite »

Aussi véloce sur ses pattes d'échassier que l'oiseau du même nom, cet animal se range parmi les pires créatures au monde. Avec son tempérament hargneux, sa phénoménale vitesse de pointe et ses crocs en lames de rasoir, le blaireau courvite est aussi dangereux que détestable. Seule sa puanteur naturelle trahit son approche, quoique hélas ! souvent bien trop tard.

Bricoliau

Mi-troll, mi-gobelin, c'est un être d'une grande timidité, au point de passer sa vie sous la carapace d'un carton – de ces cartons vides qu'on trouve empilés à l'arrière des magasins. Le gros défaut du bricoliau est sa passion pour la mécanique. N'ayant aucun sens de la propriété, les bricoliaux font main basse sur tout ce qui n'est pas vissé, collé, cloué – et même sur ce qui l'est ! La prudence recommande de ne jamais, jamais laisser traîner d'outils à portée de bricoliau.

Choutrogne

Le choutrogne vit dans les profondeurs de la terre, où il semblerait qu'il s'active sans relâche à des tâches maraîchères. À vrai dire, on dispose de peu d'informations sur les choutrognes, hormis leur prédilection marquée pour tout ce qui appartient à la famille du chou et autres Brassicacées.

Corbeau (freux)

Le corbeau freux est un oiseau d'une rare intelligence, qui s'accommode sans difficulté des milieux les plus divers. Les freux sont notoirement plus honnêtes que leurs cousines les pies. Ils apprécient les mets variés, ainsi qu'une plaisante compagnie. Eux-mêmes appréciés en général en société, du moins tant qu'on ne leur confie pas le rôle d'animateur. En effet, malgré leur esprit, les freux ne brillent pas par leur bon goût – ni dans le choix de la musique, ni dans celui des sujets de conversation.

Fromage (sauvage)

En Grande-Brittanie, c'est dans les marécages que vivent les fromages sauvages – à l'inverse de leurs cousins franciais, qui se plaisent plutôt dans les caves. Ce sont des créatures craintives, se nourrissant d'herbe tendre qu'elles ne broutent que de nuit, dans les prés et les bois. D'un intellect très limité, le fromage sauvage tend à paniquer à la moindre alerte. Ce détail en fait une proie facile pour les chasseurs : il est plus aisé de capturer qu'un mouton mort.

CENSURÉ

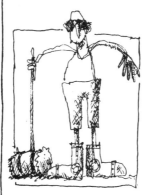

Homme aux chaussettes de fer

Personnage aussi mystérieux que sombre, il semble avoir été la terreur, naguère, des membres de la défunte Guilde Fromagère. Il serait détenteur d'un ténébreux secret, ainsi que d'une arme redoutable : une escrabugne avec laquelle il se plaît à escrabugner un peu tout. Mais sa langue bien pendue est non moins redoutée, d'autant qu'il a l'esprit vif et mordant. Reste à savoir pourquoi il est chaussé de fer.

Lapins

Mammifères bondissants au poil laineux et doux, les lapins raffolent de légumes tendres et de familles nombreuses. Ils font d'excellents parents, quoique sans doute pas des plus futés.

Lapinelles

On désigne sous ce nom des créatures mythiques dont on sait fort peu, si ce n'est qu'elles sont censées vivre en compagnie des lapins et que, pour se vêtir, elles filent la laine de ces mêmes lapins.

Rat

Unanimement classé parmi les plus intelligents des rongeurs, le rat surpasse également sur ce point la majeure partie des humains. Son goût pour les voyages est notoire, ainsi que son aisance à s'adapter à tout. Les rats vivent souvent en relation étroite avec les hommes, parfois à leurs crochets, parfois en association à bénéfices mutuels.

Vache aquatique

Nom populaire de la vache marine d'eau douce, créature apparentée au lamantin et vivant dans les rivières souterraines et les collecteurs d'eaux pluviales de certaines villes de l'Ouest. De taille imposante, mais d'un naturel docile et doux, la vache d'eau douce est purement végétarienne et se révèle excellente mère.

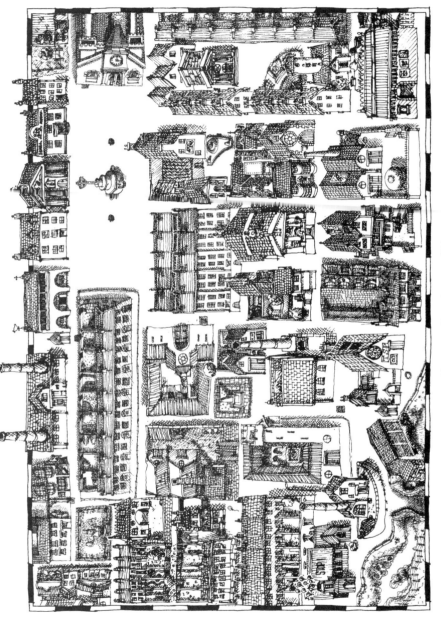

Pont-aux-Rats (centre-ville)

Pont-aux-Rats

Chapitre 1
À L'AIR LIBRE

C'était un soir d'automne, un dimanche. Pont-aux-Rats somnolait, baignée d'argent sous la lune. Une averse en fin de journée avait lavé l'air des fumées qui, d'ordinaire, flottaient sur la ville et, dans les rues désertes, les cheminées d'usine projetaient leurs ombres longues sur les flaques d'eau douteuse. La ville s'assoupissait.

Au creux d'une ruelle, derrière la grand-rue, une lourde plaque d'égout luisait au ras des pavés.

Soudain, la plaque de fonte remua, comme sous une poussée invisible. Elle se souleva de biais – juste un peu – et deux yeux brillants inspectèrent la ruelle. Puis la plaque se souleva franchement et glissa de côté,

Deux yeux brillants inspectèrent la ruelle.

tout doux. Alors émergea du trou une tête de gamin hirsute, coiffé d'un bonnet-casque dont jaillissaient en tous sens neuf ou dix antennes au moins. Le garçon jeta un regard à la ronde, puis il ferma les yeux pour mieux tendre l'oreille.

Silence ; silence absolu. Un chien aboya au loin, un écho répondit, puis le silence revint. Le garçon rouvrit les yeux et s'extirpa du trou. Il était étrangement vêtu, en plus de son bonnet à antennes : un long gilet de tricot en grosse corde lui battait les talons, par-dessus une sorte de combinaison en toile à sac. Il avait les pieds emmaillotés de chiffons maintenus par de la ficelle.

Mais le plus insolite était l'attirail fixé par des brides à son buste gracile : sur l'estomac, un coffret de bois, avec deux boutons de cuivre et une molette, plus une manivelle sur le côté ; dans son dos, une sorte de paire d'ailes repliées, en cuir, avec une armature de bois et de laiton, le tout relié au coffret par un flexible de métal.

Avec précaution, le garçon remit la plaque de fonte en place, puis il tira de sa chemise une sorte de petit pantin vêtu comme lui, l'approcha de ses lèvres et murmura : « Bon-papa ? Je suis en haut ! Mais je vais devoir faire les jardins, ce soir. On est dimanche, tout est fermé. Les poubelles de l'auberge vont être vides. »

Il se tut, les yeux fixés sur le pantin. Il y eut un léger bruit de friture, puis un filet de voix nasilla : « Bon, mais sois prudent, hein, Arthur ! Et ne prends que dans les grands jardins. Et seulement s'ils sont bien garnis. Des tas de gens n'ont que leur lopin de terre pour vivre, ne l'oublie pas. »

Arthur sourit ; ces mots lui étaient familiers. « Ne t'en fais pas. Je prendrai juste ce qu'il faut. Et je serai très prudent. À tout de suite, Bon-papa ! »

« Bon-papa ? Je suis en haut ! »

Il rangea le pantin et, d'une main exercée, se mit à tourner la manivelle de son engin, lentement, comme on remonte une horloge. Un grésillement d'insecte s'éleva du mécanisme. Deux minutes durant, Arthur actionna cette manivelle, s'interrompant une fois pour se délasser le poignet. Puis une clochette tinta dans les rouages et il s'arrêta. Il inspecta les alentours, plia les genoux, pressa un bouton. Ses ailes se déployèrent sans bruit. Il pressa l'autre bouton et sauta bien haut. Toujours sans bruit, ses ailes se rabattirent, repoussant l'air. Puis elles se replièrent en remontant vivement et ramèrent de nouveau vers le bas. Par ces battements, elles maintenaient Arthur en l'air et le soulevaient peu à peu. Il tourna la molette d'un cran et s'inclina vers l'avant, montant toujours. Il eut une petite bouffée d'ivresse, comme chaque fois... Il volait.

Il commença par longer la ruelle, attentif à ne pas dépasser de la crête des murs. Parvenu à un coude, il

Il tourna la molette d'un cran.

prit de l'altitude et se coula dans la vallée en V entre les toits jumeaux d'une fabrique. Il avait ses itinéraires à lui, bien à l'abri des regards, et ne s'en écartait pas ; il savait où il allait. Par les nuits sans lune ou noyées de brume, tout était plus facile ; mais ce soir-là, la lune était pleine et le temps clair. Deux fois déjà, en pareil cas, il s'était fait repérer, chaque fois par un enfant qui avait soulevé un rideau au mauvais moment. Il s'en était tiré à bon compte, nul n'ayant voulu croire qu'un gros lutin ailé venait de passer à travers ciel, mais ce n'était pas une raison pour prendre des risques.

Il volait.

Un cheval piaffa et hennit.

Le vallon entre les toits prit fin. Arthur redescendit un peu et survola une cour d'écurie. Un cheval piaffa et hennit. Oups! D'un coup d'ailes, Arthur reprit de l'altitude. Au fond de la cour, il s'éleva encore pour franchir une grille de fer aux barreaux couronnés de piques. Puis il traversa une allée déserte et s'enfila dans une autre ruelle, volant entre les murs aveugles de bâtiments qui se tournaient le dos. Au bout de cette coulée, il se mit en vol stationnaire. Devant lui se dressait un haut mur d'enceinte. Tournant la molette d'un demi-cran, il s'éleva en douceur, juste assez pour jeter un regard par-dessus la crête. Il y avait là-derrière un très grand potager, zébré de la lumière qui tombait des

fenêtres d'un petit manoir, sur la droite. Arthur inspecta la façade. D'une lucarne entrouverte lui parvenaient des éclats de voix paisibles… et un cliquetis de dominos.

Parfait ! se dit Arthur, ils sont bien occupés. Il scruta le jardin et la serre adossée, tout au fond. Une dernière fois, il examina les fenêtres éclairées, puis reprit un peu d'altitude, franchit le mur en souplesse et mit le cap sur la serre, par-dessus les rais de lumière en provenance de la demeure.

Il atterrit au fond du jardin, sans bruit, face à l'entrée de la serre. Là, repliant ses ailes, il coupa le moteur et poussa la porte. Une bouffée odorante et tiède l'assaillit, mélange de senteurs végétales – certaines familières, d'autres non.

Des formes feuillues peuplaient l'abri de verre, certaines ondulant au plafond, d'autres escaladant des fils presque invisibles, les plus drues courant au sol. Arthur reconnut les pieds de tomate à leur odeur, et le raisin aux silhouettes des grappes. Mais c'est à peine s'il leur accorda un regard. Il allait droit vers une forme haute, contre la paroi du fond, une forme qui ressemblait à un arbre, avec un tronc nu, couronné de feuilles démesurées. Sous les feuilles pendait quelque chose – comme une grappe d'araignées géantes jouant à cochon pendu : un régime de bananes, un gros. Et hmm ! qu'il sentait bon, de près ! À vous donner le tournis.

Des bananes… Arthur crut défaillir. Vite ! il en arracha une, l'éplucha, l'engloutit en trois bouchées. Il se retourna vers la grande demeure, là-bas, derrière le vitrage. Apparemment, rien n'avait bougé. Rendant son attention aux bananes, il sortit de sa poche un filet à provisions et tira un bon coup sur l'ensemble.

Comme une grappe d'araignées géantes jouant à cochon pendu.

Mais un régime entier offre plus de résistance qu'un fruit unique, et il dut insister. Un craquement sourd et fibreux se fit entendre ; pourtant, le régime refusait de céder ! Alors, Arthur s'y suspendit de tout son poids. Il y eut un claquement sec et le garçon se retrouva par terre, les bananes sur le ventre. Le bananier se redressa comme un ressort et ses feuilles fouettèrent le vitrage avec un *cling !* retentissant, qui laissa le verre intact mais brisa le silence de la nuit.

Du côté de la maison, une voix lança : « Hé mais ! y a quèque chose dans la serre ! »

Arthur sauta sur ses pieds et scruta le jardin à travers le vitrage. Personne en vue – pas encore. Fiévreusement, il se hâta d'arracher des bananes à pleines mains et de les fourrer dans son filet. Puis une porte claqua, là-bas. Alors, son butin à l'épaule, Arthur se jeta dehors.

Une silhouette fonçait droit vers lui sous la lune, celle d'une très grosse dame armée d'un très long bâton, et qui enjambait à vive allure les poireaux et choux-fleurs. Arthur se rua au pied du mur, il actionna boutons,

Une très grosse dame armée d'un très long bâton...

molette, sauta en l'air... Ses ailes battirent vaillamment, mais sans le soulever. Il retomba sur ses pieds et, en un éclair, il comprit : les bananes ! Elles pesaient lourd. Vite, il fallait rectifier le réglage.

D'une main, sans lâcher le précieux filet, il ajusta la molette. Ses ailes prirent de la vitesse, à en devenir presque invisibles. À la seconde même où sa poursuivante fondait sur lui comme un rapace, il s'éleva à la verticale, échappant à la grande main crochue. Furibonde, la bonne femme brandit son bâton – à temps pour en flanquer un bon coup sur les ailes d'Arthur et déséquilibrer son vol.

« Petite vermine ! Veux-tu bien redescendre et me
rendre ce que tu as pris ? »

Mais Arthur, en catastrophe, s'agrippa à la crête du
mur et parvint à se hisser dessus. À deux doigts de ses
orteils, le bâton fouettait le vide. En hâte, il redressa
ses ailes et décolla du mur, escorté d'une bordée
d'injures.

Il en avait le cœur chaviré. Chercher pitance la nuit
était toujours risqué, y compris se contenter de « faire
les poubelles », mais jamais il n'avait été aussi près de
la catastrophe. Il tremblait tant qu'il résolut de rentrer par un chemin plus sûr. D'ailleurs, une petite halte
dans un endroit tranquille serait la bienvenue…

Si seulement nous pouvions vivre à l'air libre, comme
tout le monde ! songeait Arthur pour la énième fois
tout en serpentant à travers la ville endormie, par-dessus
les toits, les terrains vagues et les jardins à l'abandon.
Il arriva enfin au Castel Fromager, à l'abandon aussi. Là,
il ne risquait pas de mauvaise rencontre.

Le Castel avait été naguère le plus fier bâtiment de
la ville, dominé seulement par une ou deux cheminées
de fabrique. Il avait hébergé, en son temps, la Guilde
Fromagère Ratipontaine. Puis l'industrie du fromage
avait périclité, la Guilde et tous ses membres s'étaient
retrouvés ruinés. Le Castel désaffecté n'offrait plus
aux regards que ses fenêtres aveuglées de planches.
Quant aux statues dorées qui avaient jadis toisé la ville
entière, elles étaient à présent noires de suie – de cette
suie qui avait tout pollué, et précipité la ruine de l'industrie fromagère.

Arthur alla se poser au pied de la petite coupole
qui coiffait l'édifice et se glissa entre deux statues. Là,
reprenant haleine, il s'avisa que, peut-être, il ferait bien

Le Castel Fromager

d'inspecter ses ailes. Elles avaient reçu un méchant coup. Et s'il y avait du dégât ? D'un autre côté, ce perchoir était bien étroit pour une opération aussi délicate. D'ailleurs, ses ailes n'avaient pas donné signe de faiblesse...

Il en était là de ses réflexions lorsqu'il perçut un bruit au loin. C'était comme un bêlement déchirant, affaibli par la distance. Il prêta l'oreille, intrigué. Mais il n'y avait plus rien à entendre.

Peu après, rasséréné, Arthur cala ses bananes derrière une statue et, d'un coup d'ailes, gagna le meilleur poste d'observation de la ville : le sommet de la coupole du Castel, ou plutôt l'étroite plate-forme dont fusait la girouette faisant paratonnerre.

De là-haut, Arthur avait vue sur la ville entière et sur la campagne alentour. À ses pieds s'étendait un océan de toits et de cheminées. Au-delà moutonnaient les champs et les bois. Mais… qu'était donc ce cortège, là-bas, sous la lune ? On aurait dit des chevaux… des chevaux étrangement patauds, à la poursuite de quelque chose !

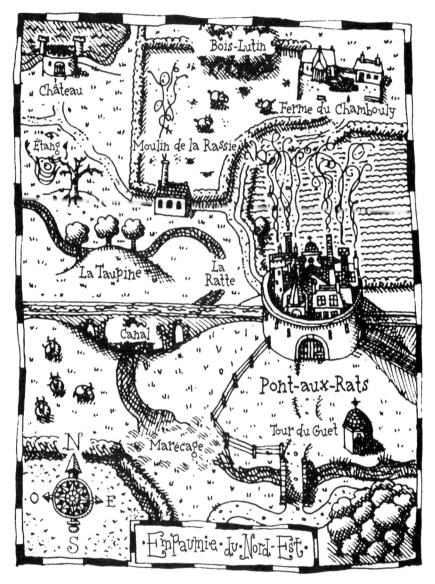

Empaumie du Nord-Est (comté d')

Trois gros fromages jaillirent des fourrés.

Chapitre 2

CHASSE À COURRE

De son poste d'observation, Arthur avait l'image sans le son. Sur place, c'était une cacophonie : grattements, bêlements, grognements mêlés et, plus insolite encore, un son évoquant la cornemuse – ou plutôt le son qu'aurait produit une cornemuse étouffée sous une couverture. Le tout se concentrait à l'orée d'une clairière inondée de lune, et c'est là que, soudain, jaillirent des fourrés trois gros fromages qui couraient comme des dératés, aussi vite que leurs pattes voulaient bien les porter. Bêlant de panique, ils traversèrent la clairière d'une trotte pour redisparaître de l'autre côté et, l'espace d'un instant, il n'y eut plus rien à voir.

Puis les broussailles frémirent de nouveau, là où les fromages avaient surgi, et, avec d'odieux grognements, une meute de chiens courants débola dans la clairière. C'était un assortiment de corniauds, de tout poil et tous calibres, chacun portant muselière et chacun zigzaguant, truffe à terre, écumant sous son bâillon. Un petit cabot rondouillard, entre saucisson à pattes et

rince-bouteille, reniflait plus fort à lui seul que tous les autres réunis. Soudain, avec un râle, il partit comme une flèche sur la piste des fromages. Toute la meute suivit.

C'était un assortiment de corniauds, de tout poil et tous calibres.

L'étrange plainte de cornemuse se rapprochait, doublée de cris vaguement humains. Des branches craquèrent dans les broussailles et une créature indescriptible surgit à son tour dans la clairière. Quatre pattes maigres soutenaient une sorte de canot renversé, fait de bouts de toile à sac rapiécés. À l'avant saillait une tête en forme de boîte à chaussures sur laquelle était dessinée – grossièrement – une tête de cheval. Le gros bonhomme furibond qui chevauchait cette monture poussa un beuglement : « Crédié ! Où sont-y passés ? »

Un bras émergea de la toile à sac et désigna l'autre bout de la clairière. Le cavalier saisit son cor – fait de quelque os de chameau – et souffla dedans avec ardeur, envoyant à tous les échos sa complainte de cornemuse agonisante. Sur ce, d'un poing féroce, il frappa la croupe de sa monture.

« Hummgiff Gumminn Hoofff ! » gémit la bête.

Un gros bonhomme furibond chevauchait cette monture.

Mais elle se remit en marche, cahin-caha, accélérant le pas sous un second coup de poing. D'autres hommes perchés sur le même type de monture surgirent peu après, à l'appel du cor, juste à temps pour voir le maître d'équipage disparaître à l'autre bout de la clairière. Eux aussi frappaient leurs montures, avec des « Taïaut ! » qui couvraient mal les plaintes des infortunées créatures.

Soudain, la bête qui fermait la marche immobilisa ses jambes de devant. Son train arrière, pris de court, alla trébucher dedans. Un « Oupch ! » s'échappa du ventre, et une tête rougeaude émergea à l'avant, qui se tordit le cou pour apostropher le cavalier :

« Bon, ça suffit, Merluche ! À moi de monter en selle, maintenant !

— Mais j'y suis seulement depuis qu'on est dans les bois ! Alors que t'as eu tous les champs ! »

Une deuxième tête surgit côté croupe et renchérit :

Une tête rougeaude émergea à l'avant.

«C'est vrai, ça! Mais toi, Grichouille, t'as voulu nous faire sauter cette barrière…

— En tout cas, moi, j'arrête! reprit la tête à l'avant. Si on se fait enguirlander parce qu'on traîne, je dirai que c'est votre faute à tous les deux.

— Bon, bon!» maugréa le cavalier.

Il mit pied à terre et retira veste et haut-de-forme, tandis que la monture se dépiautait de son harnachement, révélant deux messieurs par-dessous. Le premier

La monture se dépiauta, révélant deux messieurs par-dessous.

se défit du harnais, l'ancien cavalier prit sa place. Le cheval ainsi reformé s'agenouilla et le nouveau cavalier, avec veste et chapeau, se mit en selle lourdement.

« Et va pas nous faire sauter le ruisseau, hein ! prévint l'arrière de sa monture.

— D'accord, mais grouillez-vous, qu'on rattrape les autres ! Vous savez ce qu'on risque à traîner ! »

Et, cueillant une branchette, il l'abattit sur la bête. Avec un petit cri, un juron, celle-ci partit au trot. Le silence se referma sur la clairière.

Peu après, un curieux cortège déboulait du couvert. Les fromages aux abois émergèrent les premiers, les chiens surexcités à leurs trousses, suivis des chasseurs sur leurs chevaux douteux. Sitôt le gibier en vue, les chiens emplirent la nuit de leurs hurlements – bâillonnés mais frénétiques. Fous de terreur, les fromages couraient ventre à terre. Mais les chiens gagnaient du terrain et les bêlements se faisaient éperdus…

Puis le chef de meute passa à l'attaque. Le plus petit fromage, à la traîne, était une proie facile. D'un bond, le grand chien abattit sur lui ses longues pattes de devant.

Avec un petit cri, un juron, la bête partit au trot.

Un curieux cortège

L'infortuné frometon, bêlant et gémissant, tenta de se libérer, mais ses pattes se dérobèrent sous lui et il s'écroula dans l'herbe. De sa grosse truffe muselée, le chien le fit rouler sur le flanc, puis il l'immobilisa entre ses pattes. La meute passa en trombe, poursuivant le gibier en fuite, mais deux ou trois cabots crurent devoir s'attarder un peu, histoire de terroriser le captif.

Puis le chef de meute passa à l'attaque.

Alors le maître d'équipage, débouchant à son tour sur sa monture branlante, les fit déguerpir illico à grands coups de cor sur les arrière-trains.

« Ouste, clébards à la mie de pain ! Au boulot, non mais ! Fayot, occupe-toi de ce fromage !

— Bien, Maître ! » répondit un cavalier bedonnant, sur les talons du maître d'équipage.

Il mit pied à terre et jeta un croûton au grand chien afin de le distraire. Puis, immobilisant le jeune fromage sous sa botte, il tira une corde de sa poche et en noua un bout à une cheville du captif. Après quoi, tenant l'autre bout, il remonta en selle.

Fayot s'occupant du chien et du gibier

« En route, les gars ! dit-il à sa monture. Plus qu'à rentrer sans se fatiguer.

— "Sans se fatiguer, sans se fatiguer" ! Pour toi peut-être ! protesta une voix étouffée, sous la selle. Pour nous, ça fait encore une trotte ! »

Ils se mirent en chemin néanmoins, le fromage captif en remorque. La chasse était déjà loin, et les pleurs du gibier aux abois avaient laissé place à un silence résigné.

Le Castel Fromager

Il sortit son pantin.

Chapitre 3

MAIS QUI DONC ?

Depuis la coupole haut perchée, Arthur avait tout vu, ou presque. Le cortège, à présent, se rapprochait de Pont-aux-Rats et le jeune garçon distinguait mieux les silhouettes cheminant sous la lune. Au bout d'un moment, incrédule, il comprit : c'était une chasse au fromage !

Il sortit son pantin, le porta à ses lèvres. « Bon-papa ! Bon-papa ? C'est Arthur. Tu m'entends ? »

Il y eut un grésillement, puis la voix familière répondit : « Oui, Arthur. Qu'est-ce qui se passe ?

— Je crois que je… je viens d'assister à une chasse au fromage ! »

Il y eut un silence, puis le grand-père reprit : « Tu es sûr ? C'est totalement illégal. Où es-tu donc ?

— Au Castel Fromager. Tout en haut, sur le toit. J'ai eu… » Mais mieux valait ne pas alarmer Bon-papa. « … un peu envie de me reposer. Je t'assure, c'est une chasse au fromage. Avec des cavaliers, des chiens et des fromages capturés.

— Mais c'est interdit ! Et cruel, en plus ! Et… tu es certain que ce sont des cavaliers ?

— Oui, Bon-papa. Pourquoi ?

— Parce que tous les chevaux de chasse ont été vendus à la fabrique de glu après le Grand Krach Fromager.

« On dirait bien des chevaux, pourtant… »

— On dirait bien des chevaux, pourtant… Même si… je les trouve un peu bizarres.

— Bizarres comment ?

— Une drôle d'allure. Même d'aussi loin, ça se voit. À ton avis, qui peut faire ça ?

— Je n'en sais trop rien, Arthur. Où sont-ils, maintenant ? Les vois-tu encore ?

— Oui. Ils approchent de la porte Ouest.

— Ah ! Donc, ils sont d'ici… Il faudrait découvrir qui se livre à ce petit jeu, pour tâcher d'y mettre fin. Dis-moi, pourrais-tu essayer d'aller voir de plus près, en te cachant bien ?

— Je pense, oui, dit Arthur, soudain émoustillé.

— Reste au ras des toits et vois si tu peux les suivre. » Bon-papa se tut un instant. « Mais surtout, pas d'imprudence, hein ?

— Sois tranquille.

— Et dès que tu as du nouveau, tu me rappelles.

— Entendu ! À tout à l'heure. Oh ! et j'oubliais, Bon-papa : j'ai des bananes !

— Des bananes ? Hmm... Je n'ai rien contre. »

Arthur rangea le pantin et, d'une main décidée, remonta le ressort de ses ailes.

Un peu d'aventure, de la vraie ! Il n'avait rien contre non plus.

La chasse au fromage est interdite !

Il tira de sa redingote une énorme clé de fer.

Chapitre 4

AUTRE GIBIER

La chasse au grand complet atteignait la porte Ouest. Au total, les fromages capturés n'étaient pas moins de neuf, et les chiens épuisés tiraient la langue à l'envi, enfin délivrés de leurs muselières.

Devant le grand portail de bois clouté, le maître d'équipage, un certain Grapnard, immobilisa sa monture et, tirant de sa redingote une énorme clé, la fit tourner dans la serrure. Alors, le cavalier à sa suite – le dénommé Grichouille – mit pied à terre et, soufflant comme une baleine, poussa le lourd battant.

Depuis un toit voisin, le nez au ras d'une corniche, Arthur épiait la scène. Dans la rue en contrebas, l'équipage sinuait en long cortège, spectacle à donner le frisson. Sur de hideux quadrupèdes chevauchaient de hideux bonshommes, tous coiffés de chapeaux très hauts, suivis d'une meute de chiens crapoteux qui haletaient comme un troupeau de phoques. Par-derrière, à peine visibles, de malheureux fromages traînaient la patte, à bout de forces, chacun attaché à une corde.

Arthur épiait la scène.

Soudain, l'un d'eux, trébuchant sur un pavé, bêla à fendre l'âme.

« Fermez-lui le bec, bon sang ! siffla Grapnard. Il va nous faire repérer. »

Un cavalier jeta sur le fauteur de troubles un vieux sac à patates et le cortège poursuivit sa route.

Arthur rampa le long de la corniche jusqu'à l'extrémité du bâtiment. Une simple ruelle le séparait du bâtiment voisin. Il pressa sur un bouton et s'éleva sans

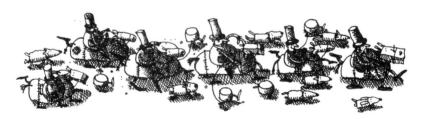

Le cortège poursuivit sa route.

bruit, visant le toit d'en face. Il était fier de lui : quel espion il faisait ! Il n'oubliait qu'une chose : la position de la lune. Et son ombre, au passage, jeta un éclair sombre sur la rue.

Les fromages sauvages ont de nombreux prédateurs, mais leur terreur est le busard fromagivore. Tout ce qui ressemble, de près ou de loin, à une grande paire d'ailes en vol suffit à les épouvanter. L'ombre d'Arthur passant sur eux leur fit perdre la tête – et ce fut un cataclysme.

L'ombre d'Arthur passant sur eux leur fit perdre la tête.

L'un des fromages poussa un cri. Les autres sautèrent comme des puces, échappant aux mains des cavaliers, et se jetèrent entre les pattes des montures. Deux de celles-ci s'effondrèrent, les quatre fers en l'air, leurs cavaliers mordant la poussière. Les cavaliers suivants, emportés par l'élan, vinrent s'écrouler dessus. Alors les chiens démuselés entreprirent de mordre tout ce qui dépassait, déclenchant une tempête de jurons étouffés. Dans ce tourbillon, seul restait debout Grapnard sur sa bête. Du coin de l'œil, il aperçut Arthur dans les airs.

Et tous se retrouvèrent les quatre fers en l'air.

« Mais mais mais… ? » marmotta-t-il, d'un ton de curiosité diabolique.

Arthur, en plein vol, se retourna pour voir – et ce geste brusque révéla ce qu'il ignorait encore : le bâton de la dame aux bananes avait bel et bien esquinté ses ailes, pour finir.

Il y eut un claquement sec, une secousse… et Arthur se sentit descendre. Il tombait ! Pris d'horreur, il tourna la molette un grand coup. Peine perdue ; il continuait de descendre. Son aile droite, hors d'usage, pendait comme un drapeau en berne. Et Grapnard amenait sa monture droit sous lui ! Avec l'énergie du désespoir, Arthur tourna sa manivelle. L'aile encore vaillante battit tant qu'elle put. Arthur moulina plus fort. Sa descente s'arrêta… juste au-dessus du nez de Grapnard.

Et Arthur moulinait, moulinait. Il sentit qu'on lui empoignait la cheville. Il tenta de se dégager. Un ricanement monta vers lui.

« Hé hé ! Ingénieux, ce petit appareil ! Toujours rêvé de voler, moi aussi.

— Lâchez-moi ! s'étrangla Arthur.

… juste au-dessus du nez de Grapnard.

— Tu veux rire ?» répondit l'autre, tirant un bon coup sur sa cheville.

Arthur pivota malgré lui et *zouip !* la pointe de son aile inerte alla se planter dans l'œil de l'agresseur.

« Aaaaaaïe !» hurla Grapnard, lâchant la cheville du captif pour porter la main à son œil.

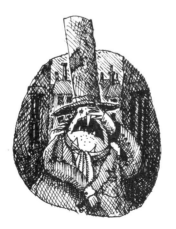

« Aaaaaaïe !»

Aussitôt, Arthur reprit un peu d'altitude. Moulinant à mort, il repoussa du pied le mur voisin, relançant son vol le long de la ruelle. Derrière lui, Grapnard sifflait : « Allez, les chiens ! Kss ! Kss ! Attrapez-moi cette vermine ! »

Mais Arthur avait beau mouliner à tour de bras, il voyait bien que jamais il ne s'élèverait assez pour prendre la fuite par les toits : son aile unique le maintenait tout juste à quelques pieds au-dessus du sol. Pour regagner sa plaque d'égout, songeait-il avec fièvre, il ne pouvait compter que sur ses jambes. La meute, à présent, claquait des mâchoires au ras de ses talons, et il avait fort à faire pour rester hors de portée.

Devant lui, la ruelle se perdait dans la pénombre. Un passage voûté s'ouvrait là. Arthur s'y engouffra,

La meute claquait des mâchoires au ras de ses talons.

se retrouva dans une cour pavée baignée de lune... et eut un sursaut de joie : il savait où il était ! Derrière le mur du fond, là-bas, c'était sa ruelle de départ, avec la bouche d'égout permettant de rentrer chez lui. Si ses ailes voulaient bien tenir jusque-là...

Le mur qui le séparait de la ruelle familière dépassait à peine son altitude de vol. Le franchir devait être possible. Mais les aboiements redoublaient. D'une main, Arthur moulinait ; de l'autre, il maintenait sa molette à la puissance maximum, se concentrant sur ce mur à franchir.

Il fit face aux gueules écumantes.

Hélas ! la dernière aile valide n'en pouvait plus. Avec un craquement éloquent, le cuir s'arracha de l'armature. Arthur jeta les bras en avant, tenta de s'accrocher au mur... Raté. Il tombait. Et les chiens fromagiers l'attendaient en bas. Sitôt à terre, il se retourna pour faire face aux gueules écumantes. Il avait perdu d'avance.

Pourtant, les chiens gardaient leurs distances, impressionnés peut-être par ce fantôme d'aile qui battait encore. Une seconde ou deux, Arthur reprit espoir : allait-il tenir tête à l'assaillant ? Mais le mécanisme crachouilla, et le vestige d'aile se figea. Aussitôt, les chiens se répartirent en demi-cercle face à Arthur, grondant, montrant les dents, attendant l'instant propice. Éperdu, Arthur arracha de son dos une arête d'aile et la brandit devant lui, comme pour embrocher le premier chien qui ferait mine d'avancer. Mais lorsqu'il pointait son arme à droite, la meute avançait sur la gauche et vice versa. Il avisa un baril à eau de pluie, non loin de lui, contre le mur du fond. S'il parvenait jusque-là, s'il pouvait grimper dessus…

Tenant toujours les chiens en respect, il entreprit de gagner ce baril à reculons. Il y était presque – escorté de la meute – lorsque, une fois de plus, le cœur lui

« N'espère pas t'en tirer comme ça, vermisseau ! »

manqua : Grapnard entrait dans la cour ! Il avait mis pied à terre et marchait droit vers le garçon, une main sur son œil blessé.

« N'espère pas t'en tirer comme ça, vermisseau ! grondait-il. J'ai d'autres projets pour toi… et pour tes ailes ! » Sa main s'écarta de son œil, si boursouflé qu'il en était clos. « Et tu as de la chance de n'avoir touché que mon œil de verre, crois-moi ! Sans quoi, mes projets te plairaient encore moins ! »

Avec un ricanement, il fondit sur Arthur. Le garçon recula et heurta le baril. Il était fait comme un rat.

« Et maintenant, moustique, donne voir ces ailes. Les belles inventions, moi, c'est ma passion ! Alors, retire ça de ton dos, et que ça saute ! »

Lentement, Arthur porta la main sur l'une de ses brides.

« Plus vite que ça, petite arsouille, ou je lâche mes chiens sur toi ! »

Arthur défit une boucle, une autre, une troisième. Ses ailes n'étaient plus tenues.

« Donne ça, bon sang ! »

… et Grapnard lui arracha l'objet.

Arthur passa le harnais par-dessus sa tête et Grapnard lui arracha l'objet. «Hmm, pas bête du tout… murmura-t-il, retournant entre ses grandes mains la paire d'ailes sinistrée. Pourrait servir…»

Acculé contre le baril, Arthur surveillait tour à tour le truand et ses chiens baveux. Tant de fois Bon-papa l'avait mis en garde! Et voilà! une imprudence, et il se retrouvait dans un sale pétrin.

Voyant leur maître occupé, les chiens crurent à leur chance. Ils se rapprochèrent et, sans prévenir, le plus grand bondit. Arthur n'eut que le temps de lui décocher un coup de pied, que l'animal prit en pleine truffe. Il recula en pleurnichant et Grapnard leva les yeux. «Sages, mes tout beaux. Sages! Tenez-le à l'œil, c'est tout.» Et il reprit son examen.

Arthur n'eut que le temps de lui décocher un coup de pied.

Lentement, très lentement, Arthur plaqua le dos et les mains contre le baril, puis, furtivement, les yeux sur Grapnard, il se hissa, se hissa, jusqu'à s'asseoir sur le couvercle. Les chiens grondèrent de plus belle, mais Grapnard était si absorbé que, sans réfléchir, il les fit taire. Toujours très lentement, sans bruit, Arthur leva les genoux et glissa les talons sur le rebord du baril.

Les chiens grondèrent de plus belle.

Il risqua un regard vers le haut du mur, et l'un des chiens lâcha un aboiement aigu. Cette fois, Grapnard comprit immédiatement. Il eut un cri de rage, mais déjà Arthur sautait sur ses pieds, déjà il se retournait, empoignait la crête du mur, l'enjambait…

Il retomba de l'autre côté, comme une crêpe, le souffle coupé. Il s'accorda deux secondes pour reprendre haleine, tandis que derrière la muraille tempêtaient Grapnard et ses chiens.

« Faites le tour, bande d'abrutis ! mugissait l'homme à sa meute. Passez par-derrière et rattrapez-le ! » Il y eut un sifflement de cuir, suivi de jappements suraigus.

Arthur se redressa comme un diable et s'élança vers sa plaque d'égout, au bas de la ruelle. Mais déjà les chiens, aboyant à qui mieux mieux, passaient l'angle au galop.

Il retomba de l'autre côté, comme une crêpe.

Trop tard! Il n'y arriverait pas. Il se jeta dans une embrasure de porte, puis pointa le nez pour voir. Grapnard était là-bas, devant la plaque de fonte, entouré de ses chiens. Peu après, le restant de l'équipage surgit à son tour.

Grapnard était là-bas, devant la plaque de fonte…

« Il est descendu par là, j'en suis sûr ! fulminait Grapnard. Doit habiter là-dessous, à mon avis ! Allez me chercher une de ces grosses plaques de tôle et de la glu, et bouchez-moi cette issue sans délai. » Quelques-uns de ses hommes s'éclipsèrent. Grapnard se tourna, scruta la ruelle. « Bon. Et vous autres, fouillez le secteur à fond. »

Les hommes laissèrent aux chiens le temps de flairer l'air de la ruelle. Puis le petit cabot rondouillard, entre saucisson à pattes et rince-bouteille, partit d'un trot décidé… droit vers la cachette d'Arthur ! Le garçon se plaqua contre la porte. Cette fois, il n'y avait vraiment plus d'issue. Qu'allaient faire de lui ces hommes en haut-de-forme ? Il en avait les jambes molles…

C'est alors que, dans son dos, il sentit la porte s'ouvrir. Quelque chose le saisit par les genoux, le tira en arrière – et la porte se referma sur lui.

La boutique

Dans l'embrasure s'encadrait un bricoliau.

Chapitre 5

AU BONHEUR DES MONSTRES

Il faisait noir comme dans un four. Arthur retint son souffle. Le soulagement d'échapper à ses poursuivants était gâté par la terreur d'avoir peut-être affaire à un danger pire encore. Quoi donc, qui donc l'avait attiré derrière cette porte et pourquoi ?

C'est alors qu'un gargouillis très doux se fit entendre dans son dos. Arthur se retourna, marcha sur quelque chose. Il y eut un petit cri, un bruit de pas, un clique-tis de loquet de porte. Une pâle lumière jaillit. Dans l'embrasure ainsi éclairée s'encadrait un bricoliau. Sa tête, émergeant d'un grand carton, arborait un franc sourire.

Des bricoliaux, Arthur en avait déjà croisé sous terre. De loin en loin, il en apercevait lorsqu'il explorait les galeries. D'une timidité maladive, ils avaient tôt fait de s'éclipser dès qu'ils se savaient repérés. C'était bien le premier qu'Arthur voyait de près – et celui-là lui fai-sait face, souriant jusqu'aux oreilles, l'invitant même à le suivre.

Arthur s'avança, hésitant. Aussitôt, tournant les talons, le bricoliau courut escalader un monceau de boulons de tous calibres entassés là, au fond de la pièce. Sitôt au sommet, il prit une poignée de cette ferraille et la porta à ses lèvres. Puis il la rendit au tas et, tourné vers Arthur, sourit de toutes ses dents. Arthur avait entendu parler, bien sûr, de la passion des bricoliaux pour la mécanique. D'ailleurs, sous terre, le résultat de leurs activités était évident : partout, des passages bien entretenus, des canalisations étanches, des galeries étayées de façon impeccable…

Une fois de plus, le bricoliau convia Arthur à le suivre, puis il sortit de la pièce par la porte du fond. Arthur contourna le tas de boulons et suivit la créature dans un modeste corridor menant à une porte à panneaux. Le panneau supérieur, vitré de petits carreaux, laissait filtrer une chaude lumière. Le bricoliau frappa à la porte.

« Entre, Fretin ! » répondit une voix étouffée.

De nouveau, le bricoliau se retourna vers Arthur avec un sourire réjoui. Puis il ouvrit la porte, fit un pas dans la pièce et s'éclaircit la gorge.

« Alors, Fretin ? Quels trésors nous rapportes-tu, ce soir ? » La voix était masculine et sans doute pas toute jeune. « Montre-nous un peu ! »

Le bricoliau prit Arthur par la main et l'entraîna à sa suite.

Arthur crut avoir la berlue. Au milieu d'un effarant bric-à-brac – cages à oiseaux, aquariums, cartons, horloges, vieux sofas, tête de lit en cuivre, tas de paille, piles de livres et objets sans nom –, quatre paires d'yeux étaient braquées sur lui. Il y avait là deux autres bricoliaux assis sur une étagère, un drôle de petit

Le bricoliau se retourna vers Arthur avec un sourire réjoui.

personnage avec un chou sur la tête et, dans un grand fauteuil de cuir à dossier droit, un vieux monsieur à perruque grise, qui souriait en regardant Arthur par-dessus ses lunettes en demi-lune.

« Bonsoir.. À qui avons-nous l'honneur ? » s'enquit le vieux monsieur d'une voix douce.

Arthur cligna des paupières. Le vieux monsieur attendait, patient.

« Je m'appelle Arthur, se décida le garçon.

— Enchanté. Et tu es un ami de Fretin ? »

Les bricoliaux sur l'étagère émirent de petits cra-chouillis, mais celui qui avait amené Arthur lui serra la

Dans un grand fauteuil à dossier droit,
un vieux monsieur à perruque grise…

main plus fort et, se tournant vers lui, fit entendre un joyeux gargouillis.

« Oui, reprit le vieux monsieur. Je vois que oui ! » Il se tourna vers le duo sur l'étagère et dit, sévère : « Et vous autres, Nœuf et Babouche, vous feriez mieux de ne pas ricaner ! » Les deux bricoliaux devinrent rouges comme des radis.

Les deux bricoliaux devinrent rouges.

Arthur parcourut la pièce du regard. Elle était pleine à craquer. Prenez une brocante, logez-y un petit zoo, ajoutez, en vrac, le contenu de votre chambre, et vous aurez une idée de l'aspect général du lieu. L'odeur était un peu celle du compost. Mais il y faisait bon, tout le monde semblait amical – et surtout, surtout, il n'y avait pas de chiens de chasse montrant les crocs.

Arthur n'aurait su dire où il se trouvait au juste, mais une chose semblait certaine : il était en sécurité. Assez pour risquer une question à son tour : «Je vous demande pardon, sir, mais... je peux savoir qui vous êtes?»

Le vieux monsieur s'épanouit. «Mais naturellement, jeune homme! Je suis Willbury Chipott, avocat de la couronne – en retraite. À présent, je vis tranquillement ici avec mes amis.»

Arthur hésita. «Et... quel est cet endroit?

— Oh! c'était une animalerie, dans le temps. À présent j'en suis locataire. Mais faisons les présentations... Si j'ai bien compris, tu as déjà fait la connaissance de Fretin. Les deux lascars que voici sont Nœuf et Babouche.»

Les bricoliaux sur l'étagère saluèrent Arthur d'un large sourire. Willbury Chipott se tourna vers le petit bonhomme coiffé d'un chou. «Et lui, c'est Titus. Un choutrogne.» Le choutrogne, vif comme une souris, disparut derrière son grand fauteuil. «Il est un peu timide, je dois dire. Mais il s'habituera à toi, n'aie crainte. Tu verras, il est charmant.»

« Il est un peu timide, je dois dire. »

Un choutrogne! Des histoires de choutrognes, Bon-papa en avait souvent raconté. Les choutrognes, disait-on, vivaient dans les profondeurs de la terre – dans l'En-dessous –, où ils cultivaient d'étranges légumes des cavernes. Et ils vouaient un culte aux choux; au point de vivre jour et nuit avec un de ces légumes sur la tête. Mais même Bon-papa n'en avait jamais vu, tant ils étaient craintifs.

Arthur réfléchit un instant, puis il hasarda : «Vos amis sont tous des fifrelins. Comment se fait-il qu'ils vivent avec vous ?

— Et comment se fait-il que tu connaisses les fifrelins, Arthur ? répondit Willbury, songeur.

— Oh! je sais seulement que les fifrelins sont les créatures de l'En-dessous. Et que les bricoliaux entretiennent les canalisations, les souterrains… Sur les choutrognes, je ne sais presque rien.

— Hum! comment dire? Nos amis bricoliaux ici présents jouent en surface un rôle de… Je ne suis pas certain d'approuver à cent pour cent, mais ils sont en quelque sorte… euh, prospecteurs.

— Prospecteurs?

— Oui. Apparemment, pour assurer l'entretien de l'En-dessous, les bricoliaux ont besoin de fournitures. C'est pourquoi Nœuf, Babouche et Fretin parcourent la ville en quête de matériaux. Lorsqu'ils repèrent un article utile, ils préparent son… son enlèvement. Ils dévissent, déboulonnent, que sais-je? Voilà pourquoi nous avons ici toute cette quincaillerie – boulons, joints et j'en passe. Que le ciel me protège si un jour la police s'avisait de me rendre visite!»

Les choutrognes vivaient dans les profondeurs de la terre.

Il jeta un regard sombre en direction des bricoliaux et poursuivit : « Sur place, ils laissent des signaux destinés à leurs semblables. Peut-être as-tu remarqué, dans les rues, d'étranges marques à la craie ? Ce sont des messages codés. C'est ainsi que les bricoliaux indiquent à leurs confrères où se trouve la "marchandise" à enlever, afin que les manutentionnaires puissent faire vite. »

« … faire vite pour enlever la "marchandise". »

Arthur regarda Fretin, qui confirma d'un malicieux hochement de tête.

« Non, vraiment, reprit Willbury d'un ton ferme, je ne peux pas dire que j'approuve pleinement. Nos amis bricoliaux ont une curieuse notion de la propriété. Comment ne pas noter que leur fléchage indique invariablement les biens d'autrui ? »

Les bricoliaux piquèrent du nez, contrits. Arthur, songeant aux bananes, se sentait un peu contrit lui aussi. Il changea de sujet : « Et votre ami Titus ? »

Willbury se radoucit. « Lui, il est dans la recherche horticole. Les choutrognes passent leur temps à améliorer leurs méthodes de culture. Ainsi, de temps à autre, l'un d'eux vient étudier les pratiques de jardinage des humains. Titus est en stage ici depuis quelque temps. Nœuf et Babouche l'ont trouvé, un soir, qui dormait comme un loir dans un coffre à charbon. Ils l'ont amené ici, où il est bien mieux pour rédiger son rapport de stage. Quand il aura fini, il regagnera l'En-dessous.»

Willbury se tourna vers le dos de son fauteuil et dit d'un ton enjôleur : «Titus ? Je crois que notre nouvel ami serait intéressé par ton rapport de stage…»

Le choutrogne fusa hors de sa cachette et courut à une barrique, dans un coin de la pièce. Un trou à sa taille était ménagé là et il s'y faufila pour ressortir peu après, tenant quelque chose – puis redisparut aussitôt derrière le fauteuil ! Mais son bras maigre se tendit, offrant un petit cahier vert.

Willbury prit le cahier et l'ouvrit. Arthur se pencha pour regarder. Les pages étaient couvertes d'une écriture en pattes de mouche et de superbes dessins de plantes. Mais un piaillement ténu se fit entendre derrière le fauteuil. Willbury referma le cahier et, avec un clin d'œil pour Arthur, le rendit à la petite main tendue.

Une écriture en pattes de mouche et de superbes dessins de plantes

«Et maintenant, Arthur, dit-il, assieds-toi, si tu veux bien.» Soulevant ses pieds d'un tabouret, il le repoussa vers Arthur, et celui-ci s'assit, docile. «Nous disions donc, reprit Willbury, qu'est-ce qui t'amène ici ?»

Arthur se sentit soudain dépassé. Par quoi commencer ? Il y avait trop à dire. Alors, Fretin s'avança et dit : «Hmmif gomong shougger touff !

Arthur se sentit soudain dépassé.

— Je crois qu'il vaudrait mieux qu'Arthur nous explique ça lui-même, Fretin, dit Willbury, avec un sourire d'encouragement pour son visiteur. Dis-nous, Arthur. Aurais-tu des ennuis ?

— Oui », souffla Arthur.

Il y eut un silence.

« Quel genre d'ennuis, peux-tu nous le dire ? reprit doucement Willbury. Nous ferons tout pour te venir en aide. Tu sais, j'ai passé ma vie entière à démêler les ennuis des autres. »

Arthur hésita, puis résolut de faire confiance à ce vieux monsieur. « Oui, lâcha-t-il, j'ai un gros problème. J'habite sous terre avec Bon-papa et... ils ont bouché le trou pour rentrer chez nous, et je n'en connais pas d'autre et ils ont pris mes ailes ! »

Il se tut. Ainsi énoncée à voix haute, la situation semblait plus terrifiante encore. Pourrait-il jamais rejoindre Bon-papa ?

« Hum, fit Willbury, soucieux. Si tu nous racontais toute l'histoire ? »

Arthur se lança : « Voilà. Je viens de l'En-dessous. Enfin, c'est là que j'habite depuis que je suis tout petit. »

Willbury parut intrigué. « Tu vis sous terre ?

— Oui... Avec mon grand-père. Dans une grotte, ou plutôt trois : une qui fait séjour-cuisine, l'autre qui est la chambre-atelier de Bon-papa et la plus petite qui est la mienne. Ma chambre à moi. » Arthur parcourut la pièce des yeux. « Et il y fait bon. Comme ici.

— Mais pourquoi vivez-vous sous terre ? » insista Willbury.

« *Dans une grotte, ou plutôt trois.* »

Arthur réfléchit un instant. « Je... je ne sais pas vraiment. Bon-papa dit toujours qu'il m'expliquera quand je serai grand.

— Et tes parents, où sont-ils ? »

Arthur s'assombrit. « Je ne sais pas. Je suis un enfant trouvé, je crois.

— Mais... tu as un grand-père ?

— Oh ! ce n'est pas mon vrai grand-père. Il m'a seulement découvert, une nuit, tout seul sur les marches de l'hospice et il m'a emmené chez lui. Il m'a élevé comme un père, mais il est bien plus vieux qu'un père, alors je l'appelle Bon-papa.

— Et il a toujours vécu sous terre ? »
De nouveau, Arthur réfléchit. « Non, il a habité en
ville dans sa jeunesse, ça, je le sais. Mais il n'en parle
pas beaucoup… »
Willbury choisit de changer de sujet. « Tu dis qu'*ils*
ont bouché le trou qui mène chez vous et pris tes ailes,
mais qui ça, *ils* ?
— Des bonshommes que j'ai vus chasser le fromage,
répondit Arthur d'un ton dur. J'ai voulu aller voir de
plus près, mais mes ailes se sont cassées, et les chasseurs me les ont prises, et après ça, je leur ai échappé
et c'est quand j'ai voulu retourner sous terre qu'ils ont
bloqué mon trou.
— Mais que faisais-tu dehors ? Et de quelles ailes
parles-tu ? Je ne comprends toujours pas. »
Alors, Arthur décida de *tout* dire. Il s'empourpra. « Je
faisais… la cueillette. Pour manger, c'est le seul moyen.
Bon-papa n'a plus assez de forces, alors c'est moi qui
me charge des provisions. C'est pour ça qu'il m'a bricolé des ailes.
— Ton grand-père t'a bricolé des *ailes* ?
— Oh ! il fabrique n'importe quoi. Il m'a confec-
tionné un pantin, aussi, pour discuter avec lui quand je
suis dehors. » Arthur sortit le pantin de sa chemise et
le montra à Willbury, qui ouvrit des yeux ronds.
« Tu veux dire que… qu'avec ce jouet, tu *parles* avec
ton grand-père ?
— Oui, dit Arthur.
— Et il marche toujours, cet engin, tu crois ?
— Je pense… » Arthur examina son pantin de plus
près. Il semblait intact.
« Quand as-tu joint ton grand-père pour la dernière
fois ?

Arthur examina son pantin de plus près.

— Il y a une heure, par là... Quand j'étais tout en haut du Castel Fromager.

— Tout en haut d... Peu importe. Est-il au courant de ce qui t'est arrivé ? Sait-il où tu es ?

— Non...

— En ce cas, déclara Willbury d'un ton ferme, je te suggère de l'appeler tout de suite, pour l'informer que tu es ici et que tu vas bien, d'accord ? Et quand tu lui auras parlé, j'aimerais lui toucher un mot moi aussi, veux-tu ? »

Arthur fit oui de la tête. Tous les regards vissés sur son pantin et lui, il remonta le mécanisme. Il y eut un grésillement léger, puis la voix de son grand-père, minuscule, surgit dans la pièce.

« Arthur ? Arthur, c'est toi ?

— Oui, Bon-papa, c'est moi... » Quel soulagement d'entendre cette voix !

« Arthur, mais où es-tu ? Je me faisais un sang d'encre ! Tout va bien, au moins ? » Bon-papa en chevrotait presque.

« J'ai suivi ces chasseurs, comme tu me l'avais dit. Et j'ai fait très attention, Bon-papa, mais… eux, ils ont voulu m'attraper. Ils m'ont volé mes ailes ! Ils m'ont barré l'entrée de l'égout ! Mais j'ai réussi à m'échapper et là, maintenant… je suis en sécurité, chez quelqu'un qui va m'aider, ajouta Arthur, soucieux de rassurer son grand-père. Je suis dans une ancienne boutique, et le monsieur s'appelle Willbury. Il veut te parler, d'ailleurs.

— C'est tout naturel. Passe-lui le pantin, veux-tu ? »

Arthur tendit le pantin à Willbury, qui le prit d'une main prudente, l'air vaguement inquiet. Le vieil avocat s'éclaircit la gorge.

« Rrrhm, bonsoir, sir. Willbury Chipott, enchanté. J'ai ici, chez moi, le jeune Arthur. Je n'ai pas encore entendu toute l'histoire, mais il semble qu'il ait eu de gros ennuis. Je voulais seulement vous dire ceci : vous

« Rrrhm, bonsoir, sir. »

avez ma parole, sir, ma parole de gentleman que, tant que votre petit-fils sera sous ma garde, je ferai mon possible pour assurer sa sécurité. Et je vais tout mettre en œuvre pour l'aider à vous rejoindre dès que possible!
— Merci. Merci infiniment, grésilla la voix de Bon-papa. Si vous pouvez l'aider à rentrer sans encombre, je vous en serai très reconnaissant!»

Arthur se rapprocha du pantin. «Bon-papa, mais comment te rejoindre? Ils ont dit qu'ils allaient boucher le passage!»

Un bref instant, on n'entendit que les menus crépitements du pantin, puis la voix de Bon-papa reprit: «Il y a d'autres passages, Arthur, d'autres accès pour l'En-dessous. L'ennui, c'est que je ne les connais pas. Ils appartiennent à d'autres êtres vivants, ajouta Bon-papa, un peu triste.

— Sir, intervint Willbury, j'ai ici, sous mon toit, plusieurs bricoliaux et un choutrogne. Peut-être connaissent-ils un autre chemin?» Et il leva les yeux. Autour de lui, les têtes hochaient, affirmatives. Même Titus, sortant de sa cachette, confirmait d'un air solennel.

«Oui, conclut Willbury, apparemment, ils en connaissent. Je les enverrai raccompagner Arthur jusqu'à vous.
— Merci!» dit la voix grêle.

Arthur regarda les créatures avec une bouffée de gratitude. Allons! il n'avait pas à se tracasser tant. Mais Willbury reprenait déjà: «Cela dit, sir, je crois qu'il serait sage d'attendre un peu. Ces truands aux trousses d'Arthur doivent rôder encore. Demain matin, à la première heure, Fretin et les autres aideront Arthur à trouver un passage.
— Entièrement d'accord, Mr Chipott. À mon avis,

Arthur a eu assez d'émotions pour un soir.» Il y eut un bref silence. «Retrouver Arthur est le plus important, bien sûr. Mais je m'inquiète aussi pour ses ailes. Sans cet équipement, il nous sera difficile de nous approvisionner...

— Je comprends votre inquiétude, sir. Je ne sais trop où elles se trouvent, ni comment les récupérer, mais je vais y réfléchir. Simplement, il se fait tard et je suggère que nous commencions tous par dormir. Avez-vous de quoi tenir un peu?

— Oui. J'ai sous mon lit plusieurs belles touffes de rhubarbe des cavernes.

— Parfait. Nous allons donner à Arthur un bon souper et il va dormir ici. La place ne manque pas.

— Merci. Merci encore, Mr Chipott. Et toi, Arthur, sois prudent, n'est-ce pas? J'ai besoin de toi.

— Je serai prudent, Bon-papa. Bonne nuit!

— Bonne nuit, Arthur, et à demain. Bonne nuit à tous. »

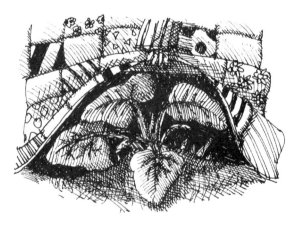

*«J'ai sous mon lit plusieurs belles touffes
de rhubarbe des cavernes.»*

Le pantin se tut. Arthur le reprit, lui glissa un baiser furtif et le fourra sous sa chemise.

« Si nous mangions un petit quelque chose ? suggéra Willbury. Et Arthur finira de tout nous raconter. » Il se tourna vers le choutrogne. « Titus, les grandes fourchettes, veux-tu ? »

Titus s'illumina et disparut dans la barrique une fois de plus. Il en ressortit armé de fourchettes longues d'au moins trois pieds, qu'il apporta à Willbury. Puis il chuchota quelque chose à l'oreille du vieil homme, qui fit oui de la tête.

« Entendu, Titus ! Va chercher les briochons et le seau de chocolat. »

Titus ne fit qu'un bond jusqu'à la réserve, et il en revint chargé d'un plateau de briochons, ainsi que d'un grand seau de zinc, empli d'un liquide brun mauve qui sentait bon le cacao. Il les déposa devant l'âtre et chacun se rapprocha du feu. Willbury pendit le seau à la crémaillère. Peu après, le chocolat frémissait, embaumant la pièce plus encore. Chacun prit une longue fourchette et fit griller son briochon devant les braises. Les briochons rôtis à point, il ne restait plus qu'à les tremper dans le chocolat pour se régaler.

Durant ce repas, Arthur acheva son récit. Il expliqua que, tous les soirs ou presque, il sortait « faire les poubelles », et que le dimanche il lui fallait « faire les jardins ». Il raconta son raid dans la serre, le coup de bâton de la dame aux bananes, la pause au sommet du Castel, la chasse aperçue de là-haut, sa tentative d'espionnage et ses suites désastreuses : la défaillance de ses ailes, sa capture, les chiens à ses trousses, la fuite par-dessus le mur...

Les bricoliaux buvaient ses paroles, fascinés, en

suçotant leurs briochons gorgés de chocolat, et Titus, à la mention des chiens, se cacha derrière Willbury, au regard perdu dans les flammes.

« Tu en as vu de dures, Arthur, dit sobrement le vieil avocat. À présent, je crois qu'il va être temps d'aller nous coucher. Terminons ce chocolat. »

Il décrocha le seau de la crémaillère. Sitôt le contenu légèrement tiédi, chacun but un peu du liquide velouté à même le seau, à tour de rôle. Arthur se sentait beaucoup mieux.

Chacun but du chocolat à même le seau.

« Et maintenant, dormons ! déclara Willbury. Demain, il nous faudra être frais et dispos ! »

Chacune des créatures alla se nicher dans un coin de la pièce et n'en bougea plus. Willbury déplia de vieux rideaux de velours et improvisa une sorte de couchette sous le comptoir de la boutique. Arthur retira son bonnet à antennes et se pelotonna dans ce nid. Willbury acheva de le border.

« Bonne nuit, Arthur. Je viens d'avoir une idée, pour tes ailes. »

Il laissa au garçon le temps de bien s'installer, puis il éteignit la lumière dans la boutique. Arthur s'enfouit la tête sous le velours. L'étoffe était lourde et l'odeur de vieille poussière, rassurante. Allongé dans le noir, il se mit à réfléchir. Ce serait rudement bon de retrouver Bon-papa... Oui, mais... et ses ailes ? Il les lui fallait absolument... Et quelle pouvait bien être l'idée de Mr Chipott ?

Puis ses pensées se mirent au ralenti. Le sommeil l'envahissait. Bientôt, la boutique entière ne fut plus que ronflements doux.

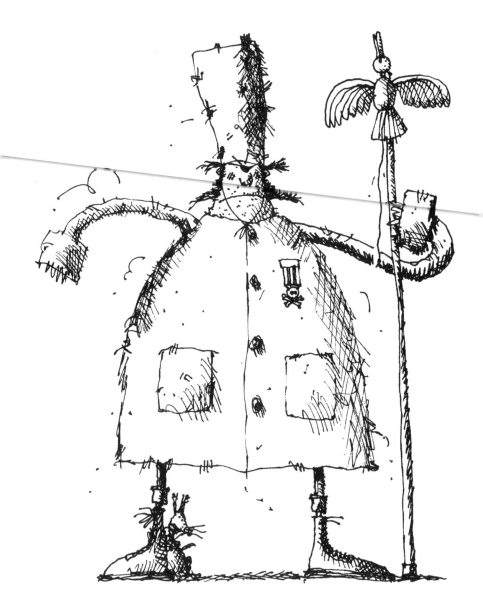

Grapnard

Grapnard brandit son bâton.

Chapitre 6
LA CÉRÉMONIE

Pendant ce temps, au cœur du Castel Fromager, chasseurs et montures étaient fort occupés à se changer. Les plus lambins, encore en caleçon, en étaient à suspendre leurs habits aux patères, les plus vifs tiraient de casiers de bien curieuses tenues de rechange, chapeaux et manteaux de fourrure mités, ainsi que des instruments de musique qui semblaient avoir beaucoup vécu.

Peu après, dûment accoutrés, tous franchissaient à la queue leu leu une petite porte en ogive donnant sur une vaste salle hexagonale au plafond voûté. Au centre, un large puits s'ouvrait au ras du sol dallé. Quiconque se serait penché sur ce trou béant aurait aperçu, en contrebas, un magma de fromage en fusion, jaune et poisseux, frémissant à petit bouillon. C'était la Fosse à Fondue.

Perché sur un balconnet à mi-hauteur de la muraille, Grapnard dominait la scène, lui aussi vêtu de fourrure mitée. Sitôt ses hommes en place, il brandit, solennel, un grand bâton surmonté d'un canard doré aux ailes

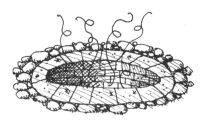

La Fosse à Fondue

ouvertes. Les chasseurs embouchèrent leurs cors ou se mirent à cogner comme des sourds sur des tambours et des timbales. Le concert était à faire fuir, mais bientôt, Grapnard, pointant son bâton vers la fosse, tira d'un coup sec sur une cordelette reliée au bec du canard. Le volatile émit un grand *couac!* et le silence se fit. Alors, sur fond de chuchotis de bulles de fromage, Grapnard prit la parole :

« Membres de la Guilde, honorables Affiliés ! Notre plan de vengeance contre cette ville infâme est en marche ! Rien ne l'arrêtera plus ! »

Les hommes en cercle autour de la fosse l'acclamèrent. De son bâton canardier, il imposa le silence.

« L'heure est venue de nourrir l'Ultra Maousse ! Grichouille, la cage ! »

Un bruit de chaînes et de poulies retentit du côté de la voûte, couvrant mal un bêlement. Lentement, une cage apparut. À l'intérieur était blotti un fromage, l'une des

Le bâton canardier

captures de la nuit. Sans piper mot, les hommes regardèrent la cage descendre, descendre, puis disparaître dans la fosse. Peu après, les bêlements se firent frénétiques. Puis ils se turent net, et la chaîne s'amollit.

Le ferraillement reprit du côté de la voûte et la cage vide, sans hâte, émergea de la fosse. Deux ou trois filaments de fromage fondu pendouillaient à sa base.

Grapnard leva son sceptre. Le canard doré claqua du bec.

« Grichouille, un autre ! » ordonna le Maître.

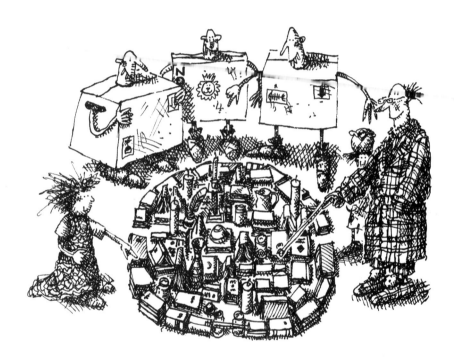

La maquette de Pont-aux-Rats

Il s'assit et… se cogna la tête.

Chapitre 7

PAR OÙ PASSER ?

Arthur s'éveilla en sursaut. Il s'assit et… se cogna la tête. Alors, il se rappela où il était. Un peu de jour filtrait dans son alcôve et un visage apparut soudain, qui souriait de toutes ses dents.

«Bonjour, Fretin!» chuchota Arthur, se frottant le crâne.

Fretin répondit d'un gargouillis amical et disparut – pour réapparaître l'instant d'après, apportant le seau à chocolat. Arthur s'extirpa de sa couchette et prit le

… pour réapparaître l'instant d'après, apportant le seau à chocolat.

seau. Il y restait un fond de liquide sombre et velouté, tout juste tiède – signe qu'Arthur était le dernier levé. Le garçon porta le seau à ses lèvres, renversa la tête et avala ce qui restait. Avec un petit rire, Fretin reprit le seau vide. Arthur s'essuya la bouche d'un revers de manche.

« Merci, dit-il. Ça fait du bien. »

Willbury surgit à son tour, en peignoir de soie verte élimée.

« Bonjour, Arthur. Nous ferions bien de ne pas traîner, je crois. Il est tôt, mais c'est jour de marché, les rues s'animeront de bonne heure. Or, les fifrelins n'aiment pas trop qu'il y ait du monde. »

Arthur acheva de s'extraire de sa niche et manqua de trébucher sur… une pile de livres ! Tout le plancher, à sa surprise, était couvert de volumes reliés et d'objets divers, disposés un peu à la façon d'un grand jeu de construction. Les occupants du lieu se tenaient tout autour.

« C'est quoi ? demanda Arthur.

— Pont-aux-Rats, répondit Willbury. En maquette. Nos amis ne savent pas trop bien lire les plans ; nous avons donc reconstitué la ville en modèle réduit, avec ses rues, ses pâtés de maisons, ses monuments. De manière à bien préparer notre expédition. »

Arthur y regarda de plus près. Très vite, dans ce fouillis, il trouva ses repères. C'était même saisissant : toute la ville était là ! Du doigt, il désigna un petit dictionnaire.

« Nous sommes *ici* !

— Tout juste ! se réjouit Willbury. Efficace, n'est-ce pas ?

— Très. Mais… où devons-nous aller ? »

Les fifrelins se mirent à discuter entre eux et chacun désignait avec flamme un endroit différent. Clairement, les opinions divergeaient.

« Chaque fifrelin a son accès favori, expliqua Willbury. Il va falloir tirer ça au clair. » Il se tourna vers ses amis. « Je vais vous donner à chacun un florin et vous allez le poser à l'emplacement de votre trou préféré. »

Il tira de sa poche une petite bourse de cuir et tendit à chacun une pièce d'argent étincelante. Alors les fifrelins, se penchant sur la maquette de Pont-aux-Rats, y

« Nous avons reconstitué la ville en modèle réduit. »

Willbury tendit à chacun une pièce d'argent étincelante.

déposèrent leurs pièces avec soin. Willbury étudia le résultat.

« J'aime assez l'idée de Titus, dit-il après réflexion. C'est tout près d'ici et bien situé. » Les bricoliaux éclatèrent de rire et il leva les sourcils. « Qu'y a-t-il de si drôle ? Que lui reprochez-vous, au trou de Titus ? »

Les bricoliaux, piaillant à tue-tête, désignèrent tour à tour Arthur, puis Titus, puis Arthur, puis Titus.

« Ah ! je vois, dit Willbury. Le trou de Titus est trop étroit, bien sûr. Arthur ne passerait pas. » Du regard, il consulta Titus, qui admit la chose en silence. Alors, le vieil avocat se tourna vers les bricoliaux. « Bon, et vous autres ? Que nous proposez-vous ? »

Fretin se fit véhément. Il avait placé son florin parmi de petits livres qui semblaient figurer un quartier de maisonnettes avec jardin, en bordure de la ville.

Willbury parcourut des yeux le trajet reliant la boutique au florin de Fretin. « L'idée ne paraît pas mauvaise, dit-il. Et un trou de bricoliau devrait convenir à Arthur… Mieux : je nous vois très bien aller là-bas par ces petites rues tranquilles. » De sa canne, il traçait le parcours. « D'ailleurs, s'il y avait trop de monde, nous pourrions toujours nous replier sur l'un des autres trous. Parfait. Déjeunons, et en route ! » Il se tourna vers Arthur. « Ton grand-père doit avoir hâte de te revoir. »

Arthur hésita : « Et… mes ailes ?

— Tes ailes… j'y pense. J'ai toujours mon idée. D'après toi, il semblerait que ton voleur s'intéresse à la mécanique. Or, je connais une personne très ferrée en mécanique, et qui connaît tous ceux de la branche ou quasi. Simplement, la retrouver risque de n'être pas tout à fait immédiat, car je ne l'ai pas vue ces derniers temps. C'est pourquoi je suggère de commencer par te ramener à ton grand-père.

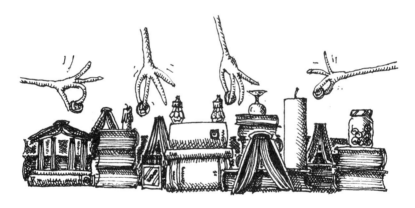

Les fifrelins y déposèrent leurs pièces.

— Oui, mais sans ailes, s'affola Arthur, comment allons-nous faire ?

— Rassure-toi. Ce matin même, j'irai au marché, je ferai de solides provisions pour vous. De toute manière, il fallait que j'y aille, nous n'avons plus de briochons »,

ajouta Willbury avec un regard affectueux pour sa troupe. « Ce soir, tu reviendras ici et je te donnerai de quoi remplir vos placards. »

« Je n'apprécie pas beaucoup qu'on prenne le bien d'autrui. »

Il se tut un instant, puis se fit un brin sévère : « Je dois te dire, je n'apprécie pas beaucoup qu'on prenne le bien d'autrui. Rien de tout cela ne serait arrivé si tu n'avais pas chipé des bananes à cette brave dame. Bon, et maintenant, vous autres, rangez-moi tout ça, je prépare le breakfast ! »

Arthur aida Titus et les bricoliaux à faire place nette. Puis tous les cinq rejoignirent Willbury devant l'âtre, où le vieil avocat préparait du porridge dans le seau à chocolat.

« Il restera peut-être un petit arrière-goût de cacao, dit-il sur le ton de l'excuse.

— Oh ! se récria Arthur, ça ne fait rien, au contraire ! » Les autres approuvèrent avec ardeur.

Willbury rit sous cape. « En ce cas, j'ajoute carrément du cacao et du sucre, d'accord ? Titus, tu veux bien aller chercher les cuillères et les bols ? »

Lorsqu'il ne resta plus trace de ce porridge au cacao – unanimement déclaré exquis –, Willbury déverrouilla la porte de devant et la petite escouade se mit en chemin dans Pont-aux-Rats encore déserte.

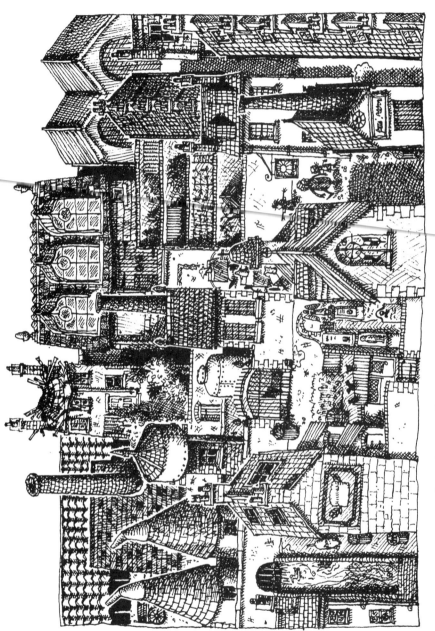

La petite escouade se mit en chemin dans Pont-aux-Rats encore déserte.

À chaque coin de ruelle, ils s'assuraient que la voie était libre.

Chapitre 8
En quête d'un trou...

Les bricoliaux ouvraient la marche. À chaque coin de ruelle – car, bien sûr, la petite troupe évitait les artères –, ils s'assuraient que la voie était libre et faisaient de grands signes aux autres. Pour l'heure, la ville était à eux. Comme ils passaient devant une échoppe, Willbury désigna une flèche tracée à la craie sous un auvent.

Les bricoliaux ouvraient la marche.

« Regarde, dit-il à Arthur. Fretin a dû passer par ici voilà peu. » Arthur regarda. En face de la flèche, manifestement, une descente de gouttière manquait. « Hmm, fit Willbury d'un ton sombre. Il va vraiment falloir que je leur fasse la leçon. »

Le petit groupe poursuivit sa route. Le trou de Fretin n'était plus très loin. Le bricoliau, prenant la tête, s'arrêta devant le portillon d'un mur de jardin. Il fit signe aux autres de le suivre sans bruit, poussa le battant très doucement, et ils se retrouvèrent dans un jardin en friche, face à une maison manifestement à l'abandon. En silence, ils suivirent Fretin le long de ce qui avait dû être une allée, prenant soin d'enjamber les ronces. Fretin marcha droit vers une cabane en briques, il ouvrit la porte… et laissa échapper un petit cri de désarroi.

Fretin s'arrêta devant le portillon d'un mur de jardin.

Les autres se pressèrent pour voir. À l'intérieur, une plaque de tôle un peu rouillée recouvrait le sol. Le pourtour en était scellé – de façon grossière et visiblement récente – par une espèce de glu noirâtre. Fretin

Le pourtour était scellé par une espèce de glu noirâtre.

se tourna vers ses amis et se lança dans une série de gargouillis enflammés.

«Que le diable emporte celui...» grommela Willbury.

Puis il se tourna vers les bricoliaux – Fretin au désespoir et les deux autres s'efforçant de le réconforter. «Il y a peut-être moyen de soulever ça. Il nous faudrait quelque chose à glisser sous cette plaque pour faire levier...»

Arthur avisa une vieille bêche dans les ronces et courut la chercher.

Une vieille bêche dans les ronces

Le bricoliau s'escrima en vain.

«Bien vu, Arthur! approuva Willbury. Je crois que c'est Fretin le plus fort de nous tous. Donne-lui cette bêche, qu'il tente sa chance.»

Arthur tendit l'outil à Fretin, qui essaya d'enfoncer le fer de bêche sous la plaque. Mais la substance noire – glu ou goudron – était bien trop dure. Le bricoliau s'escrima en vain.

«Allons, ce n'est rien, Fretin! voulut le consoler Willbury. Quelqu'un a dû remarquer ton trou en faisant des travaux et le boucher par sécurité. Cherchons un autre accès.»

Avec un gargouillis rageur, Fretin jeta la bêche au sol.

« Fretin! se fâcha Willbury. Tu crois que ce sont des façons dignes d'un bricoliau? Ramasse-moi cette bêche et va la ranger correctement contre ce mur, je te prie.»

Fretin serra les dents mais obéit.

«Babouche, reprit Willbury, ton trou est le plus proche d'ici, sauf erreur. Allons-y!» Il pressa l'épaule d'Arthur. «Pas d'inquiétude. Tu seras chez toi en moins de temps qu'il n'en faut pour dire "rutabaga"!»

Un passage étroit, le long d'une boucherie

La petite bande se remit en route, sous la conduite de Babouche cette fois. Fretin fermait la marche, grommelant entre ses dents et envoyant valser tout caillou en travers de son chemin.

À quelques rues de là, Babouche les entraîna dans un passage étroit, le long d'une boucherie, puis dans un jardin enclos de murs, avec un vieux « toit à cochon » tout au fond. Le bricoliau s'assura qu'ils étaient seuls, puis il poussa la barrière et entra. Peu après, il ressortit, la mine défaite, et, prenant Willbury par la main, il l'entraîna à l'intérieur. Arthur et les autres suivirent et comprirent au premier regard : entourée de vieille paille repoussée sur les bords, il y avait là une grande plaque de tôle, scellée de glu noirâtre.

Un vieux « toit à cochon »

« Tonnerre de Zeus ! marmotta Willbury. *Deux* issues bouchées…

— Trois, dit Arthur, si on compte la mienne.

— Très juste. Trois. Ça me paraît beaucoup pour une coïncidence. » Willbury semblait ébranlé.

Arthur aussi commençait à s'inquiéter ferme. Il examina la plaque. « C'est avec de la tôle, aussi, que les chasseurs parlaient de boucher mon trou, hier soir. » Soudain, rentrer à la maison ne semblait plus si facile.

« J'ai dans l'idée que tout est lié, murmura Willbury. Nous ferions bien d'aller voir ce qu'il en est des autres trous. »

Nœuf émit un gargouillis. « Oui, Nœuf, le tien d'abord. Peut-être aurons-nous plus de chance. »

Ils regagnèrent la rue, tête basse. Les passants commençaient à se faire nombreux, les uns munis de paniers, d'autres poussant des charrettes à bras. Nul ne prêtait attention à la petite bande, mais les bricoliaux rentraient le cou dans leurs cartons, et Titus se faisait invisible entre Arthur et Willbury.

Nœuf mena le groupe à une décharge, juste derrière la fabrique de glu. Sitôt sur place, il s'employa à déplacer diverses vieilleries entassées là... et, brusquement, il s'arrêta. Sous le fatras, un pan de tôle étincelait dans le soleil du matin.

En silence, il se retourna vers les autres. Babouche et Fretin émirent un petit miaulement. Willbury s'approcha pour regarder de plus près. Arthur le rejoignit, une boule dans la gorge.

« Mais pourquoi ? murmura-t-il.

— J'aimerais le savoir, et ça ne me dit rien qui vaille. Allons au trou de Titus, même s'il est trop étroit pour toi. Histoire d'en avoir le cœur net. »

Willbury se pencha pour dire quelque chose à Titus, qui tremblait de tous ses membres. Le petit choutrogne acquiesça et le groupe se remit en marche, d'un pas vif cette fois. Les rues s'animaient de plus en plus. Les regards s'attardaient sur eux à présent. Titus marchait en tête et c'est à peine s'il voyait les passants, tant il était pressé de retrouver son trou. Mais il suivait un

C'est à peine si Titus voyait les passants.

 AU BONHEUR DES MONSTRES

itinéraire si alambiqué qu'Arthur n'aurait su dire où ils étaient. Enfin, le choutrogne accéléra le pas et disparut au coin d'une venelle. Les autres se hâtèrent de passer l'angle et le virent qui courait, au loin, le long d'un caniveau… et puis s'arrêtait net.

Là où aurait dû se trouver la bouche du caniveau, avec sa petite grille par-dessus, la lumière du matin faisait miroiter une plaque de tôle, scellée d'un ruban de glu noire. Ils rejoignirent Titus qui gémissait tout bas. Durant quelques instants, aucun d'eux ne dit rien. Puis Willbury rompit le silence : « Je suis navré, Arthur, mais… je ne vois plus que faire. Tout ceci est terrible et… je ne crois pas que nous connaissions d'autres accès à l'En-dessous. »

Arthur resta sans voix. Il ne pouvait donc plus rentrer chez lui ? Il ferma les yeux.

Willbury lui prit la main et la serra. Les quatre fifrelins, en silence, contemplaient l'accès condamné. Puis Fretin émit un petit bruit. Aussitôt, ses semblables se tournèrent vers lui et répétèrent très bas : « Dji-djiooouwhi ! Dji-djiooouwhi ! »

« Dji-djiooouwhi ! Dji-djiooouwhi ! »

Fretin se planta devant Willbury et se mit à sauter sur place, pris d'un regain d'énergie. Les autres l'imitèrent. Titus hochait la tête avec entrain.

« Mais encore ? » s'enquit Willbury.

Tous les quatre, comme un seul fifrelin, indiquèrent le bas de la rue. Le visage de Willbury s'éclaira. « Je crois qu'ils connaissent un autre accès, Arthur. »

La cale sèche en eau

Une vache marine d'eau douce

Chapitre 9

La cale sèche en eau

Non loin du Castel Fromager dormait un bassin désaffecté, relié au canal par une écluse. Cette « cale sèche », comme on disait, n'était plus jamais à sec, les portes de l'écluse restant ouvertes en permanence, pendues à leurs gonds rouillés. Une ou deux carcasses de péniches y flottaient entre deux eaux, des eaux envahies d'algues où remontaient de loin en loin des bulles suspectes. Parfois, on entendait comme des meuglements étouffés, qui semblaient venir des profondeurs.

Au bord du bassin, les bricoliaux firent halte. Arthur et Willbury les virent scruter l'eau stagnante. Bientôt, une série de bulles apparut en surface. Les bricoliaux sautèrent de joie. Fretin se tourna vers le chemin, cherchant des yeux quelque chose, puis il courut à une touffe d'herbe, la pluma en un tournemain et revint jeter cette verdure dans l'eau, à l'emplacement des bulles. L'herbe sombra lentement. Tout aussi lentement, dans les profondeurs, quelque chose de gros parut bouger.

Fretin pluma une touffe d'herbe.

« Willbury ? chuchota Arthur. Vous avez vu ?

— Oui… Du diable si je sais ce que c'est. »

Fretin, Nœuf et Babouche s'affairaient à présent, arrachant de l'herbe à tour de bras. Lorsqu'ils en eurent chacun une brassée, ils revinrent et, tous ensemble, jetèrent leur moisson à l'eau. Une moitié s'enfonça, l'autre flotta mollement. Tous attendirent.

Pour finir, un gros mufle rose et velu émergea en surface, au milieu des herbes flottantes.

« Saperlotte ! souffla Willbury. C'est bien la première que je vois. »

Dans les profondeurs, quelque chose de gros parut bouger.

Un gros mufle rose et velu émergea en surface.

— C'est quoi? C'est quoi? le pressa Arthur.

— Une vache marine d'eau douce, on dirait.»

Les bricoliaux confirmèrent. La bête sortit la tête de l'eau, révélant de grands yeux doux et une paire de petites cornes. C'était une énorme créature. Arthur dévorait du regard cette grosse tache noir et blanc flottant à fleur d'eau. Le mufle rose se mit en devoir d'aspirer la verdure. En deux *slurp!*, ce fut fait. Alors la vache aquatique s'enfonça de nouveau à demi, ne laissant émerger que ses petites cornes et deux grands yeux tristes.

Fretin s'agenouilla près de l'eau et tendit des feuilles de pissenlit. Lentement, la vache vint à lui et aspira les feuilles. Fretin en eut la main couverte de bave verte mais il ne broncha pas. Délicatement, de son autre main, il caressa le nez de la grosse bête. Les autres observaient la scène en silence.

Alors, caressant toujours, Fretin émit des gargouillis très doux, et la vache, immobile, parut l'écouter. Enfin, elle poussa un long, long soupir. Fretin eut un miaulement ténu, et la vache répondit d'un nouveau long soupir.

Fretin tendit des feuilles de pissenlit.

Arthur tira Willbury par la manche et chuchota :
« Ils se parlent, on dirait... »

Plusieurs minutes encore, la vache d'eau douce et le bricoliau firent conversation de la sorte. Puis la vache s'enfonça sans hâte et disparut dans les profondeurs. Deux ou trois dernières bulles remontèrent en surface et l'eau redevint lisse.

Fretin se releva. Il semblait accablé.

« Des ennuis ? » s'enquit Willbury.

Fretin eut la main couverte de bave verte.

Fretin se lança dans des explications de son cru. Willbury se pencha vers Titus, qui lui chuchota des choses à l'oreille. Alors, Arthur comprit : le choutrogne traduisait pour Willbury ce que disait le bricoliau ; les nouvelles n'avaient pas l'air gaies.

Lorsqu'il se tut, Willbury se tourna vers Arthur : « Pauvre bête ! C'est une tragédie. » Le vieil avocat se tut, cherchant ses mots.

« Qu'est-ce qui lui arrive ? souffla Arthur.

— Voici : la vache d'eau douce vit dans le réseau d'eaux pluviales, sous la ville. Un tunnel lui permet, ainsi qu'à ses semblables, de gagner ce bassin et, de là, le canal, pour aller brouter des algues. Cette vache-ci a trois veaux. L'autre jour, elle les a laissés jouer ici, tandis qu'elle-même allait paître dans le canal. À son retour, ils avaient disparu… et le tunnel était bouché… »

Fretin confirma en silence. Tous étaient muets.

« Bouché ? s'écria Arthur. Mais que faire ?

— Je n'en sais trop rien, Arthur. Je n'en sais trop rien. » Willbury se tourna vers les fifrelins. « Connaîtriez-vous d'autres accès ? »

Ils firent non de la tête, gravement.

Longtemps, Willbury scruta l'eau immobile. Puis il soupira. « Tout ça cache quelque chose, mais quoi ? À mon avis, pour l'heure, le mieux serait de rentrer à la maison. »

Il tourna les talons. Tous suivirent en silence. Dans les rues à présent noires de monde, Titus saisit la main d'Arthur et s'y cramponna.

Les choses se présentaient fort mal…

Sir Willbury Chipott

« Bon-papa ? Tu es là ? »

Chapitre 10

À MYSTÈRE, MYSTÈRE ET DEMI

Sitôt dans la boutique, Willbury dit à Arthur : « Nous ferions bien d'appeler ton grand-père. Il faut le mettre au courant. »

Arthur sortit son pantin et remonta le mécanisme. Le grésillement familier se fit entendre.

« Bon-papa ? Tu es là ? »

La réponse fut instantanée :

« Arthur ! Où es-tu ? Tu arrives ?

— Euh, non. Pas… pas tout de suite. Nous avons essayé, mais tous les accès à l'En-dessous sont bouchés. »

Il y eut un silence. Puis Bon-papa reprit :

« Et où es-tu, là, maintenant ?

— De retour chez Mr Chipott.

— Je pourrais lui parler, s'il te plaît ? »

Arthur passa le pantin à Willbury.

« Bonjour, sir, dit Willbury.

— Bonjour, Mr Chipott… Les nouvelles ne sont

« Toutes les entrées pour l'En-dessous ont été obturées. »

pas trop bonnes, si je comprends bien. Avez-vous une idée de ce qui se trame ?

— Honnêtement… aucune. Nous avons essayé quatre entrées pour l'En-dessous, et toutes ont été obturées, scellées à la glu. Avec celle d'Arthur, ça fait cinq.

— Croyez-vous que ce soit à cause d'Arthur, tout ça ? Par exemple, ces bandits d'hier soir qui bloqueraient les accès pour l'empêcher de redescendre ?

— Je ne le pense pas. Certains de ces trous semblent bouchés depuis plusieurs jours. Non, tout ça dépasse largement l'affaire d'Arthur… »

Il y eut un nouveau silence.

« Avez-vous une idée de l'identité de cette bande de voyous qui l'ont pourchassé ? » s'enquit Bon-papa.

Willbury réfléchit un instant. « Pas la moindre, sir, mais je connais une personne bien introduite dans le monde des inventeurs. À Pont-aux-Rats, elle connaît quiconque s'intéresse à la mécanique. Il n'est pas exclu qu'elle connaisse celui qui a pris les ailes d'Arthur.

— Si vous pouviez suivre cette piste, je vous en serais très reconnaissant.

— Il faut que j'aille au marché, dit Willbury. Nous passerons voir cette personne ensuite. »

Tous deux se turent. Puis Bon-papa reprit :

«Cette histoire de chasse au fromage... Voilà des années que c'est illégal. Dans le temps, c'était la Guilde Fromagère qui pratiquait ce genre de chasse. Mais la Guilde a été dissoute avec l'interdiction du commerce du fromage.

— Vous pensez qu'il pourrait y avoir un rapport ?

— Il y a des années de ça, du temps où je vivais en surface, des bruits couraient concernant la Guilde. Rien de précis... Des rumeurs... Des histoires de réunions secrètes, ce genre de choses. »

Willbury leva un sourcil. «Sans indiscrétion, sir, puis-je vous demander pourquoi vous vivez sous terre ?»

Il y eut un long silence. Lorsque Bon-papa répondit enfin, sa voix avait quelque chose de dur qu'Arthur ne lui connaissait pas. «J'ai été accusé d'un crime que je n'ai pas commis. J'ai dû me terrer ici et n'ai plus refait surface. »

Il y eut un long silence.

Les yeux sur son pantin, Arthur eut un petit vertige. Jamais il n'avait été aussi près de découvrir la raison de leur vie souterraine. Bon-papa allait-il en dire plus ? De quel crime pouvait-il avoir été accusé pour s'enterrer si longtemps ? Le garçon leva le nez. Willbury le regardait, pensif. Bon-papa poursuivit :

« Je n'ai rien dit à Arthur jusqu'ici, parce que je le trouvais trop jeune pour comprendre. Mais croyez-moi : je suis innocent, parole de gentleman.

— Je vous crois, sir », dit Willbury, les yeux toujours fixés sur Arthur. Puis il ajouta : « Nous en resterons là. J'estime Arthur en âge de comprendre ; mais j'estime aussi qu'il vaut mieux qu'il entende la vérité de vous-même, de vive voix et en tête à tête.

— Merci », dit la voix à travers le pantin.

Sans détacher les yeux d'Arthur, Willbury aborda une tout autre question : « Pour revenir à la situation immédiate, avez-vous au moins assez à manger, Bon-papa ?

— Oui. Ma rhubarbe des cavernes est florissante. J'ai de quoi tenir plusieurs jours, je pense.

— Parfait. Dans l'intervalle, je l'espère, cette affaire sera réglée. Arthur vous rejoindra bientôt, j'en suis sûr.

— Espérons, dit Arthur d'une toute petite voix.

— Oui, reprit Willbury. Dès ce matin, nous allons rendre visite à cette personne dont je vous parlais. Elle nous aidera, j'en suis certain.

— Pouvez-vous m'appeler dès que vous aurez du nouveau, s'il vous plaît ?

— Naturellement. Arthur vous appellera sitôt que nous saurons quelque chose.

— Merci... Et aussi, Arthur... sois TRÈS prudent. J'ai besoin de toi, tu sais.

— Entendu, Bon-papa! dit Arthur, reprenant le pantin. Je ferai très, très attention. À tout bientôt! conclut-il d'un ton qui se voulait enjoué.

— À très vite. Tu me rappelles, hein?

— Oui. À très vite.» Arthur rangea son pantin.

«Parfait! déclara Willbury d'un ton ferme. À présent, allons chercher de quoi nous sustenter. Je réfléchis toujours mieux l'estomac bien calé. Dressons notre liste de courses.»

Arthur n'était pas dupe. Willbury se tracassait autant que lui, mais s'efforçait de préserver le moral des troupes. Fort bien. Si Willbury avait ce courage, Arthur ferait preuve du même. D'ailleurs, les fifrelins avaient besoin d'un Arthur solide.

Il s'assit vaillamment avec les autres face à Willbury, qui venait de tirer de son fatras une plume, un encrier et un bout de papier...

C'est alors qu'on frappa à la porte.

Un bonhomme mal rasé, en redingote et haut-de-forme…

Tous se tournèrent vers l'entrée.

Chapitre 11

UNE VISITE

Tous se tournèrent vers l'entrée. Derrière le verre dépoli se dessinait une grande silhouette.

Willbury mit un doigt sur ses lèvres. «Chut! soufflat-il. Ce sont peut-être les chasseurs à la recherche d'Arthur. Arthur, vite, cache-toi derrière le comptoir.»

Arthur obéit sans mot dire. Les chasseurs? Il espérait bien ne plus jamais en revoir l'ombre d'un. Le seul souvenir de leur chef ricanant lui donnait la chair de poule. Il plongea dans le recoin où il avait passé la nuit. Par une fissure du bois, il avait vue sur la porte. L'œil collé à ce judas, il vit Willbury ouvrir et reculer d'un pas.

Un bonhomme mal rasé, en redingote et haut-de-forme, se tenait sur le seuil, une grande caisse dans les bras et un seau à ses pieds.

«Excusez-moi, sir, dit l'inconnu d'une voix grasseyante. Je me présente : Grichouille, de la compagnie Bestiaux Miniatures du Nord, pour vous servir. Je me demandais : vous ne seriez pas intéressé par l'achat de bestioles très mignonnes?»

Un mystérieux seau d'eau

Willbury jeta un coup d'œil à la caisse, puis au seau. «Hmm, dit-il lentement. Vous savez que ceci n'est plus une animalerie? Et quelles sont ces… créatures?
— C'est le dernier cri, sir! Des miniatures. Des modèles réduits des articles les plus recherchés en matière d'animaux de compagnie. Nos meilleures ventes ces temps-ci. Très, très tendance!»

Sur ce, posant sa caisse à terre, le sieur Grichouille l'ouvrit avec de grands airs. Willbury se pencha et… s'attendrit malgré lui.

«Ils sont bien jolis!» dit-il, s'accroupissant. Puis il s'assombrit. «Mais ils n'ont pas l'air très heureux.
— Non, admit Grichouille. Peut-être un effet de l'élevage, l'hybridation, tout ça.»

Piqués par la curiosité, les fifrelins se rapprochèrent. Grichouille posa les yeux sur eux. «Vous n'accepteriez pas un échange, par hasard, sir? dit-il à Willbury. Je recherche des créatures GRAND FORMAT.»

Les «grands formats» reculèrent et se cachèrent derrière Willbury.

«Jamais de la vie!» s'offusqua celui-ci, puis sa curiosité l'emporta: «Et dans ce seau, qu'est-ce donc?»

« Vous n'accepteriez pas un échange, par hasard, sir ? »

Arthur aussi brûlait de curiosité, mais il ne voyait rien depuis sa cachette. Tant pis, il lui faudrait attendre.

« Un petit truc-machin qui nage, avec des taches, répondit Grichouille. Ça vient du Pérouv, je crois.

— Et vous en demandez combien ?

— Pour l'ensemble ? Deux shillings. Qu'en dites-vous ?

Les « grands formats » se cachèrent derrière Willbury.

— J'en dis que c'est beaucoup trop !

— Bon, mettons un shilling, six pence. Mais c'est mon dernier prix. Sûr qu'à ce prix-là le charcutier me les prendra ! »

Willbury se raidit, choqué, et les fifrelins sursautèrent. Mais Willbury tira de sa poche sa bourse en cuir et tendit des pièces à Grichouille.

Willbury tira de sa poche sa bourse en cuir.

« Merci, sir ! » dit le vendeur, et il revint à l'attaque : « Sûr que vous ne voulez pas vous défaire de vos "grands formats" ? Un ou deux, allez !

— J'ai dit : jamais ! Maintenant, disparaissez ! » coupa Willbury à qui ce démarcheur, décidément, ne plaisait pas du tout, du tout. Et, tirant à l'intérieur la caisse et le seau, il claqua la porte au nez du bonhomme.

Le volet de la boîte aux lettres se souleva avec un cliquetis.

« C'est que vos "grands formats" me plaisent bien, vous savez ! insista la voix de Grichouille. Je suis sûr que nous pourrions conclure un marché.

— FI-LEZ ! » éclata Willbury.

La boîte aux lettres resta close un moment, puis un billet de banque apparut – un gros, pour autant qu'Arthur pouvait voir –, tenu par deux longs doigts sales.

« Soyez gentil... » implora la voix.

« Soyez raisonnable, sir ! »

Les doigts se mirent à frétiller, agitant le billet. Willbury se saisit de la première arme venue : un concombre bien vert, tout seul dans son cageot.

« Je vous aurai prévenu. DÉCAMPEZ ! Je ne vends pas mes amis ! »

Un second billet de banque apparut à la fente, ondulant à son tour. « Soyez raisonnable, sir ! *Vingt* shillings. Contre trois ou quatre fifrelins à la gomme... »

Pour Willbury, c'en était trop. Il leva bien haut son concombre et l'abattit d'un coup. Avec un grand *splotch !*, le légume s'écrasa contre le volet ; avec un grand *snap !*, le volet claqua sur les doigts ; avec un grand « Aïe ! », doigts et billets de banque disparurent.

« Vous me le paierez ! » jura la voix qui s'éloignait.

Le silence retomba sur la boutique.

Willbury se tourna vers le fond. « Tu peux ressortir, maintenant, Arthur. »

Arthur rejoignit le groupe autour de la caisse et se pencha. Sur une poignée de paille défraîchie, un demi-navet traînait dans un angle, entaillé de traces de dents minuscules. Et dans la paille étaient blotties de minuscules créatures : ici, un choutrogne et un bricoliau, pas plus hauts chacun qu'une chope à bière, et là, trois blaireaux courvites en réduction. Les courvites, d'ordinaire, étaient de la taille de lévriers ; ceux-là ressemblaient à des musaraignes. Et tous les cinq tremblaient comme feuille au vent.

Arthur rejoignit le groupe autour de la caisse.

Fretin s'accroupit devant la caisse et roucoula tout bas. Le mini-bricoliau leva les yeux et pépia. Fretin parut déconcerté. Il consulta du regard Nœuf et Babouche, mais ils semblaient aussi troublés que lui.

Trois blaireaux courvites

Manifestement, c'était bien un bricoliau, mais ils ne comprenaient pas sa langue. Babouche baragouina tout bas. Fretin fit oui de la tête et fila dans l'arrière-boutique. Il en revint avec un boulon qu'il déposa dans la paille, aux pieds du mini-bricoliau. Celui-ci pépia de plus belle, puis il prit le boulon, énorme pour lui, et le serra dans ses bras. Les trois grands bricoliaux sourirent.

Un clapotis se fit entendre. Les regards se tournèrent vers le seau. L'eau trouble s'agitait de vaguelettes.

Il prit le boulon et le serra dans ses bras.

«Je me demande…» marmotta Willbury.

Il ramassa un éclat de concombre et le laissa tomber dans le seau. Le bout de concombre flotta au ras de la surface. Alors, une tête minuscule monta des profondeurs du seau et se mit à le grignoter. Sous l'eau sale, on devinait le contour de la créature. Elle était courte et pataude, un peu comme un phoque en réduction, avec de très petites cornes et un gros nez rose et mou. Sa robe était blanc tacheté de noir.

«Tudieu! souffla Willbury. Mais c'est une minuscule vache d'eau douce!

— Comme elle est petite! dit Arthur. Ce ne serait pas l'un des veaux que leur mère a perdus?

— Non, dit Willbury, ils sont sûrement bien plus gros que ça! Le Pérouv… ajouta-t-il, comme pour lui-même. Je n'aurais pas cru qu'ils en avaient, là-bas… Euh, Fretin, et toi aussi, Titus, voudriez-vous aller chercher le vieil aquarium qui est dans la réserve? Emplissez-le d'eau fraîche. Il faut sortir cette petite bête de ce seau boueux.»

Titus et Fretin déposèrent l'aquarium sur le comptoir, puis se mirent en devoir de le remplir d'eau claire à l'aide d'un pichet. Willbury plaça tout au fond un vieux pot de grès posé sur le flanc, puis il disposa à côté une petite touffe d'algue prise dans le seau. Quand l'aquarium fut aux trois quarts plein, il dit à Titus et Fretin d'arrêter. Il souleva le seau, le posa sur le comptoir, remonta ses manches et, délicatement, transféra la mini-vache dans son nouveau logis. Avec un petit *plop!*, la bestiole s'enfonça sous l'eau. Elle piqua droit vers le fond et disparut dans le pot. Tous attendirent en silence. Au bout d'une minute, un nez rose émergea du pot.

La mini-vache aquatique explorant son nouveau logis

« Ne bougez pas, surtout », dit Arthur, très bas. Lui-même retenait son souffle, de peur d'effrayer la minuscule créature.

Lentement, la mini-vache aquatique sortit de sa cachette pour explorer son nouvel environnement.

« À présent, dit Willbury, il faut trouver où loger nos autres amis. Fretin, Nœuf, Babouche, je vous confie le mini-bricoliau. Et toi, Titus, tu vas te charger du mini-choutrogne, tu veux bien ? »

Les grands bricoliaux parurent ravis. Willbury prit au creux de sa main leur semblable en réduction – étreignant toujours son boulon – et le tendit à Fretin. Les deux autres se joignirent à lui et tous trois, avec force roucoulades, offrirent une visite guidée de la boutique à leur nouveau compagnon.

Titus, de son côté, semblait un peu inquiet. Willbury prit le mini-choutrogne dans sa paume, le flaira ostensiblement et sourit. Puis il le plaça sous le nez de Titus.

Willbury prit le mini-bricoliau dans sa paume.

Le grand choutrogne renifla prudemment. Un sourire lui vint, et il s'approcha du mini-choutrogne pour se laisser renifler à son tour. Alors, avec un petit cri, celui-ci sauta sur l'épaule de Titus.

« Si tu lui montrais où tu habites ? » suggéra Willbury.

Titus s'illumina. Serrant le mini-choutrogne contre

Titus et le choutrogne miniature

son cœur, il traversa la pièce en trois bonds et disparut dans sa barrique.

Willbury sourit. « Exactement ce qu'il fallait à Titus : un compagnon ! »

À cet instant, un bruit de pattes frénétique se fit entendre du côté de la caisse, et les trois mini-courvites fusèrent d'un trait au ras du plancher pour disparaître en file indienne dans un trou de souris.

« Grands dieux ! » s'écria Willbury.

Arthur souleva la caisse et la retourna. Dans un angle, un petit trou s'ouvrait dans le bois rongé.

« C'est ça, l'ennui, avec les courvites, dit-il. Rien ne résiste à leurs dents pointues et ils sont très, très sauvages. Bon-papa m'a toujours dit de passer au large de leurs terriers. Avec un blaireau courvite, il faut s'attendre à tout !

— Ah ? Et tu crois que ces petits-là vont pouvoir s'en tirer seuls ?

— Eux ? Sans problème ! En tout cas, s'ils sont comme les gros. C'est plutôt pour les souris que je m'inquiète. Un blaireau courvite, ça dévore tout et n'importe quoi.

— Nous leur mettrons un peu de lait et de biscuits, dès que nous en aurons. Si nous les nourrissons, peut-être laisseront-ils en paix les souris ? Je ne vois pas que faire d'autre », conclut Willbury, les yeux sur le trou dans la plinthe.

Il reprit sa plume, la trempa dans l'encrier. « Bon, achevons notre liste, allons au marché, puis nous passerons voir cette personne dont je parlais. »

Arthur et Willbury se rassirent. Les bricoliaux les rejoignirent.

« Tout va bien avec votre nouvel ami ? » s'informa Willbury.

Fretin répondit d'un gazouillis, désignant tour à tour un brin de paille tombé de la caisse et le mini-bricoliau au creux de la main de Babouche.

« Ah ! vous l'avez appelé Fétu ! interpréta Willbury. Ça lui va très bien. »

Et tous rirent de bon cœur.

« Et maintenant, reprit Willbury, que souhaitez-vous manger ces jours-ci, les uns et les autres ? »

Babouche fit un signe à Nœuf, qui plongea la main dans son carton et en tira un bout de papier plié qu'il tendit à Willbury. Arthur allongea le cou pour voir. Sur le papier s'alignaient de petits dessins représentant toutes les bonnes choses que les bricoliaux désiraient manger, rangées par catégories.

« Merci, dit Willbury, examinant les dessins. Hum ! je vois ici fort peu de légumes. Vous savez pourtant que les légumes sont bons pour vous. »

Les bricoliaux bougonnèrent. Willbury se tourna vers la barrique. « Titus ! Tu veux bien venir nous aider à compléter la liste de courses ? »

Titus sortit de sa barrique, le mini-choutrogne sur son épaule.

« Titus, as-tu des légumes à nous suggérer ? »

Les bricoliaux se renfrognèrent, Titus se fit radieux. Il se mit à chuchoter à l'oreille de Willbury comme si rien ne pouvait l'arrêter. La plume de Willbury avait peine à suivre. La liste s'allongeait, s'allongeait – ainsi que la mine des bricoliaux. Pour finir, Willbury leva la main et Titus se tut.

« Je crois que ça ira, comme légumes. Merci, Titus. »

Mais après un coup d'œil au mini-choutrogne, Titus ajouta quelque chose à l'oreille de Willbury.

« Oui, dit celui-ci, je trouverai sûrement un chou de

Bruxelles pour ton ami.» Il se tourna vers les bricoliaux qui échangeaient des grimaces. «Les choutrognes savent se nourrir, eux; vous devriez en prendre de la graine. Même quand on est bricoliau, on ne peut vivre exclusivement de...» Il rajusta ses lunettes et lut : «... macarons, langues de chat, beignets, sirop de mélasse, caramels, berlingots, calissons, nougatines, pâte de coing, cornichons, beurre d'anchois, câpres au vinaigre et limonade!»

Les bricoliaux baissèrent le nez. Willbury se tourna vers Arthur : «Et toi, qu'est-ce qui te ferait envie?

— Pourrions-nous reprendre un peu de cacao et de briochons?» hasarda Arthur, gêné.

Willbury leva un sourcil. «Oui, mais seulement dans le cadre d'un régime équilibré.» Puis il eut un petit rire. «Je comptais en acheter, de toute manière.»

«Maintenant, en route!»

Arthur sourit, rassuré. « Et je sens que je vais prendre aussi quelques bonnes tourtes, conclut Willbury, rangeant la plume et l'encrier. Maintenant, en route ! Nos amis fifrelins vont rester ici, grands et petits, ce sera mieux pour eux. »

Willbury enfila son manteau. Arthur l'attendait déjà à la porte. Il n'était jamais allé au marché et l'aventure l'émoustillait. Mais sitôt dehors, il eut un choc : la rue était noire de monde. Il ne s'y attendait certes pas : jamais il n'avait vu la ville en plein jour. Il n'imaginait pas qu'il y eût tant d'humains sur terre. C'était un peu effrayant.

« Reste bien près de moi, lui dit Willbury. Que je n'aille pas te perdre ! »

Et ils se mirent en chemin. Sans remarquer, hélas !, de l'autre côté de la rue, trois messieurs avec haut-de-forme et cache-nez, assis sur une carriole. Sitôt qu'Arthur et Willbury eurent le dos tourné, ces trois-là mirent pied à terre. L'un tira de la carriole une

Trois messieurs assis sur une carriole

Et tous trois, en tapinois, se dirigèrent vers la boutique…

grande barre de fer, les deux autres prirent de vieux sacs. Et tous trois, en tapinois, se dirigèrent vers la boutique, vérifiant à chaque instant qu'ils n'avaient pas de témoin…

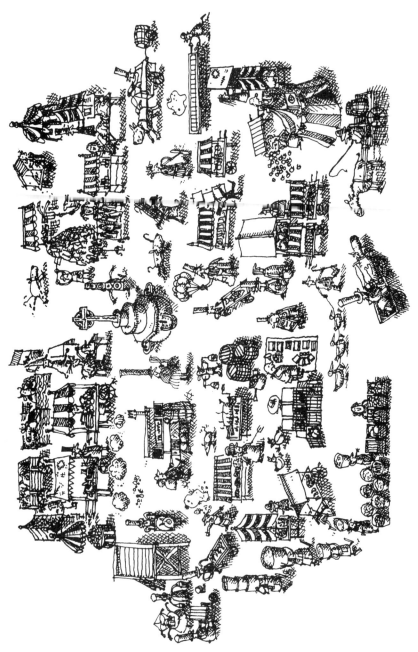

Tôt le matin, sur le marché de Pont-aux-Rats

D'un pas vif, Willbury emmenait Arthur au marché.

Chapitre 12

LE MARCHÉ

De rue en rue, d'un pas vif, Willbury emmenait Arthur au marché. Le garçon avait un peu le tournis au milieu de cette fourmilière. Il y avait là des gens de la ville, des paysans, des marchands ambulants, des chiens, des poules, des cochons et surtout, surtout, des enfants – bien plus d'enfants qu'Arthur n'en avait vu de toute sa vie! La nuit seulement, dans ses expéditions, il en avait aperçu, et encore, il avait dû se cacher. Ce qui le frappait, c'était de les voir jouer. Les uns se disputaient une sorte de balle en cuir qu'ils poussaient du pied, d'autres se pourchassaient... Et comme ils riaient entre eux! Arthur en était un peu jaloux.

«Willbury? demanda-t-il soudain.

— Oui, Arthur?

— Qu'est-ce que ça fait, au juste, un enfant?

— Tu le sais très bien. Ça joue avec ses amis, ça va en classe, ce genre de choses...»

Arthur n'était pas certain de savoir. Il regarda les enfants. «Je n'ai pas d'amis, moi...»

Des nuées de dames, caquetant à qui mieux mieux

Willbury s'immobilisa. « Comment ça, pas d'amis ? Et Fretin ? Et Nœuf et Babouche et Titus… et moi ? »

Arthur sourit et ils se remirent en chemin. Quel brouhaha ! Cris, éclats de voix, aboiements, claquements de sabots des chevaux sur le pavé, brimbalement des charrettes, sans parler du caquet des dames…

Des dames, il y en avait des nuées, caquetant à qui mieux mieux. Et, tout en caquetant, jacassant, papotant, la plupart déambulaient d'un air important, trémoussant leurs postérieurs. Et quels postérieurs ! Des arrière-trains pareils, Arthur n'en aurait jamais imaginé. Il y en avait de toutes les formes, de tous les profils – des ronds, des coniques, des cubiques,

d'autres défiant la description –, mais tous volumineux en diable, comme gonflés sous les jupons.

Ces dames semblaient très préoccupées par le postérieur des rivales et ne cessaient d'y jeter des regards dérobés. Quant à leur démarche lente, elle s'expliquait par les semelles de leurs souliers, ridiculement rehaussées et apparemment conçues tout exprès pour rendre la marche acrobatique.

Chemin faisant, et bien malgré lui, Arthur saisit une bribe de conversation entre deux passantes.

« Mais voyez-la donc ! disait l'une.

— Qui ça ? La Fox ? disait l'autre.

— Oui ! Regardez-la un peu, avec son popotin dernier cri !

— Et ces souliers ! Elle ne se prend pas pour rien ! Sauf qu'elle ne sait même pas, cette cruche, que la toile de jute est démodée depuis des semaines ! »

Arthur se demandait bien de quoi il était question. Il leva vers Willbury un regard interrogateur, et le vieil avocat se pencha vers lui, rieur, pour lui chuchoter à l'oreille : « Ah ! les tyrannies de la mode ! »

Aux abords du marché, les rues se firent plus encombrées encore. Arthur se sentait tout excité. En débouchant sur la grand-place, ils se retrouvèrent face à une marée humaine – plus débraillée que chic, pour ce qu'Arthur en savait.

« Tiens-moi bien la main, Arthur ! » dit Willbury, plongeant dans la mêlée.

Arthur se cramponna. Non sans peine, ils se frayèrent un chemin à travers cette foule, jouant des coudes. Arthur ne voyait guère que des dos, des hanches, sauf lorsqu'une brèche s'ouvrait et qu'il entrapercevait un étal... Et là, de nouveau, c'était le vertige : que de marchandises !

Ils se retrouvèrent face à une marée humaine…

Des monceaux de saucisses, des montagnes de nippes – neuves ou d'occasion –, et des tas et des tas d'objets insolites, outils énigmatiques, flacons de potions inquiétantes, pots ébréchés, horloges sans aiguilles, meubles branlants…

Même lorsqu'il ne voyait rien, ses narines étaient assaillies par des odeurs en pagaille, familières ou inconnues, exquises ou agressives. Il en était tout désorienté. Que la ville semblait donc étrange, au grand jour ! De temps à autre, Willbury l'entraînait vers un étal où il achetait ceci, cela, puis ils replongeaient dans la cohue. Arthur aidait Willbury à porter ses sacs, mais circuler devenait de plus en plus ardu.

Enfin, la foule s'éclaircit, et Arthur découvrit qu'ils étaient tout près de la croix qui marquait le centre de la place. Willbury, d'un pas décidé, l'entraîna vers un marchand de tourtes dont l'éventaire, au pied de la croix, était assailli de clients en bleu de mécanicien, qui mastiquaient de bon cœur tout en discutant ou en griffonnant sur des panneaux plantés là. Derrière le comptoir, un chauve à lunettes enfournait du charbon dans un fourneau fait d'un bidon de cuivre.

«As-tu faim? lui demanda Willbury. Ici, les tourtes sont tout simplement les meilleures de Pont-aux-Rats. Veux-tu y goûter?»

Arthur regarda les clients qui dévoraient tous à belles dents et décida qu'il avait faim. Très. «Ouimerci!» dit-il très vite, comme en un seul mot.

Le maître tourtier avisa Willbury et eut un grand

Un marchand de tourtes assailli de clients

sourire. « Bien le bonjour, Mr Chipott. Comme d'habitude, je suppose ? Une Spéciale dinde et jambon moutarde ? Et pour le jeune homme, ce sera… ?

— Oui, Maître Cogitt, répondit Willbury, une dinde et jambon pour moi. Elles sont divines, Arthur, je te les recommande. Tu en veux une ?

— Ouimerci ! » répéta Arthur.

Maître Cogitt ouvrit une porte en haut de son bidon et en sortit, avec sa spatule, deux grosses tourtes fumantes. D'une main sûre, il les fit glisser sur des journaux étalés à même le comptoir et, reposant sa spatule, il enveloppa les tourtes chaudes d'une triple épaisseur de papier journal.

« Il vous fallait autre chose, Mr Chipott ?

— Euh… À vrai dire, un renseignement, surtout. J'essaie d'entrer en contact avec Marjorie. Sauriez-vous, d'aventure, où la trouver ?

— Comment ? Vous n'êtes pas au courant ? Elle campe, il n'y a pas d'autre mot, à l'Hôtel des Brevets depuis des jours et des jours – depuis qu'elle a perdu son dossier de demande, répondit Maître Cogitt.

— Perdu… son dossier ? s'alarma Willbury.

— Oui. Elle l'avait apporté avec un prototype pour faire breveter je ne sais quelle invention à elle, mais voilà-t-y pas que celui qui s'en occupait a disparu avec le tout, et qu'on ne l'a plus revu ! Alors, Marjorie fait le pied de grue là-bas. Si elle perd son tour, c'est son invention qu'elle risque de perdre !

— Mais c'est affreux ! Allons la voir de ce pas. Ou plutôt… » Willbury se ravisa. « Mettez-moi une demi-douzaine de vos meilleures Porc et sauge, je vous prie ! Il faut qu'elle conserve ses forces. Ce sera combien ? ajouta-t-il, tendant une grosse pièce d'argent.

Maître Cogitt sortit de son fourneau
deux grosses tourtes fumantes.

— Pour Marjorie, rien du tout, Mr Chipott. Nous
faisons tous notre possible pour aider cette pauvre
Marjorie. C'est peu de choses, mais de bonnes tourtes,
rien de tel pour rester solide ! Et si vous les lui portez
là-bas vous-même, tenez ! je vous offre la vôtre et celle
du jeune gaillard avec. »

Tout en parlant, Maître Cogitt tirait de son four six
tourtes de plus, ainsi qu'un petit cake, il emballait le
tout et le fourrait dans un sac. « Le cake, c'est pour toi,
jeune homme, dit-il avec un clin d'œil pour Arthur.

— Oh merci ! dit Arthur.

— Et plutôt deux fois qu'une ! renchérit Willbury. C'est vraiment très aimable à vous. »

Maître Cogitt tendit le sac à Arthur. « Tiens ! Tu m'as l'air d'un robuste garçon. Si les forces te manquent en cours de route, mange une partie de la cargaison. »

Maître Cogitt tira de son four six tourtes de plus,
ainsi qu'un petit cake.

Tout heureux, Arthur prit le sac à l'épaule. Willbury et lui remercièrent encore et, sur un dernier salut, ils rassemblèrent leurs emplettes et se replongèrent dans la foule.

VOUS VOUS SENTEZ LES MÉNINGES EN COTON ?
VOUS VOUS NOYEZ
DANS LE MOINDRE PROBLÈME DE ROBINET ?

Ce qu'il vous faut, c'est nourrir votre cerveau !

Servez-lui ce qui se fait de meilleur :

LES TOURTES SCIENTIFIQUES
DE MAÎTRE COGITT

LE CHOIX DU JOUR, ROBORATIF ET SAVAMMENT DOSÉ :

La Spéciale dinde & jambon
Dinde et jambon en égale quantité, le tout vigoureusement relevé de
quatre septièmes et demi de cuillère à thé de moutarde anglaise extra-forte.

La Porc & sauge
Le fin du fin d'un travers de porc ratipontain, assaisonné d'un mélange
composé de quatre cinquièmes de sauge fraîche, un dixième de clous de girofle
pilés, un dixième de poivre noir du moulin.

La Fine Venaison à la gelée de groseille
Mariage exquis de venaison et de gelée de groseille scientifiquement
confectionnée - dix-neuf grains par tourte.

La Rhubarbe & gingembre
Mélange équilibré de rhubarbe et de gingembre, rehaussé d'un tiers d'once
de cardamome et mijoté durant 47 minutes à la température de 108 °C.

Toutes les croûtes de nos tourtes sont confectionnées d'une pâte faite de fine
fleur de farine spécialement moulue (densité : 36 livres par muid).

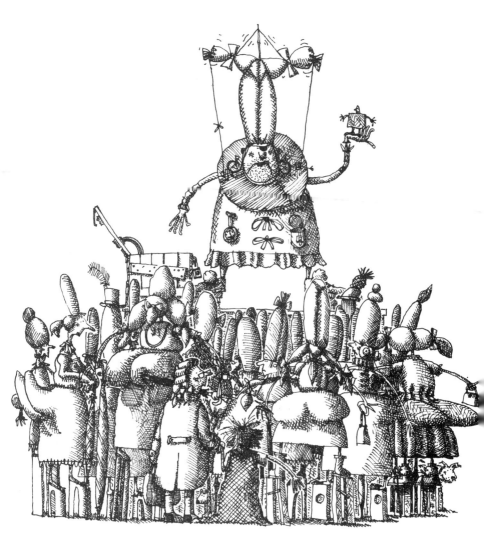

Madame Froufrou

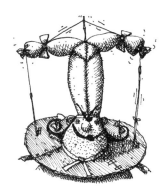

La plus étrange des bonnes femmes

Chapitre 13

MADAME FROUFROU

Retraverser le marché n'était pas une mince affaire. Willbury ouvrait la voie en direction de l'Hôtel des Brevets, mais la foule, loin de s'éclaircir, se faisait de plus en plus dense, et le moment vint où, à leur désarroi, ils ne purent plus avancer du tout.

Ils étaient au milieu d'une cohorte de dames bien mises, toutes piaffantes et comme sur des braises. Manifestement, il se passait là quelque chose de peu ordinaire.

« Qu'est-ce que c'est ? » demanda Arthur, trop petit pour voir par-dessus tous ces dos. Il dut répéter sa question pour couvrir le brouhaha.

« Ce que c'est ? Il faudrait voir... Apparemment, il y a une estrade et quelqu'un dessus. »

Willbury joua tout doucement des coudes, poussant Arthur devant lui. Les dames s'écartèrent un peu et Arthur se retrouva face à une haute estrade de bois, sur laquelle était perchée la plus étrange des bonnes femmes. Vêtue d'une robe qui semblait coupée dans de la toile à

canapé, elle arborait de surcroît une énorme perruque rose et une paire de gants de caoutchouc à manchettes. Un bandeau sur un œil complétait sa tenue.

« Qui est-ce ? » demanda Arthur. Il n'avait jamais vu pareil accoutrement et pourtant, curieusement, cette grosse dame lui rappelait quelque chose. Mais quoi ?

« Comment ça, qui est-ce ? se récria sa voisine. Madame Froufrou, bien sûr ! La déesse de la mode ! »

Arthur échangea un regard avec Willbury. Le vieil avocat haussa une épaule et tous deux rendirent leur attention au spectacle.

L'étrange bonne femme leva les mains pour obtenir le silence, et le tohu-bohu se changea en murmure. Les dames frémirent et deux ou trois d'entre elles lâchèrent de petits cris d'extase.

« Que nous apporte-t-elle cette semaine ? souffla une voix dans le dos d'Arthur.

— Quelque chose de très spécial, à ce qu'on dit, chuchota une autre.

— Il me tarde de savoir ! La semaine passée, j'ai raté la séance. Résultat : depuis, je n'ai pas pu mettre un pied dans un salon de thé. »

La « déesse de la mode » foudroya du regard les bavardes et le silence se fit, troublé par le raclement d'une grosse caisse de bois qu'on poussait sur l'estrade, par-derrière.

« Chères amies de la mode ! commença l'oratrice. Aujourd'hui, Madame Froufrou a pour vous des merveilles. »

De petits cris fusèrent : « Magnifique ! » « Wunderbar ! » « J'en prendrai deux ! »

Avec un sourire satisfait, la dame sur l'estrade se pencha vers la caisse, souleva le couvercle et plongea

à l'intérieur une grande main gantée. Puis elle se figea et, tournée vers son public, roula des yeux d'un air gourmand. Enfin, très lentement, elle sortit de la caisse une forme minuscule : une créature vivante…
Un mini-bricoliau !

Très lentement, elle sortit de la caisse… un mini-bricoliau !

L'assistance retint son souffle, éblouie. Arthur leva les yeux vers Willbury, aussi choqué que lui.

« Il ressemble à ceux de Grichouille ! chuchota Arthur. C'est bizarre, non ?

— Si. Et je n'aime pas ça, répondit Willbury, très bas. Voyons la suite.

— Ce que vous avez ici, reprit Madame Froufrou, c'est une petite créature de salon. Le dernier cri chez les élégantes de Parii à l'heure où je vous cause. Hélas ! le stock est limité. Seules quelques privilégiées y auront

droit. Les autres, à mon regret, se passeront de cet accessoire très mode. »

Elle se tut, les yeux sur son public. De petits gémissements saluèrent la sombre prédiction.

« Je n'y suis pour rien, c'est la vie. Aux uns, l'avant-garde et aux autres, la traîne. »

Un murmure angoissé parcourut l'auditoire, puis une voix lança : « Moi ! Moi ! J'achète ! »

Une élégante de Parii

Aussitôt, le cri fut repris de toutes parts : «Moi, moi ! Non, MOI !» Le vacarme était tel qu'Arthur, posant ses sacs à terre, se boucha les oreilles.

D'une main, Madame Froufrou réclama le silence. On n'entendit plus que le cliquetis des bourses qui s'ouvraient et le tintement des pièces comptées une à une.

«Mes stocks sont très limités... Je ne pourrai satisfaire tout le monde.» Les gémissements reprirent. «À votre avis, à qui Madame Froufrou devrait-elle vendre ses doux trésors ? Aux clientes du premier rang ?

— Nooon !» hurlèrent les rangs de l'arrière.

Madame Froufrou s'épanouit. «À celles qui portent du rose, la couleur de la semaine ?

— Nooon ! protestèrent toutes les autres.

— Je crois, déclara Madame Froufrou, que je vais faire comme à Parii.

— Ouiii ! Comme à Parii !

— Comme à Parii, donc, je vais sélectionner les vraies élégantes... Celles pour qui la mode compte vraiment... Celles qui sont prêtes à Y METTRE LE PRIX !»

Madame Froufrou se tut. Elle parcourut les dames des yeux, certaines au bord de l'évanouissement. «La voilà, la question à vous poser : suis-je prête à y mettre le prix ? Si tel n'est pas le cas, laissez la mode aux autres. Jamais vous ne serez glamour ni tendance», conclut-elle d'un ton léger.

Un frisson parcourut l'auditoire, puis des voix s'élevèrent : «Moi, je suis prête à y mettre le prix ! Moi ! Moi ! Moi !»

De nouveau, Madame Froufrou exigea le silence. «Quelle joie de se trouver en élégante compagnie ! Pourtant, je sens qu'il en est parmi vous qui se disent :

la mode à tout prix, est-ce bien raisonnable ? Et moi je dis : c'est votre droit ! Libre à chacune d'être une irrécupérable RINGARDE ! »

Une irrécupérable ringarde

Du coin de l'œil, Arthur vit frémir plusieurs de ses voisines. Après un silence dramatique, Madame Froufrou reprit : « Donc, je vais sélectionner à la parisienne... » Son œil d'aigle balaya la foule. « Et c'est une méthode infaillible ! »

Deux ou trois dames se trouvèrent mal pour de bon.

« Les véritables élégantes voudraient-elles bien montrer, en levant la main très haut, ce qu'elles sont prêtes à débourser ? Et veuillez vérifier autour de vous, aussi, ce que montrent les autres ! »

Durant quelques instants, on n'entendit plus que tintements de pièces et froissements de billets de banque.

Puis une forêt de bras se leva, brandissant des liasses de billets, des poignées de pièces. Et chacune des dames, bien sûr, épiait ce qu'exhibaient les voisines. Alors, Madame Froufrou s'arma de jumelles et inspecta les offrandes.

Une forêt de bras brandissant des liasses de billets...

« Je suis un peu choquée, dit-elle. Certaines se veulent à la pointe de la mode et refusent le moindre sacrifice. » Un frisson parcourut l'assistance. « Je vais tourner le dos et compter jusqu'à cent afin de leur laisser le temps de se retirer discrètement... Si elles sont encore là quand je me retournerai, je les montrerai du doigt ! »

Elle tourna le dos. Les sacs à main se rouvrirent ; cette fois, on vidait les bourses. Puis, sans hâte, elle se retourna et son sourire s'élargit. « Ah ! je vois qu'il ne reste, cette fois, que celles qui savent ce que signifie "avoir de la classe" !

— Ouiii ! cria l'assistance, soulagée.

— Bien. L'heure est donc venue d'attribuer à celles qui le méritent le petit accessoire le plus tendance du jour – que dis-je ? In-con-tour-nable ! Roberto et Raymond, s'il vous plaît ? »

Deux messieurs en costume rose vif, plutôt crasseux, montèrent sur l'estrade.

« Mes experts en mode pariisienne, ici présents, vont m'aider à commencer par les plus stylées d'entre vous. Roberto et Raymond, à vous ! Veuillez exercer vos compétences ! »

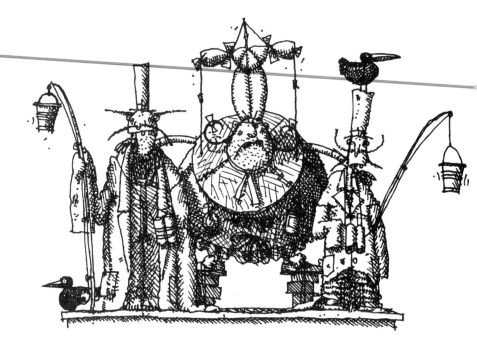

Deux messieurs, plutôt crasseux,
montèrent sur l'estrade.

Roberto et Raymond tirèrent de la caisse deux cannes à pêche, chacune munie d'un petit seau à son extrémité. Puis ils se collèrent sur les yeux ce qui semblait bien être des jumelles en carton et entreprirent de scruter la foule.

Roberto eut tôt fait de repérer une main particulièrement pleine et il se tourna vers Madame Froufrou. «Madame, je crois que j'aperçois là-bas un véritable ange de la mode.

Ils entreprirent de scruter la foule.

— C'est par ma foi vrai! Une femme de grâce et de vertu! À présent, mon ange, veuillez déposer votre offrande dans le petit seau qui va vous être présenté, après avoir pris dans ce seau votre ticket numéroté. Vous viendrez ensuite, en échange de ce ticket, chercher sur cette estrade votre nouvel accessoire mode – et vous serez la reine des Ratipontaines à la page!»

Roberto tira de sa poche un petit papier froissé et le jeta dans le seau, au bout de sa canne à pêche. Puis il tendit le tout vers l'ange de la mode. La dame s'étira, prit le ticket dans le seau et, en échange, y déversa toute sa fortune. Puis, avec de petits gloussements ravis, elle se fraya un chemin vers l'estrade. On s'écartait pour elle, on l'escortait de regards envieux. Le seau s'était envolé, voltigeant par-dessus les têtes. Lorsque l'ange

monta sur l'estrade, Madame Froufrou lui remit le bricoliau miniature en échange du ticket.

Madame Froufrou lui remit le bricoliau miniature.

Mais déjà, Roberto et Raymond avaient repris leur « sélection », troquant des tickets contre le contenu de bourses replètes, tandis que Madame Froufrou continuait d'échanger les tickets contre des mini-bricoliaux. La cadence était vive, l'assistance s'éclaircissait et les élégantes s'en repartaient, très fières, avec leur nouvel « accessoire mode ».

Bientôt, il ne resta plus, devant l'estrade, que trois malheureuses qui brandissaient toujours leur offrande, rongées d'inquiétude – ainsi qu'Arthur et Willbury.

C'est alors que Madame Froufrou avisa soudain Arthur. Son regard s'arrêta sur lui et se fit dur comme l'acier avant de revenir à ses clientes.

« Tu la connais ? chuchota Willbury.

— Je dirais que non, mais… mais c'est bizarre, j'ai comme l'impression de l'avoir déjà vue.

— À la tête qu'elle vient de faire, on jurerait qu'elle aussi a l'impression de t'avoir déjà vu… »

Pendant ce temps, Madame Froufrou tenait avec ses

hommes un bref conciliabule. Puis elle se tourna vers les clientes laissées pour compte.

«Hélas! dit-elle, nous avons épuisé notre stock de gentilles miniatures. Mais je m'en voudrais de vous laisser repartir les mains vides. Vous aussi avez droit à un peu de style dans votre vie. Je crois que j'ai là une offre de toute dernière minute...»

Les dames retinrent leur souffle. Roberto et Raymond disparurent derrière l'estrade et réapparurent munis de trois seaux en zinc.

Arthur souffla à Willbury : «Ces seaux... Ils ne vous font pas songer à... à la même chose que moi?

— Je crains bien que si, et j'ai du mal à n'y voir qu'une coïncidence!»

Madame Froufrou prit sa voix la plus suave. «Rapprochez-vous, mesdames. Vous avez ici, dans ces récipients, des créatures très spéciales qui ne sont devenues tendance que tout récemment.»

Les dames s'approchèrent, reprenant espoir.

«Oui, je dirais même d'avant-garde. Des vaches marines d'eau douce, mesdames! Pêchées sur les bords de la Seyne. Ces créatures raffinées ornent les salles de bains les plus chic de Parii et de Millan.»

Les dames glapirent de joie, mais Willbury ramassa ses sacs. «Arthur, vite, prends tes affaires. Il faut que je touche un mot à cette Madame Froufrou.»

Arthur le suivit en direction de l'estrade.

«Je vous demande pardon, madame!» lança Willbury.

Madame Froufrou le considéra de la tête aux pieds, puis se tourna vers ses clientes.

«Désolée, mesdames, mais il faut que je m'en aille!» Elle arracha l'argent des mains qui se tendaient. «Prenez et gardez les seaux, ils sont en cadeau.»

Là-dessus, d'un bond, elle sauta à bas de l'estrade, par l'arrière.

« Je vous demande pardon, madame, lança Willbury, mais où allez-vous comme ça ? J'ai à vous parler, vous dis-je ! »

Arthur et Willbury contournèrent l'estrade en hâte.

Madame Froufrou et ses assistants s'étaient volatilisés. Il ne restait plus là qu'une poignée de paille et la caisse vide ayant contenu les mini-bricoliaux.

Le moment de stupeur passé, Willbury s'éclaircit la voix. « Tu dis qu'elle te rappelait quelqu'un. Tu ne sais vraiment pas où tu pourrais l'avoir vue ?

— Non, et je me le demande… C'est bizarre, je sais, mais en la regardant, j'ai eu la même sensation que… que quand le chef des chasseurs m'a coincé. On dirait presque… sa sœur jumelle.

— Bizarre, en effet, murmura Willbury. Il se passe ici des choses plus que louches. Et inquiétantes en diable. Allons voir Marjorie. Qui sait ? Elle nous aidera peut-être à y voir clair… »

Une file d'attente serpentait devant l'entrée.

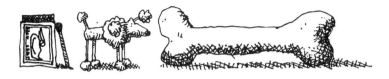

«… il existe des caniches nains. »

Chapitre 14
L'Hôtel des Brevets

« Quand je pense que je n'avais encore jamais entendu parler de ces créatures en réduction, mini-chou-trognes, mini-bricoliaux, mini-courvites, mini-vaches aquatiques, disait Willbury à Arthur, sur le chemin de l'Hôtel des Brevets. Et voilà que, soudain, on en voit partout !

— J'imagine qu'il en existe différentes formes suivant les pays, dit Arthur.

— Très juste. En Francie, par exemple, il existe des caniches nains. Parions qu'on trouve en Francie des formes miniatures d'un peu tout et n'importe quoi. N'empêche, ajouta Willbury, cette affaire ne me plaît pas. Vois comme ces pauvres petits avaient l'air misérable, en arrivant chez nous. Quant à cette Madame Froufrou… Bon, ne parlons plus d'elle !

— Ce qu'il y a, c'est que j'aimerais comprendre, dit Arthur d'une toute petite voix.

— Moi aussi, reconnut Willbury. C'est tout de même raide, cette histoire de ressemblance entre ce chasseur

et Madame Froufrou… » Il s'arrêta net. « Et si les deux affaires étaient liées ?

— Vous pensez que votre amie Marjorie pourra nous aider ? hésita Arthur.

— Je l'espère. Bon, sans doute pas pour cette histoire de mini-créatures, mais prenons les problèmes un par un. L'urgence, c'est de te ramener à ton grand-père et de récupérer tes ailes. Comme je te le disais, Marjorie connaît ici à peu près tout le monde dans le petit cercle des inventeurs et de la mécanique. Pour tes ailes, elle aura sans doute son idée.

— Mais qui est Marjorie ?

— Ah ! que je t'explique, dit Willbury. C'est mon ancienne assistante. Un esprit très brillant. Sa spécialité, c'étaient les histoires de brevets, d'inventions – plagiats, piratage et compagnie. Les inventions, neuf fois sur dix, elle en comprenait le principe encore mieux que leurs créateurs. C'est d'ailleurs pourquoi, quand j'ai pris ma retraite, elle a décidé de se lancer dans l'ingénierie, plutôt que de continuer dans le juridique.

« *Marjorie est mon ancienne assistante.* »

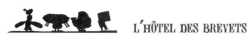 

Et je la comprends. La loi, c'est un peu barbant. Alors que la mécanique, pour quelqu'un de doué comme elle… Bref, avec sa double expérience des brevets et de la loi, elle connaît le monde des mordus de mécanique comme sa poche. Oh! c'est un petit monde cachottier, mais quelqu'un comme Marjorie…

— Et vous pensez qu'elle pourrait avoir entendu parler de mes ailes?

— C'est ce que j'espère, ou en tout cas qu'elle ait une idée là-dessus. Cela dit, même si nous récupérons tes ailes, restera à trouver par où te faire rentrer chez toi, acheva Willbury, soucieux.

— Oui… Je pensais à Bon-papa…» commença Arthur, mais il n'acheva pas.

Willbury lui mit la main sur l'épaule. «Il doit bien y avoir d'autres accès à l'En-dessous, dit-il d'un ton encourageant.

— Oh! il y en a, s'écria Arthur. Simplement, je ne sais pas où!»

De nouveau, Willbury se figea. «Tu as entendu parler d'autres points de passage?

— Oui.

— Arthur, ce pourrait être très important. Dis-moi tout ce que tu sais!

— Par exemple, je sais que des tas de créatures vivent sous terre, et pas seulement juste sous Pont-aux-Rats… Et que bien des galeries communiquent entre elles – pas toutes, mais beaucoup. Il devrait y avoir moyen de descendre sous terre en dehors de la ville et, à partir de là, d'aller retrouver Bon-papa. Simplement, je ne sais pas où débouchent ces galeries… Et ça pourrait être dangereux, aussi.

— Dangereux?

« Les blaireaux courvites peuvent être drôlement féroces. »

— Oui. Bon-papa m'a toujours dit de me méfier des galeries inconnues. À cause des blaireaux courvites, qui peuvent être drôlement féroces. Bon-papa a un doigt en moins, croqué dans sa jeunesse par un courvite.

— Et il n'y a pas qu'eux, dis-tu ?

— Non. Il y a les lapins, aussi. Et les lapinelles.

— Les lapinelles ? Ce n'est pas une légende ?

— Non, non, elles existent. J'en ai même vu, un jour. Enfin, pas elles, mais un de leurs terrinids.

— Terrini ?

— Les terrinids, c'est où elles habitent. Facile à reconnaître : de grands terriers douillets, avec des cendres,

des petits restes de repas, des crottes de lapin et plein de tricots en laine angora.

— Tu saurais trouver l'entrée d'un terrinid ?

— Non, se rembrunit Arthur. Je ne crois pas. Les lapinelles sont très, très discrètes, elles restent entre elles, on ne les voit jamais. Et elles se cachent aussi des courvites. En plus, elles sont si douées pour creuser des galeries que leurs sorties pourraient être au diable vauvert. »

Un petit crachin s'était mis à tomber. Arthur et Willbury se turent et continuèrent de marcher, tête basse. Peu après, à un carrefour, Willbury désigna une rue. « Par ici. L'Hôtel des Brevets n'est plus très loin.

— Au fait, c'est quoi, un brevet ? » s'enquit Arthur.

Willbury s'anima un peu. « Ah ! c'était ma spécialité, en tant qu'avocat. Un brevet, c'est une sorte de certificat que le gouvernement délivre à l'inventeur d'une machine ou d'une idée, d'un procédé. Le brevet certifie que c'est cette personne qui a eu l'idée, et donc qu'elle est propriétaire de son invention. Ça lui donne le droit

Lapinelle tricotant de la laine de lapin

d'exploiter cette invention – de l'utiliser – en interdisant aux autres de la copier sans sa permission. Le brevet est valable pendant un certain nombre d'années, pour que l'inventeur puisse tirer profit de ses efforts.

— Autrement dit, si j'avais inventé la ficelle, je ferais payer tous ceux qui fabriquent ou vendent de la ficelle ?

— Eh oui ! dit Willbury en riant. Si tu avais inventé la ficelle, tu serais riche à l'heure qu'il est.

— Et l'Hôtel des Brevets, il sert à quoi ?

— C'est là que les inventeurs se font décerner les brevets. On leur demande de prouver que leurs idées fonctionnent et qu'elles sont inédites. »

L'Hôtel des Brevets était une belle bâtisse dont la façade évoquait un peu un temple grec. Arthur l'avait remarqué plusieurs fois lors de ses vols crépusculaires, mais l'endroit était plus imposant vu d'en bas. Une file d'attente serpentait devant l'entrée, sur les marches de pierre et, passé les piliers, au-delà d'une grande porte de chêne. Ceux qui faisaient la queue portaient tous des paquets soigneusement emballés, et l'arrivée d'Arthur et Willbury parut les rendre soupçonneux.

« Pourquoi nous regardent-ils de cet air méfiant ? s'étonna Arthur.

— Ils redoutent qu'on vole leur idée avant qu'elle soit brevetée. Et ils n'ont pas tort. Il y a des spécialistes du vol d'invention, et adieu brevet ! »

Ils gravirent les marches et pénétrèrent à l'intérieur du bâtiment. Un bureau se dressait à l'entrée, derrière lequel un employé distribuait des tickets. Par-derrière s'ouvrait un immense hall bondé. De part et d'autre s'alignaient des tentes de toile, chacune portant un numéro. À travers la toile élimée, on devinait de vagues lueurs, et d'étranges bruits se faisaient entendre. Devant chaque tente s'étirait une nouvelle file d'attente, où l'on semblait se ronger les sangs plus encore que dans la rue.

« C'est ici que les inventeurs font leurs premières démonstrations, expliqua Willbury. S'ils franchissent cette étape, ils vont à l'étage, où sera examinée l'originalité de leur invention. »

Au fond du hall se dressait un majestueux escalier, au pied duquel était campé un petit groupe d'individus au regard fuyant. Arthur vit Willbury leur jeter un regard dur. « Ah ! les récupérateurs de brevets refusés, marmonna-t-il. Cette racaille !

— Qui donc ? s'enquit Arthur, choqué.

« Le rebut du monde de l'invention ! »

— Cette vermine, là, au pied de l'escalier ! Le rebut du monde de l'invention ! Les vautours de la mécanique ! Ils frappent l'inventeur en état de faiblesse et, avant qu'il reprenne ses esprits, ils sont déjà loin avec son invention, quand ils n'ont pas embobeliné le malheureux dans un contrat qui lui fait perdre tous ses droits. Gougnafiers ! Gibiers de potence !

— Mais que font-ils au juste ?

— Facile : lorsqu'un inventeur voit son idée refusée – soit que des détails restent à mettre au point, soit que les gars des brevets n'y aient rien compris –, il est abattu, découragé. C'est alors que ce ramassis de scélérats se jette sur lui… »

Le ramassis en question avait repéré Willbury, et chacun s'efforçait de disparaître, qui derrière une tente, qui derrière un pilier, rampant vers la sortie.

« Tous les jours, gronda Willbury, dont la colère montait, ils viennent là, au pied de cet escalier, prêts

à fondre sur leurs proies… Du plus loin qu'ils voient quelqu'un sortir des tests en faisant grise mine, ils l'encerclent pour lui offrir leur prétendue compassion ! Ils l'emmènent boire une bière, lui disent qu'avec quelques sous ils devraient pouvoir l'aider à mener à bien son projet. Juste un petit document à signer, pour montrer qu'eux et lui sont bons copains et prêts à l'aventure ensemble… Pauvre inventeur ! L'instant d'après, il n'a plus que sa chemise. Ils le font trimer comme un bœuf pour achever son projet, sous la menace de poursuites au besoin, et, une fois le brevet décroché, c'est à eux qu'il appartient. Lui n'en touchera pas un sou ! »

Le vieil avocat en vibrait de fureur, et sa voix résonnait à travers tout le hall. Prenant un navet dans son

Il envoya un navet voltiger dans leur direction.

cabas, il l'envoya voltiger en direction du dernier des
« récupérateurs de brevets refusés », juste comme celui-
ci se coulait dans la rue.

Un glapissement s'éleva du dehors, et les plus âgés des
inventeurs qui faisaient la queue poussèrent des hourras.

« Très satisfaisant ! commenta Willbury, se frottant
les mains. Du temps que j'étais en activité, je les faisais
filer doux, moi, ces crapules. Ah ! j'ai mis hors jeu plus
d'une fripouille. Si une chose pouvait me faire sortir
de ma retraite, tiens ! ce serait cette satisfaction-là. »

Arthur ne savait que dire.

« Et maintenant, reprit Willbury, trouvons Marjorie ! »
Il balaya le hall d'un regard circulaire, marcha droit vers
une file d'attente et s'informa : « Quelqu'un saurait-il
où est Marjorie ? »

Des bras désignèrent le haut de l'escalier. Arthur et
Willbury gagnèrent l'étage, puis le vieil avocat entraîna
Arthur vers un petit bureau de bois tout au fond, flanqué d'une modeste tente de camping. Juste à côté, au
creux d'un fauteuil pliant, une femme qui n'avait pas
l'air bien gai était plongée, sourcils froncés, dans un
manuel de mathématiques.

« Marjorie, bonjour ! la salua Willbury. Je vous présente mon jeune ami Arthur. Comment allez-vous ?

— Oh ! pas trop bien, Mr Chipott, pas trop bien. Je
suis coincée ici depuis des semaines, et les choses se pré-
sentent mal. » Elle posa le manuel sur ses genoux et serra
la main d'Arthur. « Veuillez me pardonner. Je manque
à toute politesse. Enchantée, Arthur. Seulement, vous
comprenez, tout va de travers pour moi. »

Arthur lui serra la main avec un petit sourire
compatissant.

« Pour être franc, reprit Willbury, je suis venu vous

… au creux d'un fauteuil pliant, une femme
qui n'avait pas l'air bien gai…

demander un menu service. Mais d'abord pourriez-vous nous dire ce qui vous arrive ?

— Oh ! c'est une histoire trop bête. Voilà trois mois, je suis venue ici avec ma toute dernière invention. J'ai fait ma première démonstration en bas, puis on m'a envoyée ici, voir l'employé censé vérifier l'originalité de ma machine – un que je n'avais encore jamais croisé. Quand il m'a dit qu'il l'emportait pour mieux l'examiner, j'ai eu des doutes. Et j'avais raison : il n'est pas revenu !

— Quoi ?! se récria Willbury. Il s'est volatilisé ?

— Exactement ! Je peux prouver que je lui ai remis ma machine, puisque j'ai le récépissé. Sauf que, sur ce papier, il n'y a pas de description ni rien, si bien que je ne peux pas prouver à quoi correspond ce que m'a pris

« … j'ai le récépissé. »

ce monsieur. Et, depuis, on essaie de se débarrasser
de moi en m'envoyant des employés novices qui me
rapportent n'importe quelle vieillerie dénichée dans
un entrepôt ! Mais moi, je ne décollerai pas d'ici tant
qu'on ne m'aura pas rendu mon invention !

— Bonté divine ! dit Willbury. Mais c'est affreux !
Et comment faites-vous pour survivre ?

— "Affreux" est le mot. Par bonheur, mes confrères
inventeurs sont en or. Ils m'apportent à manger, ils

*« Ils me rapportent n'importe quelle vieillerie
dénichée dans un entrepôt ! »*

m'ont fourni cette petite tente de bivouac, ce fauteuil... Côté confort, ça va. Mais je ne vais tout de même pas camper ici jusqu'à la fin de mes jours !

— Certes pas, murmura Willbury.

— Le pire, poursuivit Marjorie, c'est que cet employé, apparemment, n'est plus revenu travailler à l'Office des brevets. Il a disparu dans la nature. Ma hantise est donc qu'il ait pris le large avec mon invention.

— Pris le large ? s'effara Willbury. Et qu'était-ce donc, cette invention ? »

Marjorie jeta un coup d'œil à la ronde et baissa la voix : « Je sais bien qu'avec vous je peux avoir confiance, Mr Chipott, mais... Mais à ce stade, je crois plus sage que nul n'en sache rien !

— Bon, dit Willbury. C'est vous qui voyez. Était-ce donc une invention que d'autres puissent convoiter ?

— Oh ! que oui ! souffla Marjorie. Cet engin, Mr Chipott, c'était le couronnement d'années d'efforts... Mais en de mauvaises mains, il pourrait se révéler très dangereux. Et on me l'a volé, ou égaré ! »

Willbury lui tapota la main. D'un signe, Arthur rappela au vieil avocat le sac apporté du marché.

« C'est bien peu de chose, je sais, dit alors Willbury, mais nous avons ici pour vous quelques tourtes de Maître Cogitt. Arthur, sors-les, veux-tu ? Pendant ce temps, je vais essayer d'aller toucher un mot au directeur des brevets, Mr Louis Merluche.

— Merluche ? s'écria Marjorie. Le grand chef s'appelle Merluche ? C'est un Edward Merluche qui a disparu avec ma machine !

— J'avais entendu dire, en effet, que son fils était entré à l'Office. C'est sans doute lui. Bref, parions que le père saura me dire ce qui a pu se passer.

« Oh ! vous n'arriverez pas à le voir, Mr Chipott. »

— Oh! vous n'arriverez pas à le voir, Mr Chipott. Voilà des semaines que j'essaie d'obtenir un rendez-vous avec lui.

— J'ai dans l'idée que si! Il me connaît depuis… une certaine affaire judiciaire. Et si je glisse une ou deux allusions à ladite affaire dans ma conversation avec son réceptionniste, parions que Mr Merluche père souhaitera me voir au plus tôt. »

Sur ce, laissant Arthur avec Marjorie, Willbury disparut derrière la plus somptueuse des portes de l'étage.

Marjorie posa les yeux sur le sac. « Euh… elles sont à quoi, ces tourtes ?

— Il y en a six au porc et à la sauge, deux à la dinde et au jambon, et Maître Cogitt m'a donné un petit cake en plus. On peut le partager, si vous voulez », proposa Arthur.

Marjorie se fit soudain plus guillerette. « Ce ne serait pas un de ses cakes aux mûres, par hasard ?

— Il ne l'a pas dit. Pourquoi ?

— Ha ! Si c'en était un, tu ne me proposerais même pas de le partager. »

Arthur extirpa le plus petit des paquets et le déballa. Le cake à l'intérieur était rose et constellé de petits morceaux noir violacé.

« Un cake aux mûres ! jubila Marjorie. Joie des joies ! Tu es sûr que tu veux partager ? »

Arthur eut un franc sourire. « Sûr ! »

Il brisa le cake en deux et en tendit la plus belle moitié à Marjorie. Elle le dévora du regard un instant, puis ferma les yeux et y planta les dents. Arthur la regarda faire, puis l'imita. Aussitôt, les saveurs explosèrent dans sa bouche. Marjorie disait vrai; c'était une joie pure. Sous ses yeux, Marjorie enfourna d'un coup ce qui restait de sa portion.

« Vous aviez faim », dit-il.

Elle confirma d'un hochement de tête énergique, puis enchaîna, après avoir lentement dégluti : « Voilà qui vous rend l'appétit, au moins ! Mon estomac se demandait si mon gosier n'avait pas été tranché. Je peux faire un sort à une tourte Porc et sauge… ou à deux ? »

Arthur tira du sac le reste des paquets et déballa le premier. Un petit cochon en pâte ornait sa croûte dorée. « C'en est bien une, j'imagine ? dit-il à Marjorie.

— Oui. Avec Maître Cogitt, le petit ornement indique toujours à quoi la tourte est fourrée. » Arthur la lui tendit.

« Je ne sais comment vous remercier, vous deux, dit-elle. Vous êtes vraiment gentils. »

Arthur chercha que répondre, mais ne trouva rien. C'était la première fois, il s'en apercevait, qu'il adressait la parole à une femme. Il la regarda « faire un sort »

à cette tourte, mais le retour de Willbury détourna son attention.

Le vieil avocat était rouge de colère. «Faites vos paquets, Marjorie! L'ancien directeur des brevets, Mr Louis Merluche, a pris une retraite anticipée pour s'établir en affaires avec son fils — celui-là même qui a disparu avec votre invention!»

Marjorie faillit s'étrangler. «Ma machine. Ils l'ont volée!

— Je regrette de devoir le dire, mais ça m'a tout l'air d'être le cas.»

« Que faire, maintenant ? »

Elle en était tourneboulée. «Que faire, maintenant ? Rester ici jusqu'à ce que les poules aient des dents, ou partir à la recherche des Merluche… et perdre toutes mes chances de récupérer ma machine ici ?

— Chère Marjorie, lui dit Willbury, baissant la voix, vos chances de récupérer votre machine ici sont désormais proches de zéro, je le crains. Vous feriez beaucoup

 L'HÔTEL DES BREVETS

mieux de déposer plainte. Suivez-nous, je vais vous
aider à rédiger la chose. D'ailleurs, il n'est pas exclu
que, de votre côté, vous puissiez nous venir en aide.
Venez, nous allons tout vous expliquer.»

Ils aidèrent Marjorie à rassembler ses affaires et
repartirent avec elle à travers les rues de la ville.

Chemin faisant, Marjorie énumérait à mi-voix tout
ce qu'elle ferait si elle mettait la main sur les Merluche,
père et fils; Arthur se tourmentait pour Bon-papa; et
Willbury allait sans un mot, serrant les dents.

Las! les choses allaient empirer encore...

Changés en pierre devant l'entrée de la boutique,
Willbury, Arthur et Marjorie restaient sans voix.

Même le fauteuil de Willbury gisait démantibulé, les ressorts à l'air…

Chapitre 15

DISPARITION

Changés en pierre devant l'entrée de la boutique, Willbury, Arthur et Marjorie restaient sans voix. La porte pendait de travers, un de ses gonds arraché. À l'intérieur, ce qui avait été un aimable fatras n'était plus qu'un amas de débris.

« Ooh non ! souffla Willbury, très bas. Que s'est-il passé ? »

Arthur, comme assommé, sentait la peur monter. Il glissa la main dans celle de Willbury. La pièce était dans un état indescriptible – étagères renversées, rideaux déchirés, journaux et papiers jonchant le sol. Même le fauteuil de Willbury gisait démantibulé, les ressorts à l'air.

Arthur sentit la main du vieil avocat se crisper dans la sienne. Willbury toussota et appela : « Fretin ! Titus ! Nœuf ! Babouche ! Où êtes-vous ? » Nul ne répondit. Il reprit d'une voix cassée : « Mais où sont-ils ? »

Alors, Arthur, lui lâchant la main, traversa la pièce comme une flèche pour aller voir derrière le comptoir.

Rien. Puis il courut dans l'arrière-boutique et jusqu'à la porte de derrière. Il revint défait. « Ils ne sont pas là. »

Willbury s'avança dans la pièce et s'arrêta. Il se pencha pour ramasser quelque chose – un petit morceau de carton déchiré, qu'il renifla.

… un petit morceau de carton déchiré, qu'il renifla.

« Fretin ! » marmotta-t-il, serrant le bout de carton sur sa poitrine.

Arthur le rejoignit en silence. Willbury baissa les yeux vers lui et murmura : « Il s'est passé ici quelque chose de terrible. »

À cet instant, Arthur éprouva une sensation de froid sous ses pieds. Il baissa les yeux ; le tapis était trempé, l'aquarium renversé sous la table. Il se pencha. Dans l'ombre du pot de grès gisait la mini-vache aquatique. Elle ne bougeait pas et Arthur n'aurait pas juré qu'elle vivait encore. Willbury, suivant son regard, se laissa tomber à genoux.

«Vite, un pichet d'eau!»

Arthur se précipita, trouva un pichet, le remplit d'eau et revint en hâte. Willbury redressa l'aquarium et lentement, délicatement, il y versa l'eau du pichet. La petite vache flottait, inerte, à la surface. Tous la regardaient fixement, suppliant le ciel qu'il fût encore temps. Au bout d'un moment, la minuscule créature eut un soubresaut et parut s'éveiller.

«Dieu soit loué! s'écria Willbury. Elle est sauve – espérons-le. Vite, Arthur, va rechercher de l'eau.» Précautionneusement, il souleva l'aquarium, le replaça sur le comptoir. Arthur rapporta un pichet plein et bientôt l'aquarium fut remis en eau.

Willbury redressa l'aquarium et lentement, délicatement, il y versa l'eau du pichet.

« Mais où peuvent être les autres ? murmura Arthur.

— J'aimerais bien le savoir », dit Willbury avec un coup d'œil alentour. Tout en parlant, machinalement, il redressait un casier à livres et y remettait les volumes en place. Marjorie se joignit à lui.

« Je peux me rendre utile ? s'enquit Arthur.

— Oui, par exemple en épongeant le tapis. Prends de ces vieux journaux, derrière. Ils feront serpillière. »

Arthur saisit une pile de journaux… et poussa un cri. Là, roulé en boule contre le plancher, le bricoliau miniature tremblait comme un grelot.

« Fétu ! C'est Fétu ! » cria Arthur.

Le mini-bricoliau se jeta contre lui et lui agrippa la cheville. Arthur baissa les yeux et vit briller quelque chose sur le sol : le boulon de Fétu. En douceur, il

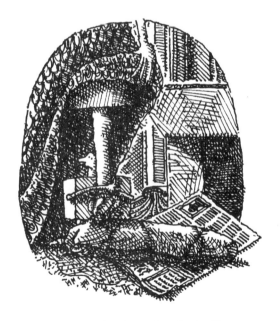

Le mini-bricoliau lui agrippa la cheville.

cueillit le mini-bricoliau d'une main et, de l'autre, ramassa le boulon pour le rendre à son propriétaire. Fétu s'en saisit, puis se blottit contre Arthur.

« Parfait, dit Willbury. Prends bien soin de lui. »

Marjorie observa le bricoliau miniature, puis, gagnant l'aquarium, elle regarda dedans. Elle ne disait pas mot mais semblait décomposée.

« Qu'y a-t-il, Marjorie ? demanda Willbury.

— Rien », répondit-elle. Puis, après un silence : « D'où viennent ces créatures microscopiques ?

— Je les ai achetées ce matin à un certain Grichouille. Sinistre olibrius, celui-là. Il voulait acheter Fretin et les autres, les "grands formats", comme il disait. Et quand je dis qu'il *voulait*... Il était prêt à tout, oui ! Je me demande... je me demande si ce ne serait pas lui qui... Vingt dieux, si c'est le cas, je le lui ferai payer !

— Des mini-créatures, on en a vu au marché, aussi, compléta Arthur. Willbury, vous croyez que Grichouille aurait un rapport avec Madame Froufrou ?

— Difficile à dire. Quoi qu'il en soit, il faut retrouver Fretin et les autres ! J'ignore ce qu'il y a derrière tout ça, mais je crains le pire. » Il avisa la barrique dans son coin. « Titus ! » s'écria-t-il, s'élançant vers elle. Il s'agenouilla, mit l'œil à la bonde. « Juste ciel ! pauvre petiot... » Il plongea le bras dans la barrique et en sortit le mini-choutrogne. « Titus a disparu, mais voici au moins son petit compagnon. »

D'un doigt, il caressait la créature au creux de sa main. Le mini-choutrogne tremblait lui aussi de tout son corps. « Pauvre, pauvre petit », murmurait Willbury.

Ils étaient là à se demander comment réconforter le petit être, lorsqu'un toussotement se fit entendre à l'entrée de la boutique. Ils se retournèrent, sur le qui-vive.

D'un doigt, il caressait la créature au creux de sa main.

Mais ce qui s'encadrait dans la porte était plus surprenant que menaçant : c'était, du moins à première vue, une grande panière à linge montée sur une paire de bottes.

… une grande panière à linge montée sur une paire de bottes.

« Salut ! dit la panière. N'auriez pas du linge à laver, par hasard ? » Là-dessus, elle se posa à terre, et un grand gaillard apparut derrière, avec un immense sourire et un étrange couvre-chef : on aurait dit le nid-de-pie d'un navire, et sur cette petite plate-forme était perché un rat à l'air amical, un foulard à pois sur le front.

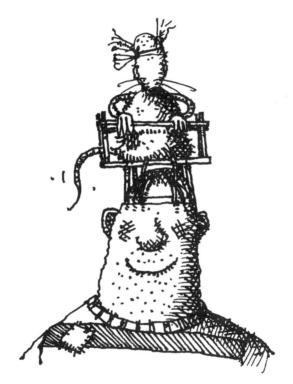

Sur cette petite plate-forme était perché
un rat à l'air amical.

« Je vous présente Rollmop, dit le rat, désignant son porteur. Moi, c'est Tom. Carte de visite, s'te plaît, Rollmop ! »

Le porteur tira de sa veste un très petit carré de bristol, et le passa au rat qui le tendit aimablement. Willbury prit le bristol et lut à voix haute :

TOM, SECOND À BORD DE LA L.N.R.
LAVERIE NAUTIQUE RATIPONTAINE
NOUS LAVONS PLUS BLANC, LESSIVONS PLUS PROPRE,
POUR NOUS, RIEN N'EST TROP LOURD NI TROP SALE !

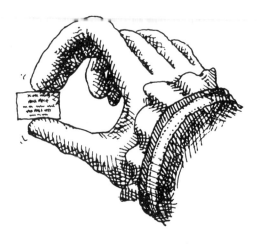

Un très petit carré de bristol...

Willbury hésitait entre l'homme et le rat. Auquel des deux s'adresser ?

« Y a pas de souci, lui dit Rollmop. Moi, ici, je suis le muscle. Le patron, c'est lui.

— *Patron* ? se récria le rat. Jamais de la vie. La L.N.R. est une coopérative. Tous égaux. Bon, d'accord, c'est moi qui m'occupe de la clientèle et toi, du linge. Rappelle-toi, la semaine passée, on a voulu échanger les rôles et ça n'a pas trop bien marché...

— Je te le fais pas dire : pour les manutentions, t'es pas doué. Et moi, l'organisation n'est pas mon fort. Enfin bref, sir, conclut Rollmop pour Willbury, vous traitez avec Tom, c'est lui le cerveau. Moi, j'attends les instructions.

— Exactement, dit Tom le rat. Bien, sir. Nous sommes ici pour vous servir. Et vous avez de la chance : cette semaine, grande promotion sur le petit linge ! C'est une offre spéciale pour nous faire connaître, parce que nous sommes encore nouveaux dans le quartier : pour deux chemises ou un pantalon lavés, on vous blanchit gratis autant de petit linge que vous voudrez... »

Tom se tut net ; Rollmop venait de lui décocher une chiquenaude. « Tu sais quoi, Tom ? J'ai dans l'idée que nos amis ont d'autres soucis, à c'te heure, que leur petit linge. »

Tom observa Willbury, Arthur, Marjorie, puis son regard se porta au-delà, sur l'intérieur de la boutique. Il sursauta. « Oh ! boun diou ! Mais qu'est-ce que c'est ?... Liquidation de stock ?

— Cambriolage, dit sobrement Willbury. Et enlèvement, surtout : nos amis ont disparu.

— Enlèv... Oh ! et moi qui bavarde, je vous demande bien pardon. » Il semblait sincèrement ému. « Et quand donc est-ce arrivé ?

— Il y a une heure ou deux, pas plus. Le temps pour nous d'aller au marché, et voilà ce que nous trouvons au retour.

— Et vous dites que des amis à vous ont *disparu* ? » Lentement, Willbury parcourut la pièce des yeux. « Oui. Des amis très chers.

— Combien ? voulut savoir Tom le rat.

— Quatre, répondit Arthur. Fretin, Nœuf, Babouche et Titus.

— Trois bricoliaux… et un choutrogne, précisa Willbury.

— Bricoliaux, choutrogne ? reprit Tom. Comme ces tout petits que vous avez là ? »

Il désignait Fétu sur l'épaule d'Arthur et le mini-choutrogne que Willbury s'efforçait de réconforter.

« Oui, dit Willbury, mais en beaucoup plus grand.

— Ma doué ! dit Tom. C'est abominable !

— Savez, intervint Rollmop, nous aussi on a perdu des gars, y a pas longtemps. Trois en tout, ces quinze derniers jours…

— Comment ? s'écria Willbury. Il vous est arrivé la même chose ?

— Oui, dit Rollmop. Bon, le premier qu'on n'a plus revu, on a pensé à un départ volontaire. Mais la semaine passée, deux autres ont disparu. Et là, y a pas à tortiller, il leur est arrivé quelque chose. C'étaient de bons bougres. Pas le genre à fausser compagnie.

— Et vous avez été cambriolés, aussi ? s'enquit Arthur.

— Nous, non. Comme je disais, le premier, Framley, c'était un rat que personne n'aimait. Un faux-jeton de première bourre. Disparu sans laisser d'adresse, mais après tout, bon débarras.

— Ce Framley… gronda Tom. S'il n'avait pas disparu comme ça, je crois que je l'aurais flanqué dehors ! On se méfiait tous de lui, pour être franc. On le sentait prêt à devenir violent un jour ou l'autre. Mais la semaine passée, on a perdu deux rats de plus, Levi et Piccalilli. Et eux, c'étaient de bons gars… Partis faire les courses. Sont jamais revenus.

— Hum, fit Willbury. De plus en plus louche. Et vous n'avez aucune idée d'où ils ont pu passer ?

— Le mieux serait que vous parliez au capitaine, dit Tom. Il a lancé une enquête. Si vous veniez au rafiot – je veux dire : à la laverie ?

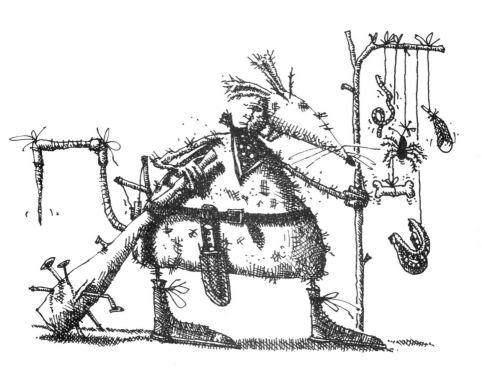

« … c'était un rat que personne n'aimait. »

— Euh… hésita Willbury, indiquant la boutique dévastée. Je n'aime pas trop l'idée de laisser l'endroit en pareil état. D'un autre côté, si vous pensez que votre capitaine peut nous aider à retrouver nos amis…

— Vous tourmentez pas pour ce chambard, lui dit Rollmop. On va envoyer des gars de la laverie, ils vous remettront tout ça en ordre.

— C'est gentil à vous, mais...

— Y a pas de mais ! coupa Rollmop. On manque pas de bras ni de pattes, à bord. Et avec nous, faut que tout soit nickel-chrome. Savez, quand on a été matelot des années...

— En ce cas, merci, dit Willbury. À votre avis, votre capitaine, on peut aller le voir tout de suite ? Nos amis sont en danger, il faut faire vite.

— Aucun problème, assura Tom. Suivez-nous. En route, Rollmop ! »

Le grand gaillard reprit sa panière et ajusta les brides sur ses épaules.

« Mais, et Fétu ? s'inquiéta Arthur. Et la mini-vache ? Et le petit compagnon de Titus ?

— On les emmène ! décida Willbury. Pas question de les laisser seuls. » Joignant le geste à la parole, il glissa le mini-choutrogne dans la poche de son gilet. « Marjorie, pourriez-vous prendre la petite vache dans le seau, avec un fond d'eau ?

— Bien sûr », répondit Marjorie.

Ce ne fut pas si facile, mais, à force de mots gentils et au prix de quelques éclaboussures, elle parvint à transférer la mini-créature dans le seau.

Et tous se mirent en route pour la Laverie Nautique. Arthur tenait Fétu contre lui et le rassurait tout bas : « Ne t'en fais pas. On va les retrouver, les autres. Tout va s'arranger. »

Fétu semblait y croire, mais Arthur s'interrogeait : était-ce bien si certain ?

La Laverie Nautique Ratipontaine

Un pavillon blanc et rose quelque peu inhabituel

Chapitre 16

HISSEZ LES COULEURS !

Le canal coulait, paisible, derrière une rangée de fabriques. Il avait été naguère l'artère reliant Pont-aux-Rats au vaste monde. Longtemps, des trains de péniches avaient apporté à la ville charbon et matières premières, tandis que d'autres emportaient des produits manufacturés. En ce temps-là, le canal avait été bruissant de vie. Mais depuis l'arrivée du chemin de fer, on n'y voyait plus guère que des pêcheurs à la ligne et des gamins avec des bateaux en papier. Pourtant, deux mois plus tôt, un bateau d'assez fort tonnage avait en quelque sorte jeté l'ancre là, sous le pont, et ses matelots, pour gagner leur pain, s'étaient embarqués dans une aventure commerciale : la Laverie Nautique Ratipontaine. L'équipage avait ceci d'insolite qu'il se composait d'hommes et de rats, partenaires à part égale. Le bruit courait que tous avaient déjà un « passé » – pas nécessairement respectable –, on parlait même de piraterie, mais nul à Pont-aux-Rats n'en savait long sur ces marins reconvertis dans la blanchisserie.

Il commençait à bruiner lorsque le petit groupe mené par Tom et Rollmop tourna sur le chemin de halage. De là, le spectacle était peu ordinaire. Un navire en bois, vu côté poupe, occupait tout le canal. Une haute cheminée, sur le pont principal, crachait des nuées de vapeur. Et dans les gréements flottaient au vent comme des lambeaux de voile multicolores. Une machine haletait, obsédante et rythmique.

Arthur sentit Fétu se trémousser. Le mini-bricoliau semblait tout émoustillé.

« Qu'est-ce qu'il y a, Fétu ? »

Avec un petit cri, la mini-créature désigna, dans le nuage de vapeur, quelque chose de grand et de vert qui s'élevait et s'abaissait à cadence régulière.

« Hé ! vous avez une machine à balancier ! » s'extasia Marjorie, manquant de lâcher son seau.

Rollmop se retourna, très fier. « Pas mal, hein ?

— Et d'où vient ce bel engin ? » s'enquit Marjorie, curieuse.

Rollmop parut gêné, et c'est Tom qui répondit : « Euh… on se l'est procuré… lors d'un récent voyage en Cornouilles.

— Mais comment se procure-t-on une machine à balancier ? insista Marjorie.

— Ça ! dit Rollmop, faut se démener pas mal…

— Sans entrer dans le détail, coupa Tom, disons que leurs propriétaires n'en avaient plus l'usage.

— Ouais, et pas de danger qu'ils viennent de sitôt passer leurs vacances dans le coin ! » compléta Rollmop.

Willbury leur jeta à tous deux un regard soupçonneux et Tom détourna les yeux, pudique.

« C'est quoi, une machine à balancier ? s'enquit Arthur.

— Une machine à vapeur, expliqua Marjorie.
En gros, c'est le même principe. Sauf qu'au lieu de
déplacer des choses, comme une locomotive, disons,
ça actionne des installations fixes. Des pompes, par
exemple. C'est une invention remarquable. » Elle en
avait les yeux brillants.

Ils approchaient de la passerelle. Alors, Arthur
découvrit que ce qu'il avait pris pour des lambeaux de
voile était en fait une grosse lessive séchant au vent,
pendue aux cordages par des pinces à linge.

« Tout le monde à bord ! » lança Rollmop, et le petit
groupe gravit la passerelle du navire, ou plutôt de la
Laverie Nautique Ratipontaine. Sur le bastingage
étaient perchés des corbeaux, de grands corbeaux freux
à l'air tout triste.

« Vous en faites, une tête ! leur dit Tom. Qu'est-ce
qu'il y a donc, Mildred ?

— Il pleut ! répondit Mildred. Alors qu'on vient
juste d'étendre le linge !

— Et si vous le rentriez ?

... de grands corbeaux freux à l'air tout triste.

— À quoi bon, puisqu'il est mouillé ? Et pour le mettre où, dis voir ? La cale est bourrée de linge sale, la soute déborde de la lessive en cours, et les cabines sont pleines à craquer de paquets de savon.

— Où sont les autres ? s'enquit Rollmop.

— Les uns en bas, à faire la lessive ; les autres en ville, à livrer le linge propre ou ramasser le sale, résuma Mildred, laconique.

— Et le capitaine ?

— Pas vu de la journée ! grogna son voisin. En train de siroter un thé quelque part au sec, je parie.

— Y en a qui s'en font pas ! » conclut Rollmop.

Tom se tourna vers leurs visiteurs. « Je vous emmène en bas, on le trouvera bien. Mais d'abord, pointage du linge. Rollmop, l'écoutille ! »

Rollmop se planta devant une large écoutille, puis il frappa trois coups sur le plancher et l'écoutille s'ouvrit. Un rat jovial sauta sur le pont.

« Salut, Rollmop ! Salut, Tom ! Z'avez la liste ? »

Rollmop tira de sa poche un long rouleau de papier et le tendit au rat.

« À propos, Jim, dit Tom, tu voudras bien faire très attention, pour ce grand caleçon de laine ? La laine, ça tend à rétrécir ; or, le propriétaire du caleçon a déjà du mal à rentrer dedans…

— Aye, sûr ! répondit Jim. Pouvez compter sur nous. » Il se pencha vers l'écoutille, la patte en porte-voix. « Ohé, les gars ! V'là la nouvelle fournée ! Faites gaffe au grand caleçon de laine ! »

Sans crier gare, dix ou douze rats fusèrent de l'écoutille et, à eux tous, ils descendirent la panière dans la cale. L'écoutille se referma.

« Tu sais où est le capitaine ? demanda Tom à Jim.

Dix ou douze rats fusèrent de l'écoutille et, à eux tous,
ils descendirent la panière dans la cale.

— Dans sa cabine. À faire les comptes. Suivez-moi ! »
Le groupe suivit Jim jusqu'à une autre écoutille,
à l'arrière du navire. Tout en descendant les marches
en bois, Arthur demanda à Tom : « Qui sont ces
oiseaux, là ?
— Les corbeaux freux ? Des pros ! C'est eux qui
étendent le linge et le plient. Y a pas plus doué qu'un
freux pour plier correctement une chemise. Voici
comment nous fonctionnons : certains vont en ville
recueillir le linge sale dans des panières. En enregistrant
chaque article au fur et à mesure, bien sûr. Faudrait
pas oublier à qui appartient quoi. Bon, au bateau, Jim
prend les listes, et le boulot des rats, c'est le tri du
linge : blanc, couleur, laine, coton, tout ça. Chez nous,
hein, pas de caleçon blanc qui devient rose, pas de drap
qui se retrouve mouchoir ! Ensuite, les gars des soutes
mettent le linge à fond de cale et il n'y a plus qu'à

pomper l'eau du canal, ajouter des copeaux de savon, plus un peu de dentifrice à la menthe (ça lave mieux et ça sent bon) et c'est parti ! La machine à balancier fait le reste. Le linge rincé, retour sur le pont, les corbeaux le mettent à sécher. Dès qu'il est sec, ils le plient, les rats le remettent en panière et il ne reste plus qu'à le livrer à ses propriétaires et se faire payer. »

Ils avaient atteint le bas des marches et suivaient à présent une coursive. Au passage, Jim désigna une rangée de portraits sur la cloison de bois.

« Nos capitaines.

— Ça en fait beaucoup, hasarda Arthur.

— Normal, dit Tom. Nous en élisons un tous les vendredis. Nous sommes très démocratiques. C'est une vieille tradition chez les pir… euh… les lavandiers. »

Au bout de la coursive, Jim frappa à une porte.

« Entrez ! » invita une voix. Jim ouvrit. Dans une vaste cabine, derrière un bureau couvert de paperasse, un rat était assis, coiffé d'un grand tricorne.

« La dernière liste, cap'taine, dit Jim, tendant son bout

de papier. Et je vous présente des visiteurs amenés par Tom et Rollmop.

— Aye ! Aye ! dit le capitaine, inventoriant le petit groupe. Quel bon vent nous vaut cette visite ? Il ne s'agit pas d'une réclamation, j'espère ?

Le capitaine

— Non, capitaine ; mais les bonnes gens que voici, dit Tom en désignant Marjorie, puis Arthur et Willbury, font face à de gros ennuis : des amis à eux ont disparu.

— Des amis, disparu ? répéta le capitaine, ébranlé. Nous sommes dans le même bateau, alors.

— Il semblerait, dit Willbury, il semblerait... Permettez que je nous présente : Willbury Chipott, pour vous servir, et mes amis Arthur et Marjorie. »

Fétu poussa un petit cri, Willbury en oubliait la moitié.

« Oh ! désolé, reprit Willbury. Et vous avez ici Fétu, et... euh, un ami choutrogne, là, dans ma pochette de gilet, et aussi une... une mini-vache aquatique, dans le seau de Marjorie.

— Enchanté », dit le capitaine, soulevant son chapeau trop grand. Son regard s'attarda un instant sur les mini-créatures, puis il s'informa : « Et combien d'amis avez-vous perdus ?

« Et combien d'amis avez-vous perdus ? »

— Quatre, répondit Willbury. Trois bricoliaux et un choutrogne. Ils ont disparu ou, plus exactement, ils ont été enlevés ce matin, pendant qu'Arthur et moi étions au marché, puis passions voir mon amie Marjorie.

— Et qu'est-ce qui vous fait croire à un enlèvement ? s'enquit le capitaine.

— Ce n'est pas que je le croie, dit Willbury, c'en est un, j'en suis sûr ! Au retour, nous avons retrouvé mon domicile sens dessus dessous, dévasté. Avec des traces de lutte.

— Hmm, fit le capitaine. Le jour où notre collègue Framley a disparu, on ne peut pas dire qu'il y ait eu traces de lutte. Encore que... Son coin de chambrée était toujours dans un tel état ! Jamais vu pareil flemmard ! Et odieux, pour couronner le tout.

*« Son coin de chambrée était toujours
dans un tel état ! »*

— Le plus gros, le plus laid, le plus cossard de tous les rats de la création, commenta Rollmop.

— Mais doué pour le tri du linge, rectifia le capitaine. N'y a que ça qui nous manque ! »

Les autres approuvèrent d'un hochement de tête.

« Mais doué pour le tri du linge…
N'y a que ça qui nous manque ! »

« Et quand avez-vous noté sa disparition ? s'enquit Willbury.

— Le vendredi soir, nous nous réunissons. Pour élire un nouveau capitaine et partager les bénéfices.

— Quand il y en a, glissa Rollmop, morose.

— Bon, enchaîna le capitaine, c'est vrai que, jusqu'ici, on n'a pas fait des cents et des mille. Et il faut bien payer le savon et tout. Framley, lui, il adorait les sous, et ça faisait un bail qu'il parlait de s'en aller – "faire sa pelote ailleurs", comme il disait. Voilà quinze jours, justement, on avait un peu de sous à se partager, alors, on a fait l'appel. Et là, pas de Framley. On l'a cherché partout. Personne. On s'est dit que, peut-être, il avait trouvé mieux.

— Mais Tom dit qu'ensuite deux de vos collègues ont disparu aussi ? rappela Willbury.

— Oui, Levi et Piccalilli. Eux, c'était il y a huit jours. Ils sont allés faire des courses en ville et on ne les a plus

revus. Ils nous manquent beaucoup… Piccalilli est mon frère, ajouta le capitaine, le regard embué. Nous avons lancé des recherches, mais bernique.

— Et vous n'avez pas la moindre idée de ce qui a pu leur arriver ?

— Non, et c'est pour ça que j'enquête. Au début, je ne nous voyais pas d'ennemis ; nous menons une vie si discrète ! Sauf que… le mois dernier, il y a eu une anicroche. Un drôle de paroissien est venu ici, un certain Grapnard, escorté de deux compères, sous couleur de nous souhaiter la bienvenue à Pont-aux-Rats au nom d'une "Nouvelle Guilde Fromagère". Cette semaine-là, le capitaine était Charley, la crème des gars. Il a accueilli nos visiteurs, leur a offert du thé, des biscuits. Là-dessus, ce Grapnard a proposé à l'équipage de se joindre à sa Guilde. L'ennui, c'est qu'il ne voulait pas de nous, les rats ; seulement les humains ! Il a même dit des choses horribles sur notre compte. Qu'il nous faisait pas confiance en présence de fromage, que nous étions de la vermine. Ignoble, qu'il était ! Bref, ça a fini par chauffer un peu… et ces trois-là se sont retrouvés à se rafraîchir dans le canal. »

« … ces trois-là se sont retrouvés à se rafraîchir dans le canal. »

Rollmop et les rats pouffèrent de rire, mais le capitaine les fit taire, patte haute.

« Et autre chose s'était passé, à l'arrivée de ces visiteurs. Bizarre, d'ailleurs, quand on pense au peu d'estime du bonhomme Grapnard pour les rats. Ce matin-là, Framley n'avait pas arrêté de houspiller les plus petits que lui, rats et corbeaux, et, à l'instant même où est arrivé ce Grapnard, une bagarre venait d'éclater entre Framley et Jim que vous voyez là.

— Je voulais juste qu'il arrête de tarabuster les petits, au tri, se défendit Jim, l'air désolé. Et lui, il m'a sauté à la gorge. Sans Rollmop, je... je ne sais pas où je serais maintenant.

— N'importe comment, tout s'est arrêté avec l'arrivée des visiteurs et tout le tralala. Mais Grapnard avait vu Framley à la bagarre et, à un moment donné, il a échangé quelques mots avec lui.

— Savez-vous ce qu'il lui a dit ? s'enquit Willbury.

— D'après Framley, Grapnard lui avait proposé un job.

— Bizarre, en effet, pour un ennemi des rats.

— N'est-ce pas ? dit le capitaine. Mais même si Framley l'intéressait, pourquoi Levi et Piccalilli auraient disparu aussi ? Ils se plaisaient ici, eux.

— Et cette Guilde, s'informa Arthur, c'est quoi ?

— Il ne nous en a pas dit long. Sinon que c'était une sorte de société mutuelle, pour le bénéfice de chacun de ses membres... Il n'arrêtait pas de dire en riant qu'il avait de *grrrands* projets pour Pont-aux-Rats. » Le capitaine se tourna vers Willbury. « Et vous ? Si vous nous racontiez un peu ? »

Willbury réfléchit un instant. « Ce matin, avant de partir pour le marché, nous avons eu une visite, nous

« C'est moi qui leur servais le thé. »

aussi. Mais rien à voir avec la vôtre. Une espèce de bonhomme peu ragoûtant qui vendait des créatures miniatures. Il tenait absolument à acheter mes amis, ceux qui ont disparu, mais je l'ai envoyé paître. Il disait s'appeler Grichouille.

— Grichouille ? s'écria Jim. Il y avait un Grichouille avec Grapnard !

— Ah ? fit Arthur.

— C'est moi qui leur servais le thé, reprit Jim. Sûr et certain, il y en a un que Grapnard a appelé Grichouille en lui demandant de passer le sucre.

— Ce qui donne à penser, dit Willbury, songeur, que toutes ces disparitions seraient liées... À quoi ressemblait-il, ce Grapnard ?

— Grand et gros, répondit Jim. Des rouflaquettes. Et un œil de verre. »

Arthur se tourna vers Willbury. « C'est lui ! Le chef des chasseurs !

— Hum... dit lentement Willbury. Je crois que nous savons qui a pris tes ailes... et nos amis ! »

Un malaise envahit la cabine.

« Où loge-t-il, ce Grapnard ? demanda Willbury au capitaine.

— C'est ce que j'essaie de trouver ! Il y a ce bâtiment, le Castel Fromager, dont il a parlé. Il disait vouloir le restaurer dans toute sa gloire.

— Je connais, dit Willbury. Mais l'endroit est désaffecté depuis des années !

— J'y étais hier soir, sur le toit, dit Arthur. Il m'a semblé entendre des bruits à l'intérieur. »

Tous les regards convergèrent vers lui.

« Intéressant, reprit le capitaine. J'ai envoyé un gars y jeter un coup d'œil. Tenez, je le fais appeler, qu'il vous répète ce qu'il m'a dit. » Il se tourna vers Jim. « Tu pourrais essayer de trouver Bert ? »

Jim disparut.

« Avez-vous pris contact avec la police ? » demanda Willbury.

Un épais silence répondit. Les matelots blanchisseurs ne semblaient pas très à l'aise.

« Je vois, dit Willbury, regardant le capitaine bien en face. Un rapport avec la machine à balancier, peut-être ?

— Euh... et deux ou trois autres choses. Nos rapports avec la police sont un peu compliqués », avoua le capitaine, détournant le regard.

Mais déjà, Jim revenait, amenant Bert. Le capitaine parut soulagé. « Ah ! Bert, dit-il. Pourrais-tu répéter à nos visiteurs ici présents tout ce que tu m'as dit à propos du Castel Fromager ?

— Sûr, cap'taine ! » Bert le rat souleva son béret et en tira un carnet de notes. « Voilà. Le deux septembre à vingt et une heures trente-trois –, j'ai abordé le Castel côté sud, comme j'avais reçu instruction de le faire.

Bert le rat souleva son béret et en tira un carnet de notes.

Je portais une veste de velours vert et j'avais mangé trois…

— Bert ! coupa le capitaine. Les faits, rien que les faits.

— Bien, se résigna Bert, à l'évidence un peu déçu. Voilà : il se passe des choses là-bas ! L'endroit est abandonné, il est censé être en vente… Mais moi, j'y ai vu des lumières, et j'ai entendu des bruits !

— Quel genre de bruits ? s'enquit Willbury.

— Bizaaarres ! déclama Bert. Comme des bêlements, des gémissements.

— C'est ce que j'ai entendu aussi, dit Arthur. J'ai pensé que ça pouvait être des fromages.

— Et avez-vous jeté un coup d'œil à l'intérieur, Bert ? demanda Willbury.

— Non. Pas pu y mettre une patte, l'endroit est mieux gardé que la Banque d'Engleterre. À l'épreuve des rats et des souris, comme me l'ont confirmé des mulots du quartier. Ce qui peut se comprendre, s'agissant de fromages…

— Avez-vous essayé de frapper à la porte ? »

« Bien », se résigna Bert, à l'évidence un peu déçu.

Bert piqua du nez. « Pas pensé à le faire.

— Parfois, dit Willbury, l'approche directe est la meilleure. Nous pourrions essayer ; il n'y a pas grand-chose à perdre.

— Ce bâtiment, déclara Rollmop, c'est à l'abordage qu'il faut le prendre ! »

Willbury parut un peu choqué. « Je crains que ce genre d'approche ne soit un remède pire que le mal…

— Aller frapper à la porte là-bas, d'accord, dit Tom, mais quand, selon vous ?

— On ne pourrait pas y aller tout de suite ? suggéra Arthur. Nos amis sont entre les mains de ces gens-là !

— Bien d'accord, dit Willbury. Mais comme ce qu'ils trafiquent a toutes les chances d'être illicite, évitons d'éveiller leurs soupçons. Pour cette raison, le mieux serait que j'y aille seul et…

— Je n'aime pas cette idée, coupa le capitaine. Allez savoir ce que… Non ! Si vous allez frapper là-bas, ce sera avec nous. Cachés, peut-être, mais prêts à intervenir.

— Pourquoi ne pas nous planquer à l'auberge d'en face, La Tête de Bourrin ? dit Tom. De là, on voit très bien le Castel par les fenêtres.

— Je dirais même plus, déclara Rollmop, allons-y tous !

— Donc, on y va ? demanda Arthur.

— On y va, décida le capitaine. Je suggère simplement à Mr Chipott de nous accorder dix minutes, le temps pour nous de prendre position à La Tête de Bourrin ; après quoi, il ira frapper à la porte du Castel. On verra bien. Nous serons tous là pour surveiller, depuis l'auberge. »

Willbury se tourna vers ses amis. « Marjorie, je suis navré de vous avoir entraînée dans cette affaire. Je promets de m'occuper de la vôtre dès que nous aurons retrouvé nos amis. Si vous restiez ici avec Arthur, pour veiller sur les mini-créatures tandis que nous allons au Castel ?

— Oh non, dit Marjorie très vite, je viens. On ne sait jamais, je pourrais être utile et je… j'ai… j'ai envie de rendre service, si je le peux.

— Moi aussi, je viens, déclara Arthur d'un ton sans réplique. Fretin et les autres sont mes amis.

— Bon, se résigna Willbury. Mais je crois tout de même plus sage de laisser ici nos amis très petits. Ils se feraient aisément blesser s'il y avait le moindre désordre. » Il se tourna vers le capitaine. « Vous avez bien un endroit où ils seraient en sécurité ? »

Le capitaine réfléchit. « Il y a ce coffret capitonné qui contenait le sextant, avant que Rollmop le fasse sauter par-dessus bord. Le mini-bricoliau et le mini-choutrogne y seraient très bien, je pense. » Rollmop, rouge betterave, semblait au bord des larmes. « On ne

te fait pas de reproches, Rollmop, ajouta le capitaine. Ce sextant, personne ne savait s'en servir. »

Le sextant que Rollmop a fait sauter par-dessus bord

Il se leva, débarrassa d'une pile de paperasse un coffret d'acajou posé là et l'ouvrit. L'intérieur était capitonné de velours grenat. « Pour un rat, c'est un peu étroit, dit-il, mais parions que ce sera parfait pour vos amis de petit calibre. Et peut-être la vache acceptera-t-elle de rester dans son seau ?

— Je pense que oui, dit Willbury. Nous tâcherons de lui trouver quelque chose de plus spacieux à notre retour. »

Délicatement, il tira de sa pochette le mini-choutrogne qui n'avait pas perdu une miette des événements, et le déposa dans le coffret capitonné. Aussitôt, le petit être s'y pelotonna et ferma les yeux. Puis Arthur s'inclina et laissa Fétu rejoindre son frère fifrelin. Le bricoliau eut tôt fait de repérer, dans le couvercle du coffret, diverses petites pièces d'acier rangées là. Il s'empressa de les déloger pour les entasser dans un angle, en compagnie de son boulon. Puis il se nicha contre ce trésor et ferma les yeux.

«Il faudrait peut-être leur laisser à manger? dit Arthur.

— Des biscuits de mer, ça irait? proposa le capitaine. C'est un peu dur, mais en les émiettant...

— Ce sera parfait, si vous en avez», dit Willbury. Le capitaine ouvrit un tiroir du bureau. Il en sortit deux biscuits, les plaça sur son sous-main, se saisit d'un galet presse-papiers et pulvérisa les biscuits d'un coup sec. Puis il recueillit les miettes dans ses pattes et dit : «Qu'est-ce que j'en fais?

— Saupoudrez-en une pincée dans le seau, répondit Willbury, et mettez le reste en petit tas dans le coffret, ça devrait suffire pour le moment.»

Le capitaine suivit les instructions, puis s'épousseta les pattes.

«Merci infiniment, dit Willbury. Ils seront très bien ainsi, j'en suis sûr. Marjorie, voulez-vous poser le seau près du coffret? Et maintenant, en route, je pense.»

Après quelques minutes d'organisation, l'équipage du bateau-laverie, complété d'Arthur et Marjorie, se mit en chemin pour l'auberge.

Sur le pont, sous le linge dégoulinant, Willbury regarda l'expédition s'éloigner, puis il consulta sa montre de gousset. Dans dix minutes, ce serait à lui de se mettre en route.

Quatre robustes choutrognes entreprirent
donc l'escalade à la recherche de bricoliaux.

Les choses tournaient un peu à la soupe.

Chapitre 17

En Basse-Choutrognie

Pendant ce temps, dans les profondeurs de la terre, on s'agitait beaucoup aussi. Sous les rues de Pont-aux-Rats, au cours de la semaine écoulée, les choutrognes avaient été aux anges : l'eau abondait, c'était excellent pour les cultures. Mais trop, c'est trop, et voilà que les choses tournaient un peu à la soupe.

Les choutrognes vivaient – et jardinaient – dans une immense caverne, à des centaines de pieds au-dessous des pavés. L'endroit étant situé au plus bas du monde souterrain, tout surplus d'eau avait tendance à s'y accumuler. Les choux qui poussaient là, d'une variété peu gourmande de lumière, commençaient à faire trempette, et la situation ne faisait qu'empirer.

Au cours d'une assemblée spéciale, il fut donc décidé d'envoyer une petite délégation choutrognesque demander aux bricoliaux, bien poliment, de couper l'eau quelques jours durant.

Quatre robustes choutrognes entreprirent donc l'escalade à la recherche de bricoliaux. Mais la grimpée

le long des galeries leur révéla un fait inquiétant : ces derniers temps, les bricoliaux avaient dû se montrer bien négligents ; l'eau suintait de partout. Dans quel état étaient donc les conduits ? Pareil laisser-aller ne ressemblait guère aux bricoliaux. Que se passait-il ? Avaient-ils fait l'acquisition de quelque superbe machine, qui les captivait tant qu'ils en oubliaient tous leurs devoirs et leurs travaux d'entretien ?

Après avoir bien grimpé, les quatre choutrognes s'assirent sur un rocher presque sec et chacun d'eux sortit son sandwich. C'était leur mets favori : une feuille de chou entre deux feuilles de chou.

Un sandwich fait d'une feuille de chou
entre deux feuilles de chou

Tandis qu'ils pique-niquaient ainsi, l'un d'eux observa que la roche sur laquelle ils étaient assis était recouverte d'une sorte de filet. D'un coup de coude, il montra la chose à son voisin. Et tous les quatre se mirent à pépier, perplexes et déconcertés.

C'est alors qu'avec un petit *dzouing !* le filet se referma sur eux et les souleva dans les airs.

Les malheureux restèrent en suspens des heures durant, grelottant de terreur, sous les gouttelettes d'eau glacée qui se détachaient du plafond. Et le pire était de n'y rien comprendre ! Enfin, il y eut un bruit de pas, une lueur, et des chandelles vacillantes apparurent – des chandelles portées par des humains, une petite bande d'humains, tous avec sac à l'épaule et chapeau haut-de-forme.

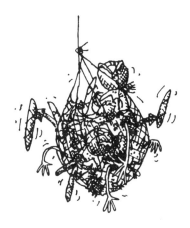

Les malheureux restèrent en suspens des heures durant...

Les hommes abaissèrent le filet et déversèrent les choutrognes dans leurs sacs.

« On n'en aura jamais assez.

— Il y avait quatre ou cinq bricoliaux, la dernière fois, dans les autres pièges.

— Espérons surtout que, cette fois, on ne va pas trouver de blaireaux courvites ! »

Et le petit groupe repartit. L'instant d'après, il ne restait plus, sur le sol de la galerie, que quatre sandwichs au chou à peine entamés.

Willbury hésita, puis tira.

Deux yeux luirent derrière la grille.

Chapitre 18

LE CASTEL FROMAGER

La lourde porte du Castel – en chêne massif, copieusement cloutée – ouvrait directement sur la rue. À hauteur d'homme, un petit guichet y était aménagé, protégé par une grille.

Willbury s'approcha, circonspect.

On fait plus avenant, comme entrée, songeait-il, cherchant des yeux un heurtoir. Puis il avisa, sur le côté, un bouton de sonnette en forme de fromage. Par-dessous, une plaque de cuivre crasseuse indiquait : *Tirez.* Willbury hésita, puis tira.

Au loin, à l'intérieur, un bêlement retentit. Willbury leva un sourcil. De tous les boutons de sonnette qu'il avait tirés ou pressés dans sa vie, aucun n'avait produit un tel son. Puis il entendit des pas. Le guichet s'ouvrit d'un coup sec et deux yeux luirent derrière la grille.

« Ouais ? fit une voix. Qu'est-ce que vous voulez ?

— Je... euh... je voudrais parler à quelqu'un.

— C'est pour acheter ou pour vendre ? » Le ton n'avait rien d'aimable.

À la fenêtre étaient collés les nez de l'équipage au complet !

Willbury réfléchit. « C'est-à-dire, ni l'un ni l'autre vraiment...

— En ce cas, vous nous intéressez pas. Circulez ! » Et le guichet claqua.

Willbury resta planté là, incertain. Il se retourna vers l'auberge où les autres s'étaient cachés et eut un petit choc : à la fenêtre, pleinement visibles, étaient collés les nez de l'équipage au complet ! Du geste, il leur fit signe de se cacher mieux et ils disparurent à regret.

Il rendit son attention à la porte et tira le bouton derechef. Le bêlement retentit mais fut coupé net par un bruit sourd. Le guichet se rouvrit à la volée.

« Qu'est-ce que c'est encore ?

— Pourrais-je parler à quelqu'un, c'est... à propos de fromage ?

— Naon ! Le fromage, c'est les affaires. Les affaires, c'est confidentiel. On vous a dit de circuler, alors circulez ! » Et le guichet claqua.

Willbury resta un instant sous la pluie, les yeux sur cette porte close. Que faire ? Il n'avait certes pas

compté sur un accueil chaleureux, mais il ne s'était pas attendu non plus à pareil échec. Il leva les yeux sur la bâtisse. Presque toutes les fenêtres étaient obturées de planches, et… et par les fentes entre ces planches, des yeux l'épiaient. Se voyant repérés, ils disparurent.

Tiens, tiens! se dit Willbury. Il tourna les talons et, d'un pas nonchalant, traversa la rue pour entrer tranquillement dans l'auberge.

La porte à peine franchie, les autres l'assaillirent. «Alors? Qu'est-ce qu'ils disent? le pressa le capitaine.

— Pas grand-chose!

— Vous leur avez demandé, pour nos copains? voulut savoir Rollmop.

— Nous ne sommes pas allés jusque-là. Ils ne sont guère causants.

— Vous êtes allés jusqu'où, alors? s'enquit Tom.

— Pas plus loin que le seuil; la porte est restée close. Cela dit, on m'épiait depuis les fenêtres.

— Aha! fit Tom. C'est bien le signe qu'ils traficotent des trucs louches, là-dedans.

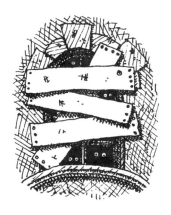

Par les fentes entre ces planches, des yeux l'épiaient.

— Pour être louche, c'est louche, reconnut Willbury. Mais par quel bout prendre les choses ?

— À l'abordage ! s'enthousiasma Bert. Avec des grappins !

— Des grappins, faudrait en avoir, fit observer Tom. N'importe comment, ça n'a pas l'air d'un bâtiment facile à prendre à l'abordage.

— Si on retournait au bateau, chercher le canon ? suggéra Rollmop.

— Je crains que la police municipale n'apprécie pas le tir au canon dans la rue, objecta sobrement Willbury.

— Sans compter qu'on n'a pas de poudre, concéda Jim à regret.

« Je crains que la police n'apprécie pas le tir au canon dans la rue. »

— Il y a peut-être une autre solution pour entrer ? risqua Arthur.

— Pour entrer là-dedans ? s'écria Bert. Y a qu'une porte, celle qui est là, sur la rue. Et toutes les fenêtres sont bien trop hautes, acheva-t-il, découragé.

— Bizarre, dit Willbury. Une unique ouverture pour une bâtisse pareille ?

— Y en a une autre, reprit Bert. Si on regarde tout en haut, sous le toit, on en voit une grande. Large comme une porte de grange, fermée par deux volets, avec une petite grue juste au-dessus, de celles qu'utilisent les déménageurs pour monter les pianos aux étages. Mais ça nous avance à rien : les commandes sont à l'intérieur du bâtiment. »

« Si on regarde tout en haut, sous le toit,
on voit une grande porte. »

Un rat leva une patte. « Permettez, mais... il n'y a pas d'égout ?

— D'après les souris, expliqua Bert, le Castel Fromager a sa fosse à eaux usées rien qu'à lui, et son puits pour l'eau claire aussi. Il n'est pas relié au réseau municipal, donc pas moyen d'y accéder par des conduits. Ce truc-là, c'est une vraie forteresse !

— Mais alors, demanda Tom, comment vérifier s'ils détiennent nos copains ?

— Et si on en enlevait un, pour le faire parler un bon coup ? suggéra Jim, inspiré.

Dans un discret bruit d'ailes, Mildred vint se poser en avant

— Ouais ! approuva Bert.

— Je ne crois pas que ce soit la chose à faire non plus, dit Willbury. À mon avis, nous n'avons pas le choix : il faut surveiller la place, observer ce qui s'y passe. Une occasion va bien se présenter…

— Ça veut dire qu'on reste ici, à l'auberge ? » demanda Rollmop, plein d'espoir. Une fois de plus, Tom lui jeta un regard désapprobateur.

« Un ou deux d'entre nous, ça devrait suffire, dit Arthur. Pourquoi ne pas prendre une chambre, histoire de faire le guet ?

— L'idée me paraît bonne, reconnut Willbury.

— Et ça nous reviendra moins cher en consommations, ajouta le capitaine.

— En plus, les corbeaux pourront assurer la liaison avec la laverie, compléta Tom. Ça nous permettra de garder le contact. »

Dans un discret bruit d'ailes, Mildred vint se poser en avant. « J'en suis.

— Merci, dit Willbury. Et qui va se charger du premier quart de veille ?

— Moi, annonça Arthur.

— Je ne crois pas, le contredit Willbury.

— Il n'y a rien de dangereux à regarder par une fenêtre, plaida Arthur. Et c'est mon idée. Je sais que j'en suis capable. S'il vous plaît, Willbury !

— Bon, bon, d'accord. Mais tu fais le guet, hein ? Rien d'autre. Et il faut quelqu'un avec toi.

— Tom et moi, par exemple ! proposa Rollmop. On veillera sur Arthur, qu'il ne lui arrive rien.

— Parfait. Mais s'il se passe quoi que ce soit, insista Willbury, vous nous envoyez un message sur-le-champ. À présent, je repars avec le reste de l'équipage, afin de bien veiller à ce qu'il n'arrive rien à nos petites créatures.

— Moi aussi, dit Marjorie. Elles avaient l'air si terrorisées, les pauvres… »

Willbury gagna le comptoir et fit signe à la patronne de l'auberge, une brave femme à coiffe blanche.

« Je vous demande pardon, auriez-vous une chambre libre ?

— Oui, mais une toute petite, au grenier. C'est tout ce qui nous reste. On est jour de marché.

— A-t-elle une fenêtre sur la rue ?

— Oui. Ce serait pour qui ? »

Du geste, Willbury désigna Rollmop et Arthur, puis Tom et Mildred.

L'aubergiste parut hésiter. « Le corbeau devra se percher sur la tringle à rideaux, hein ! Et le prix de la chambre est doublé si on garde ses bottes dans le lit.

— C'est tout naturel », dit Willbury.

Il régla le prix de la nuit et l'aubergiste guida ses hôtes dans l'escalier tandis que les autres repartaient pour le bateau-laverie.

La Tête de Bourrin

L'enseigne de La Tête de Bourrin

Chapitre 19

SOUS LES FENÊTRES DE LA TÊTE DE BOURRIN

Après avoir déposé dans leur chambre le peu qu'ils avaient à y mettre, Arthur, Tom, Rollmop et Mildred redescendirent dans la salle et commandèrent à dîner. Il pleuvait sans désemparer et la nuit tombait à vue d'œil.

Vers dix heures – après vingt-sept parties de dominos, quatorze de mistigri et la construction d'un château fort à treize tours, tout en croûtes de croque-monsieur –, ils remontèrent à leur chambrette.

Un château fort en croûtes de croque-monsieur

Mildred se percha sur la tringle à rideaux
et se fourra la tête sous l'aile.

« J'allume la chandelle ? proposa Arthur.

— Non, dit Tom. Vaut mieux pas. Mais si tu entrouvrais la fenêtre ? S'il se passe des choses, on entendra. Et ça va nous permettre de nous allonger un peu. »

Arthur entrouvrit la fenêtre sur la nuit et regarda dehors. Il n'y avait rien à voir. Tom et Rollmop s'allongèrent chacun sur l'un des lits jumeaux et soupirèrent d'aise. Mildred se percha sur la tringle à rideaux et se fourra la tête sous l'aile. Bientôt, on n'entendit plus que la pluie et les discrets ronflements de Rollmop.

Arthur prit son pantin et le remonta sans bruit. Puis il chuchota : « Bon-papa ? Bon-papa, c'est Arthur... Je te réveille ? »

Une voix ensommeillée répondit, toute petite, par-dessus le grésillement léger : « Non, Arthur.

— Ça va ?

— Pourrait aller mieux. Ça devient sacrément humide, ici. Mauvais pour mes rhumatismes. À se demander ce que les bricoliaux fabriquent. Mais bon, peut-être que je deviens vieux et grincheux.

— Reste au lit bien au chaud, d'accord ?

— Mais toi, Arthur, ça va ? Où en sont les choses ? »

Arthur résuma les derniers développements. Quand il se tut, il y eut un long silence.

« Bon-papa ? Bon-papa, tu es toujours là ? »

Enfin, son grand-père répondit, et il n'y avait plus trace de sommeil dans sa voix. « Écoute-moi bien, Arthur : surtout, pas d'imprudence ! C'est un ordre, tu m'entends ? Ce Mr Archibald Grapnard est un dangereux individu.

— Ah ? tu le connais ?

— Oh oui, je le connais, dit Bon-papa avec un accent de rage contenue. C'est même à lui que nous devons de vivre sous terre !

— Quoi ?! fit Arthur.

— Crois-moi, mon garçon. Cet homme-là, n'en approche jamais !

— Mais qu'est-ce… » Arthur se tut net. Il y avait du bruit dans la rue. « Bon-papa, je te demande pardon, mais… attends, il se passe des choses ! » Arthur regarda par la fenêtre. En face, la porte ouverte du Castel projetait un pan de lumière. En lente procession, montures et cavaliers sortaient dans la rue sombre. La chasse à courre !

« Bon-papa, il faut que je te quitte…

— Arthur ! Arthur, prudence, tu m'entends ?

— Promis. Ne t'en fais pas. À tout à l'heure ! »

Le pantin se tut. Arthur le rangea sous sa chemise, puis il alla éveiller Tom et Rollmop en les secouant chacun par une épaule. « Vite ! leur souffla-t-il. Les chasseurs de fromages ! Ils sortent du Castel ! »

Rollmop le suivit à la fenêtre.

« C'est eux, chuchota Arthur. Ceux avec qui j'ai eu des ennuis. Mais *lui*… je ne le vois pas !

— Qui ça, lui ? demanda Rollmop.

Rollmop, Arthur et Tom à la fenêtre du grenier

— Grapnard. »

Tom se hissa sur le rebord de fenêtre et regarda à son tour. À cet instant, les chiens déboulèrent, jappant et bondissant, et les chasseurs se hâtèrent de les faire taire. Une légère panique s'empara des «chevaux», bousculés par la meute en folie.

« Il faudrait peut-être envoyer un message à la laverie ? dit Arthur, regardant Mildred endormie.

— Oui, répondit Tom, mais attendons d'en voir un peu plus. Ça nous permettra d'envoyer des informations plus utiles. »

Une silhouette massive apparut à la porte, et le calme se fit. Grapnard.

Un «cheval» sans cavalier s'approcha. L'un des hommes s'accroupit pour faire marchepied. Grapnard ferma la porte à clé, grimpa sur le marchepied et se hissa en selle. Sa troupe fit cercle autour de lui et le maître, en gesticulant, parut se lancer dans un discours. Mais il parlait si bas qu'Arthur, Tom et Rollmop avaient beau tendre l'oreille, ils n'en saisissaient pas un mot.

« Descendons, suggéra Tom, pour essayer d'entendre. Rollmop, réveille Mildred. »

Une silhouette massive apparut à la porte du Castel.

Rollmop éveilla l'oiselle d'une chiquenaude. Elle frémit, ouvrit les ailes et vint se percher sur son épaule. Alors, le quatuor, en catimini, descendit au rez-de-chaussée. À la porte de l'auberge, Arthur souleva le loquet et entrouvrit le battant. Le discours de Grapnard leur parvenait par bribes : « Notre Ma… croît et embell…

Grapnard grimpa sur le marchepied et se hissa en selle.

ses besoins... avec lui. Il... intensifier... prises. Pas le moment d... Compris, les tire-au-flanc ? ... Pourriez bien... de "réductions de personnel", si vous voyez... je veux dire !

— Combien de temps enco... nourrir le Maou... ? risqua une voix.

— Très peu. L'heure est pr... Bientôt, nous le... ... notre vengeance ! »

Des gloussements sarcastiques saluèrent la tirade. Arthur frissonna. Que mijotaient-ils donc ?

« Silence ! ordonna Grapnard. Et maintenant, allons... »

D'un coup de talons, il éperonna sa monture et tout le groupe s'ébranla.

« Vite ! souffla Arthur. Suivons-les !

— Oui, dit Tom. Mildred, tu veux bien filer à la laverie, raconter ce que nous venons de voir ? »

Avec un léger bruissement d'ailes, Mildred se fondit dans la nuit, et le trio se glissa dehors. À pas de loup,

Tout le groupe s'ébranla.

d'ombre en ombre, Arthur, Tom et Rollmop commençaient à suivre les chasseurs quand Grapnard lança à mi-voix :

« Holà ! … 'ttendez ! … Oublié … cornebugle ! »

Tom jeta un regard à la ronde. « Vite ! cachons-nous, le revoilà !

— Par ici ! » souffla Rollmop.

Arthur risqua un coup d'œil.

Ils firent demi-tour, contournèrent le Castel et se faufilèrent au creux de la ruelle adjacente. L'instant d'après, ils entendirent le pas d'une monture. Arthur risqua un coup d'œil. Grapnard avait mis pied à terre et rouvrait la porte du Castel. Il disparut à l'intérieur.

« Tom ! souffla Arthur. Tu pourrais distraire le "cheval" ? Que je voie si je peux entrer dans le Castel…

— Hé ! non, c'est dangereux, Arthur !

— Je sais. Mais c'est peut-être notre seule chance de sauver nos amis.

— N'empêche, dit Rollmop, soucieux. Je crois pas qu'on doive te laisser entrer là.

— S'il vous plaît ! Le temps presse. Il faut faire quelque chose... »

Le pirate et le rat échangèrent un long regard dans la pénombre, puis Tom fit oui de la tête. À pas de velours, il aborda la monture de Grapnard par l'arrière et, sans prévenir, lança un jappement bien imité. La monture sursauta, Tom bondit en avant et lui mordit le jarret.

Tom bondit en avant et lui mordit le jarret.

«Ouaaaaille ! Sale clébard ! » hurla la bête, et elle partit au galop.

Tom fit signe à Arthur, qui se tourna vers Rollmop.

«Bonne chance, Arthur, chuchota Rollmop. Et compte sur nous. Tom va bien imaginer quelque chose.»

Arthur remercia d'un petit geste et ne fit qu'un bond jusqu'à la porte en chêne. Depuis le seuil, il jeta un coup d'œil à l'intérieur. Il y avait là un passage voûté menant à une arche. Et personne en vue. Il s'avança.

Mais c'est alors que, de l'intérieur, Grapnard ressurgit ! Éperdu, Arthur chercha des yeux une cachette. Une grande horloge de parquet s'adossait là, contre le mur. La porte de son coffre s'ouvrit, docile, et Arthur se glissa à l'intérieur, tirant le battant sur lui.

Mais comme il se nichait contre le balancier, l'horloge crut bon de sonner un grand coup. Grapnard s'arrêta devant cette pendule et marmotta : « Ça alors ! Des années qu'elle ne marchait plus, celle-là ! » Il lui flanqua un coup de sa cornebugle, acheva de sortir à longues enjambées et claqua la porte derrière lui.

Le hall d'entrée du Castel

Il examina la place.

Chapitre 20

DANS LA GUEULE
DU LOUP

Sous le passage voûté, le silence était total. Puis l'horloge décida de sonner onze coups, provoquant onze petits cris étouffés. Lorsque enfin elle se tut, son coffre de bois ciré s'ouvrit – fort prudemment. Un Arthur littéralement sonné en sortit. Il s'ébroua, cligna des yeux... Après quoi, il se ressaisit et se faufila au bout du passage, là où l'arche s'ouvrait sur un vaste hall d'entrée.

Il tendit l'oreille. Rien. L'endroit, chichement éclairé de bougies en applique, semblait désert. Tous ses occupants devaient être partis à la chasse, ce qui faisait bien l'affaire d'Arthur. Mais mieux valait rester prudent : s'il restait quelqu'un, malgré tout ?

Il examina la place : un grand escalier de marbre... plusieurs portes et, au-dessus, ceinturant la pièce, une frise colorée. Il étudia la frise. À l'évidence, elle représentait un tour du monde des fromages : cheddars de Grande-Brittanie folâtrant dans les prés ; fromages de

Francie, bleu vert, empilés dans des caves; fromages de Chuisse dévalant une pente; fromages de Norwège plongeant dans un fjord; fromages du pays de Walles s'abritant de la pluie sous un arbre. Il y avait d'autres scènes, mais Arthur n'aurait su les situer. Il s'interrogeait, en particulier, sur un éléphant transportant ce qui était peut-être, mais peut-être pas, de petits pots à lait.

Un éléphant transportant de petits pots à lait

Au-dessus s'alignaient des statues dans des niches – des héros du monde fromager, sans doute. Tous faisaient plutôt grise mine, hormis celui qui brandissait haut un fromage apparemment en flammes. Arthur s'approcha pour lire :

Malcolm de Barnsley
1618-1649
« Qui n'a vu un fromage brûler de son propre gré
n'a rien vu. »
Don de la Société lactique de recherche paranormale

Malcolm de Barnsley

Arthur n'était pas sûr de comprendre. C'est alors qu'il nota qu'une petite plaque figurait sur chaque porte. Il déchiffra la plus proche :

Salon de thé - Réservé aux Affiliés
Soirée des dames : le 29 février, de 17 h 30 à 18 h.
Interdit aux non-affiliés !

Faute de savoir ce qu'il cherchait au juste, il résolut de lire les autres plaques. La deuxième proclamait :

Salon présidentiel - Privé
Entrée exclusivement sur invitation

la troisième :

Laboratoire

et la dernière :

DÉFENSE D'ENTRER !

Tiens donc ! se dit-il. Il fit tourner la poignée doucement... et poussa. Avec un petit miaulement, la porte s'ouvrit sur un long corridor éclairé de torches. Arthur tendit l'oreille. Silence... hormis de petits bruits très doux, intermittents, comme des bruits de bulles. Une longue minute, Arthur écouta, puis la curiosité l'emporta. À pas de velours, il s'engagea dans ce corridor.

À l'extrémité, il se figea. Devant lui s'ouvrait une vaste salle hexagonale, en pierre de taille, avec un trou béant au milieu du dallage. Il parcourut l'endroit des yeux, cherchant à comprendre, et repéra une bannière jaune pendue à un balconnet. Au centre était brodée l'image d'une grosse part de fromage, surmontant l'inscription : « *G.F.R. Nous renaîtrons !* » Ensuite, le puits capta son attention et, brusquement, il comprit : c'était de là que venait le bruit de bulles ! Il fit un pas en avant, recula. L'odeur de fromage était suffocante. Il respira un grand coup, se pinça le nez, repartit en avant. À distance prudente du bord, il se pencha. Le puits s'enfonçait dans l'obscurité ; le bruit de bulles montait de ces profondeurs-là.

Il s'écarta de l'orifice et réfléchit. Où pouvaient bien être Fretin et les autres ?

C'est alors qu'il avisa une petite porte indiquant : « Vestiaire des Affiliés ». Doucement, il tenta de l'ouvrir. Elle était fermée à clé. Barbe ! se dit-il. Plus qu'à retourner dans le hall et essayer les autres portes.

Sur la pointe des pieds, il revint sur ses pas, toujours aux aguets. Mais il n'y avait d'autre bruit que le frémissement de bulles dans son dos, et il s'aventura dans le hall pour examiner les trois portes restantes.

« Salon de thé » Non, ils ne les auraient pas mis là... « Salon présidentiel » Non plus.

Restait le laboratoire. Il tenta sa chance... la porte s'ouvrit. Il se retrouva en haut d'une petite volée de marches, débouchant sur une vaste salle emplie de grosses machines silencieuses. Par les fenêtres haut perchées, la lune jetait sur ces formes figées une lumière inquiétante. Une fois de plus, Arthur tendit l'oreille. Rien. Il se risqua à appeler très bas : « Fretin ? Fretin, es-tu là ? »

... une vaste salle emplie de grosses machines silencieuses.

À sa grande horreur, les murailles répétèrent : « ... tu là ? ... tu là ? ... tu là ? » Puis le silence revint, et nul ne répondit.

C'est alors qu'il avisa un rougeoiement au fond de la salle – une inscription au-dessus d'une porte ou d'un passage. Mais à pareille distance, pas moyen de la lire. Il fallait s'approcher.

Tremblant, il descendit les marches et s'avança entre les machines, dans les odeurs d'huile et de cuivre astiqué. D'après leur silhouette, certains des engins ressemblaient fort à ceux de la chambre-atelier de Bon-papa, mais ceux de Bon-papa étaient des jouets, par comparaison. Il y avait là une machine à balancier plus haute encore que celle de la laverie, d'énormes foreuses, des fraiseuses géantes et de grandes cornues emplies de liquides suspects où trempaient des choses, sans parler d'une carriole chargée d'une sorte de grosse bobine, et d'une forme étrange empaquetée de toile épaisse.

Le panneau rouge, à présent tout proche, surmontait une arche de pierre derrière laquelle on devinait un escalier en spirale s'enfonçant vers les profondeurs. Arthur leva la tête et lut :

CACHOT

Il jeta un coup d'œil en arrière et retint son souffle un long moment, guettant les bruits. Puis il rassembla tout son courage. Il faisait noir dans cet escalier – et qu'allait-il y trouver ? Mais il serra les dents et entama la descente.

Le cachot (présenté à plat)

Au bas de la dernière marche, Arthur s'arrêta.

Chapitre 21

LE CACHOT

Au bas de la dernière marche, Arthur s'arrêta. Devant lui, de part et d'autre d'une allée sombre, deux rangs de trois cellules se faisaient face : cinq d'entre elles derrière des barreaux de fer et la dernière, au fond à droite, hermétiquement obturée de planches. Arthur s'approcha de la première. Des yeux se braquèrent sur lui dans la pénombre. Contre le mur du fond, des formes grelottaient.

Oh! les pauvres, se dit Arthur. Des fifrelins!

Il y avait là un bricoliau, trois choutrognes et une hermine bipède, créature rarissime. Aucun n'était connu d'Arthur.

Il tenta d'ouvrir... peine perdue. «Courage! leur souffla-t-il à travers les barreaux. Je suis un ami. Si j'en trouve le moyen, je vous sors d'ici!»

Il se retourna, inspecta la cellule d'en face. Mais elle ne contenait que de vieux cartons et il passa à sa voisine. Aussitôt, de l'obscurité, fusèrent des formes

Il y avait là un bricoliau, trois choutrognes
et une hermine bipède, créature rarissime.

en noir et blanc, et des museaux pointèrent entre les barreaux, claquant des mâchoires. Arthur recula vivement. Des blaireaux courvites !

Tétanisé, il les regarda se calmer peu à peu, puis regagner le fond de leur geôle et l'obscurité.

Alors seulement, les jambes molles, il osa se retourner afin d'inspecter la cellule dans son dos. Elle renfermait trois bricoliaux et Arthur eut un sursaut d'espoir. Mais là encore, aucun n'était de ses amis. Et la porte, une fois de plus, se révéla verrouillée. Il leur chuchota des mots de réconfort et passa à la dernière cellule à barreaux.

Trois cartons troués, d'aspect familier, étaient empilés là dans un coin. Arthur s'approcha des barreaux et appela tout bas : « Fretin ? Nœuf ? Babouche ? »

Des museaux pointèrent entre les barreaux,
claquant des mâchoires.

Au bout de cinq ou six secondes, une tête émergea lentement du carton du dessus. Fretin!
Le bricoliau lâcha un gargouillis et, aussitôt, des têtes, des bras, des jambes surgirent des trois cartons.

Trois cartons troués, d'aspect familier,
étaient empilés là dans un coin.

*Arthur empoigna les barreaux
et ses amis se ruèrent vers lui.*

La pile dégringola, il y eut un petit pleur et Titus apparut par-derrière. À la vue d'Arthur, ses traits s'éclairèrent. Arthur empoigna les barreaux et ses amis se ruèrent vers lui.

«Vous êtes saufs! chevrotait Arthur. Oh! si vous saviez comme je m'inquiétais pour vous!»

Les bricoliaux glougloutaient, excités, Titus pépiait en continu. Tous les quatre tendaient les bras à travers les barreaux, pleins d'espoir.

«Je vais vous sortir de là, chuchota Arthur d'un ton ferme. Promis.» Il posa les yeux sur la serrure. Fretin suivit son regard. «Vous ne sauriez pas où est la clé, par hasard?»

Ils firent non de la tête, piteusement. Arthur vérifia, sans y croire, s'il n'y avait pas une clé accrochée quelque part en vue, et son attention se porta sur la

Ils se mirent à sauter sur place en faisant des bruits :
bong ! bong ! bong !

cellule clouée de planches, juste en face. Les fifrelins devinrent fébriles.

Arthur esquissa un pas en direction de la cellule aveugle, mais de petites mains l'agrippèrent et le retinrent farouchement.

« Bon, d'accord, je n'en approche pas », dit-il, et les petites mains le relâchèrent. De loin, il examina le blindage de planches. Une sorte de manette saillait près de la porte et, juste au-dessous, un écriteau annonçait en grosses lettres :

ATTENTION !
Prisonnier TRÈS dangereux !
AVANT d'entrer,
placer la manette en position HAUTE !

« Bigre ! dit Arthur. Ce qui est enfermé là doit être encore pire que les courvites. » Il se tourna vers les fifrelins, qui acquiescèrent avec vigueur. « C'est quoi ? »

Ils se mirent à sauter sur place en faisant des bruits : *bong ! bong ! bong !*

Puis, voyant qu'Arthur ne comprenait pas, ils renoncèrent.

« Bon, dit-il. Pour le moment, peu importe. » Ils parurent soulagés.

« Voyons plutôt comment vous tirer de là… À mon avis, cette clé est quelque part là-haut. Je vais voir si je la trouve et je reviens, promis ! »

Ils se blottirent les uns contre les autres, levant vers Arthur des yeux suppliants. Il lui en coûtait de les laisser de nouveau seuls, mais pour les secourir, il lui fallait cette clé. Le cœur serré, il repartit vers l'escalier, prenant bien soin de passer au large de la cellule des courvites.

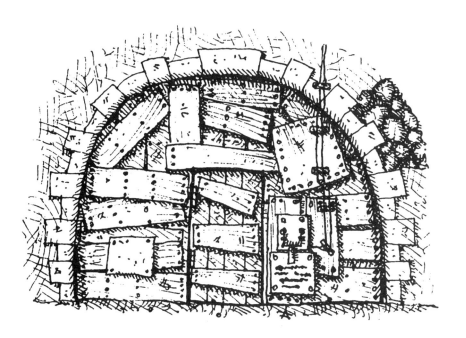

Arthur derrière la rambarde,
devant l'immense trappe à deux battants

Où peuvent-ils bien ranger cette clé ?

Chapitre 22

DE RETOUR AU LABO

En haut de l'escalier du cachot, Arthur s'assura de nouveau qu'il était seul.

Où peuvent-ils bien ranger cette clé ? se répétait-il, et il résolut de chercher d'abord dans le laboratoire.

Comme il furetait, à pas de loup, entre les machines endormies, il avisa soudain des chaînes qui semblaient descendre de nulle part vers le centre de la salle. Peu après, il déboucha sur un espace dégagé, enclos d'une rambarde de fer. Derrière la rambarde, une immense trappe à deux battants s'enchâssait dans le sol. Les chaînes descendaient là, reliées à la trappe par d'épais anneaux de fer. Juste au-dessus, très haut, pendait un énorme entonnoir, gueule béante.

Arthur longea la rambarde. Il tomba bientôt sur un gros boîtier fixé sur le rail, qu'il examina en se gardant bien d'y toucher. C'était une sorte de tableau de commande, surmontant un tube métallique qui s'enfonçait dans le sol par un petit orifice. Il se pencha pour regarder par ce trou étroit, mais il n'y avait pas grand-chose

à voir, sauf une pâle lueur, tout en bas. Et quelle odeur de fromage, une fois de plus ! Que pouvait-il bien y avoir là-dessous ?

Un gros boîtier fixé sur le rail

Il rendit son attention aux commandes. Sous une collection de cadrans, un petit disque de cuivre, équipé d'une fente destinée sans doute à recevoir une clé, semblait pouvoir prendre deux positions, HAUT et BAS. La fente pointait pour l'heure vers le bas.

Le regard d'Arthur revint à la trappe, puis chemina le long des chaînes en direction du grand entonnoir. Là, deux énormes câbles incurvés étaient reliés au toit d'une sorte de cabine de verre et de métal, montée sur pilotis, face à la trappe. Deux autres câbles reliaient ce toit à un entonnoir plus petit, suspendu quant à lui au-dessus d'une cage posée sur le sol. Arthur considéra longuement cette cage vide. Elle ne lui disait rien qui vaille.

Une petite galerie entourait la cabine perchée, accessible par une échelle de meunier. La curiosité l'emportant, Arthur gravit les marches et colla le nez à l'épais

vitrage. Il y avait là une imposante console tout hérissée de boutons, de leviers, de manettes, avec une chaise par-devant. Derrière la chaise, un établi était couvert de pièces détachées, de petits bouts de ceci-cela. Il y avait un modèle réduit de l'engin à deux entonnoirs, des outils, des ressorts, des engrenages… un coffret de bois… et… et une paire d'ailes mécaniques !

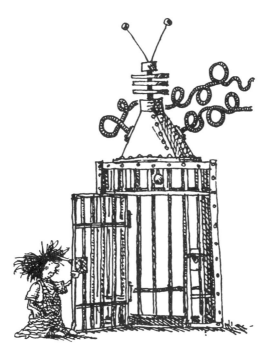

Elle ne lui disait rien qui vaille.

Il se rua sur la porte, qui bien sûr était close. Il contourna la cabine vitrée pour mieux voir. Oui ! Absolument. C'étaient ses ailes. Armature et voilure réparées. Puis son cœur s'arrêta : le moteur… ils l'avaient démonté !

Il contourna la cabine vitrée pour mieux voir.

« Oh non ! » murmura-t-il malgré lui.

Une idée lui vint. Il chercha des yeux le chariot à outils repéré l'instant d'avant, redescendit quatre à quatre, saisit un énorme marteau, si lourd qu'il eut peine à le soulever. Puis il retourna là-haut et, de toutes ses forces, il abattit le marteau contre le vitrage de la porte.

Le fracas retentit à tous les échos... et le marteau retomba, la vitre intacte ! Terrifié, Arthur se jeta ventre à terre et attendit le pire. Sûrement, quelqu'un allait venir... Mais le silence se referma et nul ne vint. Alors, il tenta sa chance une fois de plus. Le marteau ne fit que rebondir sur le verre.

Corne de bouc ! se dit Arthur, là encore il me faudrait la clé. D'ailleurs, peut-être que toutes les clés sont rangées ensemble, au même endroit ?

Il fureta des yeux. Ces clés pouvaient se trouver n'importe où, et pas forcément dans ce laboratoire. Il redescendit, remit le marteau à sa place et regagna le hall d'entrée.

Une fois de plus, il tendit l'oreille. Toujours rien. Alors il se coula jusqu'à la porte indiquant : « Salon présidentiel ». Chance ! elle n'était pas close. Il se faufila à l'intérieur et referma sans bruit.

De toutes ses forces, il abattit le marteau contre le vitrage.

La pièce était plongée dans l'obscurité, éclairée seulement par un feu mourant, au creux d'une vaste cheminée. La silhouette d'un bureau se dressait en ombre chinoise. À tâtons, Arthur gagna ce bureau, saisit la lampe à pétrole posée là, puis, se faufilant jusqu'à l'âtre,

l'alluma à l'aide d'un tison – et se sentit soudain mal
à l'aise : des générations de Grapnard le dévisageaient
d'un air féroce depuis les cadres accrochés aux murs.

Des générations de Grapnard

Ne les regardons pas, se dit-il, et il inspecta la pièce
à la place. Le bureau était massif et dans un désordre
sans nom. De lourdes tentures mangées des mites gar-
nissaient le mur par-derrière. Une ottomane et deux
sofas, passablement décrépits, faisaient cercle devant
l'âtre. Sur l'un des sofas traînaient un drap douteux et
une vieille couverture qui pendouillait au-dessus d'un
amas de chaussettes sales. Le second sofa exhibait ses
ressorts et sa bourre en crin de cheval, quelqu'un ayant
cru bon d'en découper la toile. Et le tout ne sentait pas
la rose, ni d'ailleurs la violette...

Où donc chercher ces clés ? Le bureau semblait tout indiqué. Arthur y posa la lampe, et c'est alors qu'il vit, vers le centre, qu'on avait dégagé un espace pour déployer une grande feuille de papier, maintenue aux quatre coins par une théière, une tasse sale, sa soucoupe et une paire de vieilles bottines. Apparemment, c'était un plan de machine, très compliqué, avec des tas de chiffres, de flèches, d'équations, mais Arthur n'aurait su en dire plus.

Tout autour s'amoncelaient pêle-mêle une collection de crayons mal taillés, des élastiques, une montre gousset au verre cassé, un reste de sandwich momifié, une règle de bois, une plume écornée... Pas trace de clés. Les tiroirs, peut-être ?

Arthur contourna le bureau et tira le premier.

Des chaussettes ? Inattendu. Le tiroir en était plein à craquer, et elles semblaient à peine plus propres que celles du tas sur le tapis. Surmontant sa répugnance, Arthur farfouilla dans ce magma. Pas de clés.

Il passa au tiroir suivant. Le contenu n'était pas plus engageant : de vieux caleçons longs. Mettre la main là-dedans ? Jamais ! Arthur saisit la règle de bois et s'en servit pour vider ce tiroir. Toujours pas de clés. À l'aide de la règle, il remit les caleçons en place comme il put, tassa et referma d'un coup sec. Puis il lâcha la règle comme il l'eût fait d'un serpent et frissonna.

Retenant son souffle, il ouvrit le tiroir voisin. Celui-ci contenait... une perruque rose.

Arthur la reconnut instantanément : c'était celle de Madame Froufrou, au marché ! Il y avait donc bien un rapport entre Grapnard et cette grosse dame. Mais le temps manquait pour y réfléchir ; il fallait trouver ces clés.

Du bout des doigts, il sortit la perruque, la secoua
– rien –, farfouilla le fond du tiroir vide – toujours
rien !

La perruque rangée, il passa au dernier tiroir. Celui-
là était si bourré qu'il refusait de s'ouvrir, et Arthur
dut tirer comme un cheval. Le tiroir céda d'un coup,
libérant une grosse masse d'étoffe. Arthur acheva d'extraire la chose et, lorsqu'elle se déploya en entier, il
eut de nouveau un choc : c'était la robe de Madame
Froufrou.

C'était la robe de Madame Froufrou.

Hum ! ça se corsait. Mais c'étaient des clés qu'il cherchait, et le fond du tiroir était vide. Persuader la robe
de regagner sa cachette ne fut pas une mince affaire, et
Arthur dut bourrer, bourrer, puis pousser avec force.
Et maintenant, où chercher ?

Cherchant des yeux, il avisa une petite console
contre un mur. Un carafon de verre était posé dessus, avec quelque chose dedans. Arthur s'approcha,
souleva le carafon. Tout au fond, sur un peu de paille,
à côté d'un bout de fromage, dormaient deux minuscules souris… ou deux rats miniatures.

Tout au fond, sur un peu de paille,
dormaient deux minuscules souris… ou deux rats miniatures.

Arthur considérait, perplexe, ces créatures en réduction, lorsqu'un bruit le fit sursauter. Des pas! Des pas qui approchaient! Une fraction de seconde, il fut cloué d'horreur. Puis il souffla la lampe en hâte, la reposa sur le bureau, se jeta derrière les tentures et se fit tout plat.

Il était temps : quelqu'un entrait, bougeoir à la main.

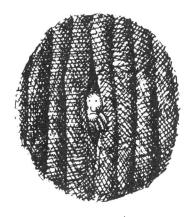

Arthur risqua un coup d'œil entre les tentures.

Arthur entendit l'arrivant marcher droit vers le fauteuil du bureau et s'affaler dedans.

«Aïe aïe aïe! mes pauvres pieds… Foutue flotte!»
C'était Grapnard.

Arthur risqua un coup d'œil entre les tentures. Les pieds en l'air sur le bureau, Grapnard dénouait ses lacets, puis troquait ses bottines trempées contre des sèches – celles qui trônaient sur le bureau. Enfin le bonhomme se releva et s'avança vers le feu. Il se dépouilla de sa redingote… et c'est alors qu'Arthur les vit!

Elles étaient là qui étincelaient, pendues par une ficelle au gilet de Grapnard. Tout un trousseau!

Après s'être réchauffé les mains un bref instant devant le feu, le bonhomme tourna les talons et ressortit de la pièce, laissant la porte entrouverte.

*Elles étaient là qui étincelaient, pendues
par une ficelle au gilet de Grapnard.*

Alors Arthur quitta sa cachette et, à pas de loup, se faufila jusqu'à la porte pour coller l'œil à la fente. Le maître des lieux, planté sous l'arche, faisait face à l'entrée.

Il faut pourtant que je mette la main sur ces clés, se répétait Arthur. Oui, mais comment ?

À cet instant, un brouhaha se fit entendre depuis l'entrée, et Grapnard lança à pleine voix : « Plus vite, les gars ! Combien on en tient, pour finir ?

— Huit, sauf erreur ! »

Le sang d'Arthur ne fit qu'un tour. Les chasseurs ! Ils étaient de retour. Il lui fallait une bonne cachette, et vite !

« Enfermez les clebs dans ma turne », ordonna Grapnard.

Dans sa *turne* ? Autrement dit, ici même ? Arthur jeta un regard aux tentures. Non. Trop peu sûr. Surtout avec des chiens dans la pièce. Il leva les yeux vers l'escalier. À l'étage, alors, peut-être ? Il se coula hors de la pièce et, dans le dos de Grapnard, gravit l'escalier quatre à quatre.

Il se coula hors de la pièce dans le dos de Grapnard...

Une nouvelle voix se fit entendre : « Ah ! les cochons ! Ils m'ont fait faire quartier arrière d'un bout à l'autre ! » C'était Grichouille.

« Au lieu de râler, gronda Grapnard, va plutôt là-haut manœuvrer le monte-charge ! »

Là-haut ? Arthur tressaillit. Il gravit d'un trait les dernières marches et jeta un coup d'œil en arrière. Grichouille atteignait le pied de l'escalier ! Éperdu, Arthur se rua sur l'unique porte du palier. Elle céda sous sa poussée. Il se jeta aveuglément dans l'espace qui s'ouvrait là et referma la porte sans bruit.

Alors, les yeux écarquillés, il chercha où se cacher. Il se trouvait juste sous les toits, à l'aplomb du dôme. Des sortes d'enclos garnis de paille occupaient l'essentiel de ce vaste grenier. Tout au fond, le clair de lune entrait à flots par une large percée dans le mur : la « porte de grange » dont avait parlé Bert, ses volets de bois grands ouverts sur le ciel de nuit.

À nouveau, il entendit Grichouille : « S'iou plaît, patron ! Pouvez envoyer quelqu'un me donner un coup de main ? Suis tellement vanné ! »

Il s'approcha de l'ouverture béante. En bas, dans la rue, grouillaient les chasseurs et les chiens.

« S'iou plaît, patron ! Ces fromages sont bien trop lourds ! Peux pas les monter à moi tout seul ! »

La voix se faisait proche. Arthur leva le nez. Dehors, au-dessus de lui, une poutrelle de métal surplombait le vide. À une poulie pendait une grosse corde.

Derrière lui, la porte s'ouvrit. Arthur retint son souffle et sauta en direction de la corde.

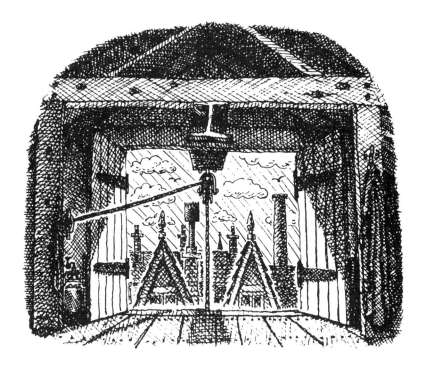

Castel Fromager
Coupole & Grenier
ÉCHELLE
1/120

Toiture et coupole du Castel Fromager (section)

À califourchon sur l'arête du toit,
Arthur laissait son cœur ralentir la cadence.

Chapitre 23

SUR LE TOIT, SOUS LE TOIT

Oups ! il s'en était fallu de peu. À califourchon sur l'arête du toit, Arthur laissait son cœur ralentir la cadence. Il pleuvait toujours et, dans son dos, à deux doigts de lui, c'était le vide, l'à-pic sur la rue. Situation fort peu confortable.

S'obligeant à regarder droit devant lui, il progressa à petits sauts le long de l'arête, jusqu'à se retrouver au pied de la coupole, face aux statues. À travers les ardoises du toit, des voix étouffées lui parvenaient.

Puis il y eut un crissement de poulie et il regarda par-dessus son épaule. Derrière lui, au bout de la poutrelle, la poulie s'était mise à tourner et une grosse corde montait, montait, tendue à l'extrême. La charge semblait lourde.

Le bêlement plaintif des fromages prenait de la force. Les malheureux, se dit Arthur, puis il leva les yeux vers le dôme. S'il parvenait à grimper là, peut-être pourrait-il envoyer un signal à la laverie ?

Oui mais, sans ailes, il fallait jouer les acrobates.

Arthur n'y tenait pas spécialement; on se sentait si gauche, sans ailes! Cramponné à une statue, il commença par se relever, puis il entama l'escalade... Ramper contre la pierre... Ramper sur l'arrondi du dôme... Par bonheur, des ardoises manquaient; leurs crochets faisaient marchepied. Il se retrouva enfin au sommet et se cramponna à la girouette.

Ramper contre la pierre...
Ramper sur l'arrondi du dôme...

Quelque part là-bas, dans l'océan de toits, se devinait le mât du bateau-laverie. De petites taches noires voltigeaient autour; les corbeaux, à coup sûr. Arthur agita un bras, quoique sans grand espoir d'être vu : les nuages avaient gobé la lune. D'ailleurs, la pluie redoublait, noyant les lointains. Inutile d'insister. Arthur baissa les yeux. De petites lucarnes rondes s'ouvraient dans le dôme. S'il y jetait un coup d'œil?

Prudemment, il chercha un appui, lâcha la girouette et redescendit sur l'étroite corniche à la base du dôme.

Depuis ce perchoir, il s'étira pour jeter un regard par un œil-de-bœuf. Des enclos vides, avec un peu de paille dedans... Et du côté du monte-charge ? Il changea d'œil-de-bœuf pour voir ce qui se passait par là.

Quatre hommes tiraient sur une corde, hissant quelque chose. Au bout d'un moment, un filet rebondi apparut. Des fromages, une pleine cargaison ! Arthur les entendit bêler. Sitôt le filet à hauteur du plancher, l'un des hommes saisit une longue perche équipée d'un crochet et attira le filet dans le grenier. Aussitôt, les hommes refermèrent les grands volets et libérèrent le gibier. Une immense pagaille s'ensuivit, les fromages n'ayant qu'une idée : fuir. Mais les issues manquaient et, au bout d'une minute, tous se retrouvèrent parqués.

Quatre hommes tiraient sur une corde, hissant quelque chose.

Puis les fromages se calmèrent un peu. Les hommes avaient disparu. Arthur réfléchit. Comment redescendre de là ? Pas par le même chemin qu'à l'aller : d'abord, les volets étaient clos ; mais Arthur, de toute manière, ne se sentait pas une âme de trapéziste. Il examina l'œil-de-bœuf le plus proche. Peut-être y avait-il moyen de l'ouvrir ? Il n'avait pas l'air bien fermé...

Le châssis pivota, docile, à la première poussée. Arthur se pencha, examina les lieux en contrebas. La paille d'un enclos, dix ou douze pieds au-dessous de lui, devait pouvoir amortir sa chute. Il se glissa par la lucarne à reculons et, se suspendant au rebord, se laissa tomber bravement.

Arthur se pencha, examina les lieux en contrebas.

À l'atterrissage, évitant de justesse un fromage, il fit une roulade dans la paille. Tous les fromages de tous les enclos se mirent à bêler à tue-tête. Arthur se tapit et ne bougea plus, dans l'espoir qu'ils allaient se taire. Mais la porte s'ouvrit à la volée.

« Ils en font, un potin, ces idiots ! dit une voix. À croire qu'ils savent ce qui les attend. » C'était Grichouille. « Y a qu'à les flanquer d'avance dans la cage. D'après Grapnard, le Maousse va avoir un sacré creux, vu l'élargissement prévu !

— Qu'est-ce qu'ils utilisent, ce soir ?

— De ces saletés de blaireaux courvites. Ceux-là, plus tôt on les rabougrira, mieux ça vaudra ! Z'avez vu dans quel état ils ont mis les Merluche ?

— Ouais. Merluche père est pas près de s'asseoir, et le fiston a bien de la chance d'avoir encore un nez.

Arthur ne bougea plus, dans l'espoir qu'ils allaient se taire.

— Sûr ! Et je suis fichtrement content de pas être de corvée de labo ce soir, en fin de compte. Enfin bref, ils en ont pour combien ? Un quart d'heure à tout casser. Si on s'y mettait tout de suite, ce serait fait. »

De sa cachette, Arthur vit Grichouille se diriger vers deux grosses manettes qui saillaient du mur.

« Écartez-vous, les gars, dit-il à ses compères, derrière lui. Que j'aille pas vous écraser. »

Ils reculèrent vers le mur opposé et Grichouille abaissa un levier d'un cran. Tous levèrent le nez, et Arthur suivit leur regard. Une cage descendait du plafond, sans hâte, brimbalant doucement. Les fromages s'étaient tus. Enfin, la cage toucha le plancher, s'y posa et ne bougea plus.

« Parfait ! dit Grichouille. Ouvrez cette porte et hop ! dedans, gentils fromegis ! »

L'un des hommes ouvrit la cage et maintint la porte ouverte tandis que Grichouille et les autres empoignaient les fromages sans ménagement pour les jeter dedans.

Malgré la résistance bêlante des victimes, la cage fut bientôt pleine.

Ils empoignaient les fromages pour les jeter dans la cage.

«Ben! espérons qu'il a vraiment faim, le Maousse, commenta celui qui verrouillait la porte. Huit frometons d'un coup, ça vous cale l'estomac!

— T'en fais pas, gloussa Grichouille. De l'estomac, il en a. Il a bien grossi, le petit! C'est plus qu'un ventre à pattes.

— D'après Grapnard, il va être bientôt à point. Encore quelques fromages et quelques gentils monstres...»

Arthur frémit. De quoi parlaient-ils donc?

«Eh, Grichouille! C'est-y pas le moment d'envoyer?

— T'as entendu la musique, toi? On n'envoie rien avant la musique. Ce serait gâcher la cérémonie... Ouvrez vos esgourdes, les gars!»

Ils firent silence et, peu après, Arthur entendit un étrange concert monter de quelque part en bas – roulements de tambour et curieux sons de cor. Le tout alla crescendo puis s'arrêta net.

Grichouille leva une main.

«À nous!»

Il rabattit le second levier. Avec un claquement, une trappe s'ouvrit dans le plancher, juste sous la cage. Celle-ci tangua, soudain suspendue dans le vide. Puis

Grichouille acheva d'abaisser le premier levier et la cage disparut par la trappe.

Une demi-minute plus tard, Grichouille désigna la chaîne : « Z'avez vu ? Y a du mou. Ça a dû toucher la fondue.

— Plus qu'à laisser s'enfoncer doucement, dit un autre. Faut attendre une bonne minute. Pas envie de remonter du moitié cuit ! »

Tapi dans la paille, Arthur observait la scène en silence. Au bout d'une minute ou deux, Grichouille fit remonter la cage. Elle réapparut par la trappe – vide, hormis quelques fils de fromage qui pendaient à la base. Arthur la suivit des yeux, horrifié. Grichouille releva le second levier, et la trappe se referma.

« Et voilà ! déclara-t-il. Une bonne chose de faite. Maintenant, un bon petit thé ! »

Ils sortirent à grands pas et refermèrent la porte.

Arthur fut pris de nausée. Il venait d'assister à quelque chose d'abominable, mais il ne savait pas quoi au juste.

Rollmop fit irruption dans la pièce, Tom sur sa tête.

Mildred avait délivré son message…

Chapitre 24

MESSAGES

Dans la cabine du capitaine, Mildred avait délivré son message, et Willbury, Marjorie et le capitaine sirotaient du chocolat chaud pour tromper l'angoisse en attendant la suite des événements, quand Rollmop fit irruption dans la pièce, Tom sur sa tête.

« Il est entré ! lâcha Rollmop. Il est dedans. »

Les voyant seuls tous deux, Willbury se crispa. « Et Arthur ? Où est Arthur ?

— DEDANS ! répéta Rollmop.

— Arthur ? Dans quoi ? Tout de même pas le Castel ? » s'affola Willbury. Ils restèrent muets. « Je refuse d'y croire. Comment peut-il être là-bas si vous êtes ici ? Vous étiez censés veiller sur lui. »

Tom baissa le nez. « Nous avons voulu suivre la chasse. Mais Grapnard est revenu, il avait oublié sa "corne-meugle", je crois. Alors, on s'est cachés dans la ruelle, et Grapnard avait laissé la porte ouverte, et Arthur m'a dit : "Occupe le cheval, j'essaie d'entrer…" » Tom se tut, plus penaud encore. « J'ai fait ce qu'il m'a dit… »

Willbury ferma les yeux. Il faisait non de la tête, refusant d'y croire. Le capitaine prit la relève : « Et ensuite ? »

Le capitaine prit la relève.

Tom et Rollmop semblaient tourneboulés. « Ensuite, enchaîna Rollmop, contemplant ses pieds, Arthur s'est faufilé à l'intérieur. Mais juste après, Grapnard est ressorti, on l'a vu fermer la porte, remonter en selle et repartir…

— Alors, enchaîna Tom, j'ai dit comme ça : "Vaut mieux attendre qu'il ressorte." Alors, on a attendu dans la ruelle. Pendant une heure, par là…

— Et puis ? le pressa le capitaine.

— Et puis les chasseurs sont revenus, dit Tom – et sa voix s'étrangla.

— Quoi ?! s'étouffa Willbury.

— Les chasseurs sont revenus, répéta Rollmop.

— Vous voulez dire qu'Arthur est enfermé là-bas avec Grapnard et sa clique ? articula Willbury.

— Oui… soufflèrent Tom et Rollmop, les yeux vissés sur le plancher.

— Que faire, à présent ? Que faire ? marmottait Willbury comme pour lui-même. Il ne va jamais pouvoir sortir de ce fortin – même s'il ne se fait pas capturer avant. Il est pris au piège.

— Trop bête qu'il n'ait pas ses ailes, ajouta le capitaine. Ce serait plus... »

Il se tut. On avait frappé. Il se leva pour ouvrir la fenêtre et deux corbeaux sautèrent à l'intérieur.

« Mille excuses, cap'taine, dit l'un. Mais il nous semble avoir vu quelque chose sur le toit du Castel Fromager. » Tous les regards se rivèrent sur eux. « On aurait juré que c'était Arthur, là-haut. Là maintenant, il n'y a plus rien, mais on est à peu près certains que c'était lui.

— Pourriez-vous aller là-bas et tâcher de le retrouver ? demanda Willbury.

— C'est comme si c'était fait ! »

Et les deux freux repartirent à tire-d'aile.

Et les deux freux repartirent à tire-d'aile.

À l'intérieur du salon de thé

On entendait des rires, des tintements de vaisselle.

Chapitre 25

THÉ ET CAKE AUX NOIX

Sur la pointe des pieds, Arthur sortit de son enclos et alla entrouvrir la porte. On entendait des rires, des tintements de vaisselle. Il recula, referma la porte.

Que faire, à présent ? Descendre ? Hors de question. C'était le plus sûr moyen de se faire prendre.

Il se retourna et vit la cage, à côté de la trappe. Triste spectacle. Il retourna se tapir dans la paille. D'abord, réfléchir.

Il faut pourtant que je redescende, se disait-il. Pour tirer de là les fifrelins. Et il y a mes ailes, aussi. Sans Bon-papa, je ne vais jamais pouvoir les réparer... Bon-papa ! J'oubliais Bon-papa !

Il s'assit, tira son pantin de sa chemise, remonta le mécanisme et dit très bas : « Bon-papa ?

— Arthur ! Où étais-tu passé ? Où es-tu ? Ça va ?

— Ça va, Bon-papa, mais... mais là, je suis dans le grenier du Castel.

— Du quoi ?!! Du Castel Fromager ? » Bon-papa n'avait pas l'air enchanté.

Il s'assit, tira son pantin de sa chemise…

« Oui… » avoua Arthur et, d'un trait, il raconta ce qui s'était passé.

« Oh, Arthur ! Pourquoi ne peux-tu jamais faire comme on te dit ? Je t'en veux, tu sais… Et à ce Mr Chipott, aussi. Il n'aurait jamais dû te laisser te fourrer dans un tel pétrin !

— Il n'y est pour rien, Bon-papa. Il m'avait dit de ne prendre aucun risque. Je lui ai désobéi… comme à toi.

— Nous en reparlerons plus tard, dit Bon-papa gravement. Pour le moment, il faut te sortir de là. Et tu as vu tes ailes, dis-tu ?

— Oui. Même qu'elles sont réparées ; mais le mécanisme du coffre est complètement démonté.

— Démonté ? Ce n'est pas un problème, ça. Si tu peux mettre la main sur ces ailes et sur deux ou trois

« Pourquoi ne peux-tu jamais faire comme on te dit ? »

outils, j'aurai tôt fait de t'aider à remonter tout ça. Et tu n'auras plus qu'à t'évader ! »

Arthur marqua une pause. « Il faut aussi que j'aide les fifrelins à s'évader.

— C'est entendu, dit Bon-papa, mais tu ne leur seras d'aucun secours si tu ne peux pas te libérer toi-même. Il faut commencer par ces ailes.

— L'ennui, c'est Grapnard et les autres.

— Bien d'accord, mais chacun doit dormir à un moment ou à un autre.

— Qu'est-ce qu'ils mijotent, à ton avis ? hasarda Arthur.

« Si tu peux mettre la main sur deux ou trois outils, je t'aiderai à remonter ces ailes. »

— Je n'en sais trop rien, Arthur. Mais rien de bon, c'est sûr! dit Bon-papa d'un ton sombre. Ce Maousse qui a besoin de fromage... et de "monstres", comme ils appellent ces pauvres fifrelins... Sans parler de ce laboratoire dont tu viens de me parler... Suspect, tout ça, suspect.

— Et là, maintenant, qu'est-ce que je fais?

— Tu restes bien caché, d'abord. Tu te reposes. Parions qu'avant longtemps toute cette clique va ronfler. À ce moment-là, descends au labo et tâche de récupérer tes ailes. Pour remonter le moteur, je te guiderai pas à pas.

— D'accord, Bon-papa. Et toi, ça va?

— Oui, mais ça devient terriblement humide, ici; mes articulations n'aiment pas ça. Voilà une heure, j'ai entendu une espèce de grondement au loin. Comme si certaines des grottes commençaient à s'ébouler. J'aimerais savoir ce que fabriquent ces bricoliaux. C'est leur boulot, bon sang, de nous maintenir au sec et de tout étayer!»

Arthur s'inquiéta. «Tu vas tenir, tu crois?

— Ne t'en fais pas pour moi. Tâche de te reposer. Et appelle-moi sitôt que tu auras mis la main sur ces ailes.

— Promis, Bon-papa. Et toi, reste bien au chaud.»

Le grésillement du pantin se tut. Arthur se pelotonna dans la paille. Il s'efforçait de guetter les bruits d'en bas, mais bientôt ses yeux se fermèrent; il dormait...

Il s'éveilla en sursaut. Quelque chose de long et clair lui picorait le nez. Il s'assit. Deux formes sombres reculèrent et se perchèrent sur la barrière de l'enclos.

«Pardon de t'avoir réveillé, dit un corbeau.

— Pour ce qui est de me réveiller, vous m'avez

Quelque chose de long et clair lui picorait le nez.

réveillé ! dit Arthur, se massant le nez. Mais je suis bien content de vous voir. »

Ils avaient dû entrer par l'œil-de-bœuf ouvert.

« Nous venons de la laverie. Tout le monde se tourmente pour toi.

— Comment avez-vous su que j'étais là ?

— On t'a vu sur le dôme, tout à l'heure – c'était bien toi ? On a prévenu les autres et ils nous ont dit de venir ici, à ta recherche.

— C'est gentil, merci. Je peux vous charger d'un message ?

— Vas-y !

— Dites-leur que j'ai trouvé les fifrelins... Dans un cachot, ici même... Que Grapnard et ses Affiliés ont construit un énorme engin douteux... Qu'ils font de vilaines choses aux fromages... Oh ! et aussi que je sais où sont mes ailes...

— Bigre ! Tu n'as pas perdu ton temps. On peut faire quelque chose pour toi ? »

Arthur réfléchit une seconde et tendit l'oreille.
« Oui. Vous pourriez aller vérifier, en bas, si Grapnard
et sa clique dorment bien, tous ?

— C'est comme si c'était fait ! » Et les deux oiseaux
filèrent par l'œil-de-bœuf.

Une minute plus tard, ils étaient de retour. « La voie
est libre. On a fait tout le tour du bâtiment, regardé
par toutes les fenêtres. Ils dorment comme des sacs
de plâtre dans une grande pièce à l'avant. Semblerait
qu'ils se soient gobergés de cake...

« On a fait tout le tour du bâtiment,
regardé par toutes les fenêtres. »

— Du cake aux noix, je dirais. Même ce Grapnard
est là, ventre en l'air, à ronfler comme un sonneur.

— Parfait, dit Arthur. Je vais essayer de récupérer
mes ailes et de délivrer les fifrelins.

— Autre chose ? s'enquirent les freux.

— Non. Répétez bien, là-bas, tout ce que je vous ai dit.» Arthur se tut. «Et dites-leur que je reviens vite.»

Ils repartirent d'un battement d'ailes et Arthur, à pas de velours, se risqua dans l'escalier.

Arrivé en bas, il poursuivit droit vers le salon de thé. Retenant son souffle, il poussa la porte. Une trentaine de messieurs pansus étaient affalés là, les uns sur des banquettes rembourrées, les autres sur de vieux fauteuils ou par terre, au milieu d'un océan de miettes et de tasses vides. Au fond, sur le plus grand fauteuil, Grapnard était avachi, l'estomac en avant.

Une trentaine de messieurs pansus étaient affalés là.

Le cœur d'Arthur battait à tout rompre. Il allait falloir y aller très, très doucement. Retenant son souffle, il commença à louvoyer entre les meubles en direction de Grapnard. La vaisselle sale qui encombrait le sol ne facilitait pas les choses. Mais il avançait. Comme il enjambait de grands pieds en travers de son chemin, l'ourlet de son gilet effleura des orteils.

«'Core un peu...» marmotta une voix pâteuse. Arthur se retourna, en alerte; Grichouille! «P'tit peu

L'ourlet de son gilet effleura des orteils.

de cake… Une lichette. » Le bonhomme avait les yeux clos. Il parlait dans son sommeil. Arthur avala sa salive et parcourut la pièce du regard. Mais rien n'avait bougé. Il reprit sa lente progression en direction de Grapnard.

Les clés pendaient au gilet du dormeur, au bout de leur ficelle. La grosse bedaine montait et redescendait, et elles tintaient doucement en cadence.

Sur un plateau couvert de miettes qui traînait au sol, un couteau-scie était posé. Arthur s'en saisit et, délicatement, il prit les clés dans son autre main. Puis, avec mille précautions, il entreprit d'en scier la ficelle, un œil sur les oscillations de la panse de leur propriétaire. La ficelle céda enfin et, durant quelques secondes, le ventre du dormeur frémit de façon suspecte. Arthur se changea en statue. Le dormeur renifla… mais ne s'éveilla pas. Arthur reposa le couteau et repartit en tapinois – cette fois vers le laboratoire.

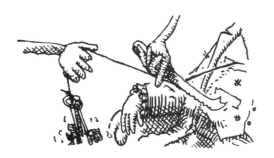

Il entreprit de scier la ficelle…

Bon-papa avait raison : d'abord, il lui fallait ses ailes. Tenter de délivrer les fifrelins sans elles ne rimait à rien : s'il se faisait prendre, tout était perdu. Simplement, il espérait que, parmi les clés qu'il avait en main, se trouvaient bien celles qu'il lui fallait.

Il alla droit à la cabine de contrôle, gravit les marches quatre à quatre. Hourra! une petite clé jaune se glissa dans la serrure sans se faire prier. Il y eut un déclic fort bienvenu, et la porte s'ouvrit. Les ailes d'Arthur étaient toujours là, sur l'établi. Vite, il sortit son pantin.

« Bon-papa ? Tu es là ?

— Oui, Arthur.

— Je suis dans le labo, avec mes ailes. Tu peux m'aider à tout remonter ?

— Allons-y. Peux-tu trouver un petit tournevis et une pince-étau ? »

Arthur chercha des yeux sur l'établi. « Voilà, j'ai ça !

— Parfait… »

Durant l'heure qui suivit, guidé par Bon-papa, Arthur reconstitua le moteur de ses ailes. De temps à autre, il jetait un coup d'œil à la porte, ou s'interrompait pour remonter le mécanisme du pantin lorsque

la voix de Bon-papa se faisait trop faible. À la fin de l'heure, le moteur était comme neuf. Tout heureux et tout fier, Arthur remercia son grand-père.

« Je crois que tu ferais bien de te les mettre sur le dos tout de suite, ces ailes, lui dit Bon-papa. Et de remonter le mécanisme, aussi. Au cas-z-où...

Guidé par Bon-papa, Arthur reconstitua
le moteur de ses ailes.

— Tu as raison, reconnut Arthur, joignant le geste à la parole. À tout à l'heure ! Maintenant, je fonce délivrer les fifrelins.

— Bien. Mais... tiens-moi au courant dès que possible, hein ? Et je t'en supplie, cette fois, pas de risques inutiles ! »

Arthur rangea le pantin et remonta à fond le ressort de ses ailes. Puis il referma la cabine à clé et repartit vers

Arthur remettant ses ailes sur son dos

le sous-sol. Au passage, il jeta un coup d'œil anxieux aux dormeurs, mais tous ronflaient avec application. En silence, il leur souhaita de faire de beaux rêves – beaucoup, très longs –, puis, toujours à pas feutrés, il redescendit vers le cachot.

Au bas des escaliers, Arthur eut un choc.

Fretin lui fit signe qu'il n'y avait aucun danger.

Chapitre 26
ENFIN LIBRES ?

Au bas des escaliers, Arthur eut un choc. La cellule des blaireaux courvites était ouverte ! Il se tourna vers celle de ses amis. Ils étaient là, plaqués contre les barreaux, manifestement en train de l'attendre. Leurs mines s'éclairèrent à sa vue. Du geste, Arthur désigna la cellule béante. Fretin lui fit signe qu'il n'y avait aucun danger.

Mais Arthur se méfiait. Sans un son, agitant les lèvres, il articula : « Ils sont partis ? »

Fretin acquiesça avec insistance. Soulagé, Arthur s'engagea dans l'allée. Le souvenir lui revint de ce qu'avaient dit les hommes, au grenier, à propos des blaireaux. La cellule vide lui parut plus vide encore, et son cœur se serra étrangement comme il passait devant elle. Puis il se retrouva devant ses amis.

« Le ciel soit loué, vous êtes encore là ! »

Ils étaient fous de joie de le revoir.

« Je vais tâcher de vous sortir d'ici », dit-il, examinant ses clés.

Merveille : l'une d'elles était la bonne ! Sitôt dehors, les fifrelins se jetèrent contre lui et l'étreignirent de toutes leurs forces. Il le leur rendit bien, puis déclara : « Bon ! Tant que nous y sommes, délivrons tout le monde. »

Les fifrelins l'étreignirent de toutes leurs forces.

Fretin désigna les deux autres cellules contenant des fifrelins et approuva vigoureusement, oui, oui, oui.

« Et celle avec des planches ? » demanda Arthur. Tous firent non de la tête avec frénésie. « Mais pourquoi ? » Ils se remirent à sauter sur place – *bong ! bong ! bong !* – comme la première fois.

« Bon, leur dit-il. Je vois. Ce serait sans doute risqué de libérer ce qui est enfermé là. »

Ils parurent grandement soulagés.

Il ouvrit les portes voisines, et ses amis s'empressèrent de rassurer leurs semblables : non, ils n'avaient rien à craindre ; oui, cet humain-là était digne de confiance. Bientôt, toute la petite bande fut au pied de l'escalier.

Arthur vérifia que la voie était libre.

« Et maintenant, dit Arthur, sortons d'ici, et vite ! Mais attention : pas un bruit. »

Ils le suivirent dans l'escalier, puis à travers le laboratoire, jusqu'à la porte qui donnait sur le grand hall. Là, le petit groupe s'immobilisa. Arthur entrebâilla la porte pour vérifier que la voie était libre, et il s'apprêtait à entraîner les fifrelins dans le hall lorsqu'un bêlement retentit du côté de l'entrée. Trois secondes plus tard, la porte du salon de thé s'ouvrit, livrant passage à un Grichouille mal réveillé. Dans le même temps, du fond de la pièce, montait une voix ensommeillée : « Doit être le laitier ! Dis-lui de laisser quinze pintes… Paierai la semaine prochaine. » Grapnard.

Arthur entendit Grichouille se diriger vers l'entrée, puis s'immobiliser et lancer de sa voix pâteuse : « Les clés de l'entrée, tu les as ? »

Arthur sursauta. Catastrophe ! Ses yeux allaient,

*La porte s'ouvrit, livrant passage
à un Grichouille mal réveillé.*

hagards, du salon de thé à l'arche… Mais déjà, Grapnard rugissait : « Les clés ! Nom de d'là ! On me les a piquées ! »

Arthur ouvrit grand la porte et poussa les fifrelins vers les marches menant au grenier. « Montez ! Vite ! »

Mais à peine avaient-ils commencé à traverser le hall qu'un grand branle-bas se fit du côté du salon de thé, et Grapnard surgit à la porte. Arthur crut défaillir.

Grapnard surgit à la porte. Arthur crut défaillir.

Tout était donc perdu ? Sans même chercher à faire silence ni à masquer sa panique, il se tourna vers les fifrelins et hurla :

« FONCEZ ! »

La petite bande se rua vers le haut de l'escalier. Arthur battit des ailes et prit son élan... Ouf ! au moins, il volait de nouveau.

« Cornegidouille ! mugit Grapnard, encore ce gamin. Et il m'a chouravé mes ailes ! »

Tous ses compères, médusés, levèrent le nez vers Arthur en vol et vers la bande de fifrelins qui caracolaient en direction de l'étage.

« Rattrapez-les ! » beuglait Grapnard.

Il empoigna une canne dans le porte-parapluie, prêt à la lancer sur la petite bande. Alors Arthur lui jeta au nez la seule arme dont il disposait : le trousseau de clés. Grapnard reçut ses clés dans l'œil – dans son œil de verre une fois de plus, et il explosa : « Sale petite teigne ! Tu me le paieras ! »

Grapnard reçut ses clés dans l'œil.

Par bonheur, Arthur était hors de portée.

Mais quatre ou cinq de ses hommes s'élançaient à l'assaut de l'escalier, aux trousses des fifrelins ! Battant des ailes avec fièvre, Arthur gagna l'une des niches de pierre au-dessus des marches, il empoigna la statue de plâtre posée là, cria bien fort : «Attention, en bas!» et tira un bon coup. La statue vacilla… Les assaillants n'eurent que le temps de battre en retraite. À peine étaient-ils redescendus que la statue s'écrasait sur les marches.

La fureur de Grapnard redoubla. «Vous laissez pas arrêter comme ça, crénom! Rattrapez ces monstres!» Il empoigna un parapluie et le brandit vers ses comparses.

À tire-d'aile, Arthur gagna la statue suivante et, voyant les Affiliés tenter un deuxième assaut, il la fit basculer d'un coup sec. Comme la première, elle s'écrasa dans l'escalier tandis que les assaillants faisaient machine arrière.

La statue vacilla…

Les assaillants levant le nez

Les fifrelins atteignaient le grenier. Arthur les vit s'y engouffrer. Vite, il se posa sur le palier, coupa le moteur de ses ailes, passa la porte et la claqua derrière lui. Il était temps : le parapluie, lancé à la volée, vint heurter le battant de chêne.

Blottis les uns contre les autres, les fifrelins tremblaient de terreur. Fiévreusement, Arthur balaya des yeux le grenier : avec quoi barricader cette porte ? Son regard s'arrêta sur la cage. Il reprit son vol, alla se poser sur cette cage et, d'une main preste, la décrocha de sa chaîne.

« Vite ! hurla-t-il aux fifrelins. Aidez-moi à pousser ça contre la porte ! »

Ils s'exécutèrent comme un seul fifrelin et la lourde cage alla buter contre la porte. Alors, Arthur vola d'un trait jusqu'à la baie, à l'autre bout du grenier, et ouvrit tout grands les volets. Le filet vide pendait au bout de la poutrelle.

« Fretin ! appela Arthur. Tu pourrais donner un peu de mou à cette corde, que j'attrape le filet ? »

Fretin dénoua la corde, lui donna un peu de jeu. Arthur saisit le filet et l'attira à l'intérieur. Puis il l'étala sur le plancher.

« Vite ! cria-t-il aux fifrelins. Entrez dans ce filet ! » Au même instant, des coups violents ébranlèrent la porte ; les Affiliés tentaient de l'enfoncer. « S'il vous plaît, implora Arthur. C'est notre seule chance ! »

La lourde cage alla buter contre la porte.

Les fifrelins ne tenaient guère à se fourrer dans ce filet, mais le tohu-bohu à la porte se fit plus pressant encore et, à contrecœur, tous finirent par s'y glisser. Arthur rejoignit Fretin à la corde.

Sitôt les fifrelins au centre du filet, Arthur et Fretin tirèrent sur la corde. Le filet enserra dans ses mailles ce petit monde gémissant d'effroi. L'instant d'après, filet et chargement se balançaient au bout de la poutrelle, en surplomb de la rue.

« Sitôt à terre, lança Arthur, les mains en porte-voix, sortez de ce filet et courez au canal ! » Il sentit qu'on le tirait par la manche. C'était Fretin, rongé d'angoisse : et lui ?

Filet et chargement se balançaient
au bout de la poutrelle, en surplomb de la rue.

« Toi et moi, le rassura Arthur, nous allons prendre la voie des airs. » Et à eux deux, lentement, précautionneusement, ils firent descendre le filet au bout de sa corde.

À la porte du grenier, l'assaut se faisait de plus en plus rageur. La cage semblait reculer... Arthur jeta un coup d'œil dans la rue. « Ça y est ! dit-il. Ils sont en bas... Ils sortent ! À nous, Fretin ! »

Le bricoliau eut un mouvement de recul. À cette seconde, la cage se renversa à grand bruit, la porte du grenier s'ouvrit à la volée. Arthur saisit Fretin par les coins de son carton et l'entraîna de force au bord de l'ouverture. Là, lâchant le bricoliau un instant, il régla son moteur à pleine puissance, puis il empoigna Fretin de nouveau, à bras-le-corps.

«Attrapez-les, cré bon sang!» Les Affiliés chargeaient à travers le grenier. Serrant le bricoliau contre lui, Arthur se jeta dans le vide.

Une seconde ou deux, ils tombèrent en chute libre. Puis les ailes jouèrent leur rôle et la chute se changea en vol. Au-dessous d'eux, le petit peloton de fifrelins libérés dévalait une rue menant au canal, à l'exception de l'hermine solitaire qui courait, en désarroi, dans la direction opposée. Au-dessus d'eux fusaient des cris de rage.

Une seconde ou deux, ils tombèrent en chute libre.

«Bande de galapiats ! Fifrelins ! Monstres !» Puis la voix de Grapnard domina toutes les autres : «Descendez, nom d'un chien, et courez-leur après ! S'en tireront pas comme ça !»

*L'hermine solitaire courait, en désarroi,
dans la direction opposée.*

Arthur chuchota à l'oreille de Fretin : «Ça va ? Tu aimerais peut-être mieux que je te dépose à terre, maintenant ?» Le bricoliau se tourna vers lui et fit non de la tête, souriant jusqu'aux oreilles.

«Donc, ça te plaît, de voler ?»

Pour toute réponse, Fretin agita ses bras comme des ailes.

«En ce cas, conclut Arthur, rattrapons les autres !» Et, dans la lumière de l'aube, il mit le cap sur le bateau-laverie.

Las ! Trois rues plus loin, ils entendirent aboyer des chiens – toute une meute.

«Ils nous ont pris en chasse !»

« Au bateau-laverie ! Suivez-nous ! »

Arthur et Fretin volaient bas, mais vite.

Chapitre 27
BATAILLE NAVALE À QUAI

Arthur et Fretin volaient bas, mais vite. Ils rattrapèrent bientôt les fifrelins, les dépassèrent en trois battements d'ailes, et Arthur leur lança par-dessus son épaule : « Au bateau-laverie ! Suivez-nous ! »

À sa surprise, ils filaient comme des lièvres. Mais ce n'était pas assez : les hurlements des chiens se rapprochaient. Par bonheur, le canal apparut enfin, avec le bateau droit devant. Il ne pleuvait plus, la lessive claquait au vent. Sur le pont, des cris de joie saluèrent de loin leur arrivée, suivis d'un franc remue-ménage.

« Ça va, Fretin ? » s'enquit Arthur. Un gargouillis joyeux lui répondit.

À un jet de pierre du bateau, Arthur se posa derrière le peloton de fifrelins et libéra Fretin.

« Arthur ! s'émerveilla Willbury, planté en haut de la passerelle avec Marjorie, Tom et Rollmop, et le capitaine. Fretin ! Nœuf ! Babouche ! Titus !

— Oui ! cria Arthur. Nous voilà tous ! Sauvés !

— Grâce au ciel, et grâce à toi ! »

En haut de la passerelle, Willbury rayonnant

Tout le monde exultait. Tom et Rollmop étaient bien soulagés. Mais un cri s'éleva dans les gréements : « Chiens en vue ! »

Arthur se retourna. La meute en furie galopait à son tour sur le chemin de halage.

« Vite ! pressa Willbury. À bord, tout le monde ! »

La meute en furie galopait à son tour sur le chemin de halage.

Fretin, Nœuf, Babouche et Titus s'élancèrent sur la passerelle. Les autres fifrelins, voyant leurs sauveteurs si confiants, les imitèrent sans un murmure, Arthur sur leurs talons.

« Relevez la passerelle ! » commanda le capitaine, sitôt Arthur à bord.

Il était moins une : Grapnard et ses hommes venaient d'apparaître derrière la meute, courant et gesticulant. La passerelle, en se relevant, rasa la truffe du premier des chiens.

« ... Chaaargez le canon !

— Mais capitaine, on n'a pas de poudre !

— Ah ! c'est vrai. Chaaargez les caleçons ! »

Les corbeaux détachant les armes des gréements

Aussitôt, les corbeaux, quittant le nid-de-pie, détachèrent des cordages six ou sept caleçons de grande taille et les remirent aux ex-pirates qui se hâtèrent de nouer ce linge au bastingage.

*Les rats remontèrent des cales d'étranges boules,
de la taille de balles de tennis.*

Sur ce, les rats remontèrent des cales, chacun tenant entre les pattes une espèce de boule grossière, de la taille d'une balle de tennis.

« C'est quoi, ces choses ? s'enquit Arthur.

— Ça ? Des "craspouilles", répondit le capitaine. Une invention à nous. On craignait un peu une attaque, alors Tom a eu l'idée de préparer une petite surprise pour l'ennemi. On a pris l'espèce de bouillasse que les pompes récupèrent au fond de la cale – vous savez, cette affreuse gadouille –, on l'a touillée avec de la glu et on en a fait des boules. Bon, c'était trop collant, alors on les a roulées dans des peluches de linge, des bouloches… On a fait l'essai : quand ça s'écrase, y a pas plus dégoûtant. Ça poisse, ça empeste et ça part très mal au lavage.

— Caleçons chargés, cap'taine ! lança un matelot.

— Parez à tirer ! »

Les pirates étirèrent ce linge comme on le fait de l'élastique d'un lance-pierre, à la seconde même où la voix de Grapnard retentissait sur le chemin de halage : « À l'abordage ! Attaquez ce bateau ! »

*Les pirates étirèrent ce linge comme on le fait
de l'élastique d'un lance-pierre.*

À ces mots, les chiens se mirent à hurler en sautant
sur leurs pattes de derrière, comme prêts à bondir sur
le pont. Alors le capitaine ordonna : « FEU ! »

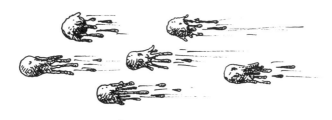

« FEU ! »

Et *tsouing !* Les boules sifflèrent avec ensemble, pour
s'écraser sur leurs cibles à grands *splotch !* suivis de cris
de dégoût. Terrorisés, les chiens détalèrent. Les hommes
de Grapnard en auraient bien fait autant, mais le chef ne
l'entendait pas de cette oreille : « Bande de flanchards !
Z'allez tout de même pas vous dégonfler pour si peu !

— Feu ! » répéta le capitaine.

Et le flanc du navire cracha une deuxième salve de
« craspouilles », provoquant une deuxième salve de cris
outragés.

Le chef ne l'entendait pas de cette oreille.

Cette fois, ce fut Grapnard qui hurla le plus fort.
«Repli!» lança-t-il à ses hommes, une main sur son
œil de verre.

Ils ne se firent pas prier, et tous suivirent les chiens,
sous les hourras de l'équipage.

«Belle victoire, hein! se réjouit le capitaine.

— Oui, dit Arthur. Ils y regarderont à deux fois,
maintenant, avant de nous attaquer!

— Le ciel vous entende», murmura Willbury.

Au bout du chemin de halage, l'ennemi tenait conciliabule. Ou plutôt, Grapnard pérorait et ses hommes

Ils ne se firent pas prier.

écoutaient. À bord du bateau, on surveillait la scène. Une minute plus tard, l'un des Affiliés partit à grandes enjambées en direction du centre-ville. Grapnard fit quelques pas vers le bateau et lança d'un ton vengeur :

« Vous avez peut-être gagné la bataille, mais pas la guerre ! »

Arthur entendit toussoter derrière lui. C'était le capitaine, hésitant : « Au fait, et Levi et Piccalilli ? Vous ne les avez pas trouvés, eux ? »

Arthur eut un pincement au cœur. « Non, avoua-t-il. Malheureusement, non.

— Pas de rongeurs du tout ?

— Juste deux souris minuscules, dans l'antre de Grapnard. Et encore, à peine assez grosses pour être vraiment des souris... »

Le capitaine se détourna sans mot dire.

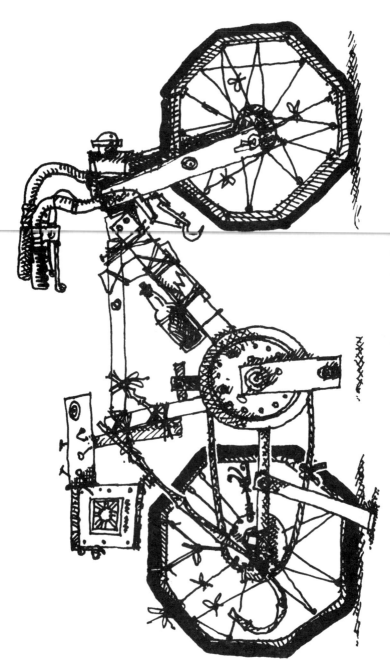

La « bi-polygonette », également nommée « six-pence »

La maréchaussée ratipontaine

Chapitre 28

POLICE !

Pour des raisons aujourd'hui oubliées, la police ratipontaine était équipée d'un moyen de transport très
spécial, la « bi-polygonette ». Ancêtre de notre bicy-
clette, ce vélocipède comportait déjà deux roues de
même diamètre, mais de forme polygonale plutôt
que circulaire – un peu à l'image d'une pièce de trois
pence, d'où le nom de « six-pence » qui lui était également donné.

À vrai dire, ce profil de roue n'améliorait pas l'humeur des cyclistes, et surtout pas sur les pavés. Les
policiers de Pont-aux-Rats étaient audibles de fort
loin, à cause des petits cris de douleur que leur arrachait chaque tour de roue. Plus d'un cambrioleur
avait dû son salut à l'inconfort de la « six-pence », ou
plutôt de celui qui la chevauchait. Certains policiers
n'hésitaient pas à rembourrer d'un coussinet la partie
dodue de leur personne afin d'amortir les chocs. Mais
tous ne pouvaient s'offrir pareil luxe, d'où ces petits
cris haut perchés qui valaient aux représentants de la

*Plus d'un cambrioleur avait dû son salut à l'inconfort
de la « six-pence »…*

maréchaussée ratipontaine le surnom de « perdriols »,
variante locale du mot « perdreau ».

Ces perdreaux très spéciaux, justement, pédalaient
pour l'heure sur le chemin de halage, aussi vite qu'ils
le pouvaient sans s'infliger trop de dommages. Les
appels d'urgence étaient rares, or les perdriols étaient
payés au nombre d'arrestations pratiquées. Ils avaient
donc hâte d'arriver sur les lieux, serrant les dents pour
garder le silence.

Le brigadier-chef mit pied à terre, se défit de son coussinet…

Le brigadier-chef mit pied à terre, se défit de son coussinet et s'informa : « Eh bien ? Que se passe-t-il donc ici ? »

Ni les Affiliés ni les ex-pirates ne savaient trop que répondre. Grapnard s'en chargea : « Nous venons de nous faire attaquer par ce gang d'apaches !

— Attaquer ?

— Oui, sans raison ! Nous nous baladions tranquillement quand ces fripouilles nous ont tiré dessus ! Il faut les mettre hors d'état de nuire !

— Diantre, voilà qui paraît sérieux, déclara le brigadier-chef. Ça va faire du monde à arrêter ! »

*Vingt paires de menottes se mirent
à tinter comme sonnailles.*

Et aussitôt, vingt paires de menottes se mirent à tinter comme sonnailles. Mais, sur le pont, Willbury s'indigna : « Mensonges ! Nous étions en état de légitime défense. Il se trouve que je suis avocat et…

— AVOCAT ? » Le brigadier-chef leva une main. « Un avocat n'a rien à faire dans ce genre d'histoire,

il me semble; mais on sait ce que valent les avocats. Messieurs, arrêtez-le!»

Ses hommes s'avancèrent vers le bateau.

«Du calme! enchaîna Willbury. Je suis également juge de circonscription.

— Oh! fit le brigadier-chef. Désolé, Votre Honneur, je ne me rendais pas compte que vous étiez si manifestement honnête. Messieurs, arrêtez cette petite bande sur le chemin!»

Les perdriols se retournèrent vers les Affiliés dans un cliquetis de menottes. Mais Grapnard fit un pas en avant. «Messieurs, dit-il tout en traçant dans les airs

... tout en traçant dans les airs
de curieux petits signes avec ses mains...

de curieux petits signes avec ses mains, sachez qu'entre cet avocat et moi il y a toute la différence qui sépare plâtre et FROMAGE. »

Les perdriols se figèrent et leur chef chevrota : « Vous avez dit : plâtre et FROMAGE ?

— Très exactement, confirma Grapnard.

— Et quel type de fromage, je vous prie ? » À son tour, du bout des doigts, le brigadier-chef traçait de petits signes dans les airs.

« Du GROS fromage, répondit Grapnard, les mains en mouvement. De celui qui s'accorde bien avec les huiles et légumes de même calibre.

— Pourquoi font-ils tous ces petits gestes ? souffla Arthur à Willbury.

— Je n'en sais trop rien », répondit le vieil avocat d'un ton incertain.

Marjorie se glissa près d'eux. « Je crois qu'ils sont "Frères", souffla-t-elle. Affiliés, autrement dit. Membres de la Guilde.

— Guilde ? demanda Arthur.

— Société secrète. Ce sont des signaux qu'ils échangent. En langage codé. Pour se dire qu'ils sont du même bord !

— Ils ne se reconnaissent donc pas ? s'étonna Arthur.

— C'est une grande organisation, cette Guilde, dit Marjorie. Avec des tas de petites sections. La police a sans doute la sienne. »

Alors, échangeant un regard, les perdriols tombèrent à genoux devant Grapnard. Puis ils inclinèrent la tête et murmurèrent : « Nous humons le fromage ! Le grand fromage fort ! Nous le respectons, nous l'honorons ! Que pouvons-nous pour vous ? »

Grapnard eut un petit sourire méprisant. « Une brève enquête, dit-il, montrerait que "Votre Honneur", étant

Les perdriols tombèrent à genoux devant Grapnard.

en retraite, n'a plus l'ombre d'un pouvoir – et qu'il protège un galapiat qui m'a volé un objet de prix, une paire d'ailes mécaniques. Volé, oui, volé, à MOI! La moindre des choses, me semble-t-il, serait de me restituer mon bien et de jeter aux fers cette petite crapule!»

Le brigadier-chef se redressa et, s'époussetant les genoux, se tourna vers Willbury :

«Est-ce exact, sir? Vous n'êtes plus juge?

— Techniquement, c'est exact, reconnut Willbury, mais...»

Le brigadier-chef l'interrompit. «Parfait. Abaissez la passerelle! Tout refus serait considéré comme entrave à l'action de la police et me contraindrait à vous arrêter, vous et tout votre équipage.»

Willbury, choqué, se tourna vers les autres. «Il vaut mieux obéir, je crois. Ou nous aggraverons notre cas.»

À regret, les ex-pirates abaissèrent la passerelle. Le brigadier-chef aboya : «Arrêtez ce garçon!»

Ses hommes s'élancèrent. Aussitôt, Rollmop et tous ses compagnons serrèrent les poings et les mâchoires. Les forces de l'ordre mollirent un brin.

Mais Willbury leva une main. « Matelots, pas un geste ! » Et à l'oreille d'Arthur, il chuchota : « Vite, envole-toi… »

Peine perdue. Arthur n'avait pas remonté le ressort de son engin, et il était bien trop tard pour ce faire. Les perdriols l'empoignèrent et lui passèrent les menottes. Puis ils le descendirent du bateau comme ils l'auraient fait d'un ballot, et le brigadier-chef lui arracha ses ailes.

Les perdriols l'empoignèrent et lui passèrent les menottes.

Arthur refusait d'y croire. Lui, si fier d'avoir accompli sa mission au Castel ! Et voilà qu'à présent on lui reprenait ses ailes ! Mais le pire était de voir la police se ranger du côté de Grapnard. C'était le monde à l'envers, l'injustice absolue ! Cependant, il ne se débattit pas ; le moment ne lui semblait pas propice.

Sans doute lui serait-il facile, plus tard, de prouver son innocence ?

« Parfait ! décréta le brigadier-chef. Que deux d'entre vous emmènent au poste ce petit rufian ! Les autres, restez ici pour veiller au maintien de l'ordre. Laissez les respectables gentlemen que voici reprendre leurs honnêtes occupations, et tenez à l'œil cet ex-avocat et sa bande de pirates ! Si un seul d'entre eux fait mine de quitter le bord… arrestation immédiate ! » Il adressa un clin d'œil à Grapnard et lui tendit les ailes d'Arthur. « Que puis-je d'autre pour vous, sir ? »

Grapnard examina les ailes et le coffret contenant le moteur, puis, avec un sourire mauvais, il se tourna vers Arthur. « Je me demandais comment remonter cet engin. Tu nous as rendu un fier service. J'aurai deux ou trois questions à te poser… » Il se tourna vers le brigadier-chef. « Dites-moi, brigadier. Je sais combien vous manquez de personnel, au poste. Je me demandais… Peut-être serait-il plus simple pour vous de me confier ce garçon ?

— Ah non ! éclata Willbury sur le pont. Vous n'avez pas le droit !

— Et qui m'en empêcherait ? » dit le brigadier-chef. Il posa une main sur l'épaule de Grapnard. « En vertu des pouvoirs qui me sont conférés, je vous nomme Geôlier temporaire, classe 3. Au nom de la police ratipontaine, vous êtes chargé de la surveillance de ce jeune criminel.

— Faites-moi confiance, brigadier, répondit Grapnard avec un clin d'œil. Tout pour rendre service aux forces de l'ordre ! » Et le nouveau Geôlier temporaire, classe 3, se tourna vers deux de ses comparses : « Holà, vous autres ! Empoignez-moi ce lascar ! »

Deux de ses hommes s'approchèrent d'Arthur, le plus vieux empaqueté de bandages comme une momie, le plus jeune avec un gros pansement sur le nez.

« C'est eux ! s'écria Marjorie à leur vue, par-dessus le bastingage. Ces deux, là ! C'est eux qui m'ont dérob…

… le plus vieux empaqueté de bandages comme une momie, le plus jeune avec un gros pansement sur le nez.

— Si-lence ! trancha le brigadier-chef. Un mot de plus, vous autres, et je vous fais tous mettre sous les verrous ! »

D'une pression sur le bras, Willbury fit taire Marjorie.

« Oui, silence ! renchérit Grapnard. Un mot de plus et parions que la police me déléguera aussi le pouvoir de châtier le délinquant moi-même.

— Absolument, sir ! confirma le brigadier-chef. C'est un tel bonheur de trouver des citoyens aussi dévoués au bien public ! »

Grapnard se tourna vers les Merluche. « Emmenez ce lascar au Castel ! »

Ils empoignèrent Arthur chacun par un bras, et le garçon jeta vers Willbury un regard éperdu. Dans cette forteresse, une fois de plus ? L'idée le mettait au désespoir. Et qu'allaient-ils faire de lui, là-bas ?

« Tiens bon, Arthur ! lui lança Willbury. Nous te tirerons de là ! »

Enfourchant sa « six-pence », l'honorable perdriol repartit sur le chemin de halage.

Grapnard se tourna vers le brigadier-chef. « Votre efficacité sera récompensée, brigadier. Je vais préparer quelques "petits papiers" que je vous ferai parvenir.

— Oh ! merci, sir. Merci infiniment ! »

Et, enfourchant sa « six-pence », l'honorable perdriol repartit sur le chemin de halage, laissant ses hommes surveiller le bateau.

Sur le pont, plus personne n'osait remuer d'un pouce.

« Dire que je croyais voir les choses s'arranger, marmotta Willbury. Pauvre petit Arthur, si brave ! Lui qui avait délivré les fifrelins, et récupéré ses ailes ! Par quel bout prendre l'affaire, à présent ? »

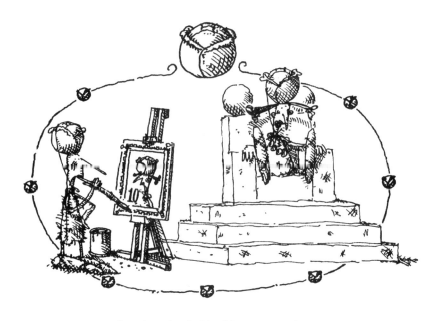

La reine adorait faire faire son portrait.
Tous les quinze jours, elle posait pour une nouvelle série
de timbres. Plus la valeur du timbre était élevée,
plus gros était le chou sur sa tête – détail bien commode
pour qui ne savait pas lire.

*Les choutrognes étaient assemblés sur l'estrade de pierre
où siégeait le trône royal...*

Chapitre 29

EXODE

Dans les profondeurs de l'En-dessous, les choutrognes étaient assemblés, tous tassés sur l'estrade de pierre où siégeait le trône royal, au fond de leur caverne principale. Le sol de l'immense salle disparaissait déjà sous l'eau, et le niveau montait de façon alarmante.

La reine réajusta l'énorme chou blanc sur sa tête et toussota, altière. Elle était le seul choutrogne à s'exprimer autrement que par chuchotis à peine audibles. «Mes vaillants sujets, commença-t-elle, nous vous avons convoqués en vue de vous faire part d'une bien contristante nouvelle. Eu égard à l'élévation inexorable des niveaux aqueux en notre royaume, la production de crucifères n'est plus envisageable en Basse-Choutrognie. En conséquence, nous décrétons qu'il nous faut sur-le-champ rechercher un séjour alternatif. Lonla, lonlaine, parole de reine!»

Ses sujets s'entreregardèrent. Ils ne comprenaient goutte à ce discours.

Alors, un très vieux choutrogne osa gravir les marches

Un très vieux choutrogne osa gravir les marches du trône.

du trône et chuchoter quelque chose à l'oreille de la souveraine. Elle acquiesça, un peu embarrassée, et reprit la parole : « Pour dire les choses autrement, il y a trop d'eau ici. Cultiver nos choux n'est plus possible, il nous faut déménager. »

Un murmure d'angoisse parcourut l'assemblée.

Le vieux choutrogne, de nouveau, chuchota quelque chose à Sa Majesté. Celle-ci dit alors : « On nous informe qu'au-delà des confins de la présente cavité, à quelques lieues et à la verticale, se trouve une excavation qui pourrait convenir à nos fins. En foi de quoi, nous pourrions nous transférer jusqu'à l'excavation susdite et y rétablir une communauté harmonieusement intégrée afin de reprendre notre agriculture troglodytique. »

L'assemblée marmonna derechef et le vieux chou-trogne, une fois de plus, se pencha vers sa souveraine. Elle devint couleur de chou rouge.

«Une autre caverne existe, au-dessus de celle-ci, pas très loin, où nous pourrions planter nos choux», traduisit-elle un peu gauchement.

Un petit choutrogne s'approcha du trône à son tour et souffla quelque chose au vieillard. Celui-ci transmit à la reine, qui reprit son royal discours : «Notre attention vient d'être attirée sur le fait que certains de nos sujets, étant présentement en mission hors des confins...» Le vieux choutrogne lui adressa un regard insistant et elle se reprit : «Il faudrait deux volontaires pour partir à la recherche de Titus et des autres absents, afin d'aller leur dire où nous allons.»

Deux jeunes choutrognes levèrent la main.

«Parfait! déclara la reine. À présent, veuillez suivre notre chambellan, ajouta-t-elle, indiquant le vieux choutrogne. Et n'omettez point les semences – pardon, n'oubliez pas les graines!»

Deux jeunes choutrognes levèrent la main.

Ses sujets tapotèrent leurs poches en riant. Le vieux choutrogne descendit les marches et ouvrit la voie le long d'une galerie, derrière l'estrade.

Sa Majesté resta seule un instant sur son trône, la mine chagrine. Une dernière fois, elle embrassa du regard son royaume sous les eaux où flottaient quelques choux, puis elle suivit le mouvement.

*Une dernière fois, elle embrassa du regard son royaume
sous les eaux où flottaient quelques choux...*

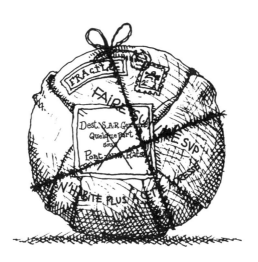

LE CACHOT AU SOUS-SOL DU CASTEL FROMAGER

muraille de l'ancien château

cartons divers

cellule renfermant l'homme aux chaussettes de fer

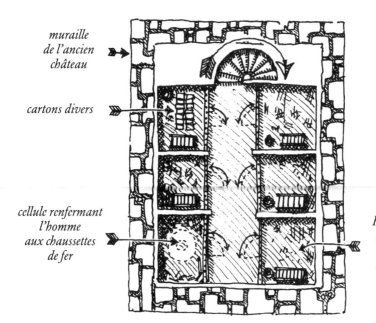

Fretin, Nœuf, Babouche et Titus furent enfermés ici.

L'histoire du cachot situé sous le laboratoire est aussi longue qu'abominable, et plus ancienne encore que celle du Castel Fromager, puisque ces oubliettes existaient déjà du temps de l'ancien château de Pont-aux-Rats, bâti en 1247. À l'époque, ce sous-sol avait plusieurs usages : cachot, salle de torture, pouponnière, cave à provisions et débarras. En 1453, une révolte paysanne réduisit le château à un tas de pierres. Huit nourrissons et trois criminels endurcis enfermés dans ces oubliettes survécurent deux ans avant d'être découverts par des maçons du lieu, chargés de restaurer l'endroit pour en faire une échoppe de savetier. Par la suite, durant plusieurs siècles, le cachot servit d'entrepôt à chaussures. Les instruments de torture retrouvés là se révélèrent fort utiles chaque fois qu'un client mentait sur sa pointure et avait du mal à chausser ses souliers neufs.

Vers la même époque, un fromager vint s'établir juste à côté, et sa boutique prospéra grâce à ses pratiques déloyales. Lorsque le savetier cessa son activité, le fromager acheta ses locaux et s'en fit un atelier secret dans lequel, par exemple, il retirait les étiquettes des fromages à date limite dépassée pour en coller de nouvelles. Il ne tarda pas à devenir grossiste, puis à prendre le contrôle de tout le commerce fromager du secteur. Contraignant ses confrères à s'inscrire à une Guilde Fromagère pour exercer le métier, il parvint à établir un véritable monopole.

C'est en 1712 que fut bâti le Castel Fromager, équipé d'un laboratoire destiné à parfaire la science du tripatouillage et de la falsification. Le cachot devint alors précieux pour «stocker» ceux qui déplaisaient à la Guilde, ainsi que les vieux restes d'expériences ratées.

Dans le sous-sol du Castel, les Affiliés entouraient Arthur.

Chapitre 30

RETOUR
À LA CASE CACHOT

Dans le sous-sol du Castel, les Affiliés entouraient Arthur.

« Alors, petit voleur, ricana Grapnard, qu'allons-nous faire de toi ?

— Je ne suis pas un voleur !

— Tiens donc ! Et qui a pris mes ailes, alors ?

— C'étaient *mes* ailes, que *vous* m'aviez volées.

— C'est bien possible, mais depuis lors elles étaient à moi. Et pour le préjudice subi, j'estime que tout ce qui t'appartient me revient de plein droit. » Il se tourna vers ses comparses. « Fouillez-le ! »

Trois hommes fondirent sur lui et lui vidèrent les poches. « Pas grand-chose dedans, patron ! »

Puis l'un d'eux avisa la bosse sous la chemise d'Arthur.

« Hé ! y a quelque chose, là-dessous !

— Prenez-le lui ! »

Arthur voulut résister, mais que faire avec des menottes ? Ils lui arrachèrent son pantin.

« Ah ! dites donc, railla Grapnard, il a une poupée, le mioche ! »

« Ah ! dites donc, il a une poupée, le mioche ! »

Et tous s'esclaffèrent. Une fois de plus, Arthur voulut reprendre son bien, mais Grapnard jeta l'objet par terre. « Quand j'en aurai fini avec toi, gamin, ce pantin sera ton grand frère ! » Et tous rirent comme des bossus.

« Comment ça ? demanda Arthur.

— Ah, tu n'as pas encore deviné ? Pas encore compris pourquoi nous faisons la collecte de créatures de belle taille, et pourquoi il ne sort d'ici que des petites choses rabougries ? C'est nous qui les rabougrissons !

— Rabou…

Grapnard jeta l'objet par terre.

— Hé oui! glapit Grapnard avec un clin d'œil pour les Merluche qui tenaient toujours Arthur. Il se trouve que nous nous sommes procuré certain appareil... Une machine à prélever des dimensions ou – comment dirais-je? – à extraire du volume... Bref, tous ceux de tes petits amis qui sont passés entre nos mains sont devenus tes minuscules amis.» Ses sbires explosèrent de rire.

«Mais pour... pourquoi? hasarda Arthur. Où est l'intérêt?

— Ah! ça, c'est notre petit secret. Disons que nous avons un *grrrand* projet.» Tous se tinrent les côtes. Mais Grapnard enchaîna, la voix mauvaise : «Et sans toi, blanc-bec, les choses avanceraient plus vite. Ces monstres que tu as libérés, il me les fallait, figure-toi. Peut-être vas-tu me donner ce que je n'ai pas eu le temps de leur prendre?» Arthur resta bouche close. «Ah, tu ne réponds pas! Tu nous as mis des bâtons dans les roues, canaille, et maintenant, par ta faute, il nous faut aller chercher d'autres monstres à ratatiner! Jetez-le en cellule, vous autres! On s'occupera

de lui plus tard, quand on remettra la machine en route. Et, la prochaine fois que j'irai faire des ventes en ville, parions que les dames se crêperont le chignon pour acheter un petit garçon miniature!» Avec un rire machiavélique, Grapnard regarda Arthur dans les yeux et prit la voix de Madame Froufrou : « "Je n'en ai qu'un, mesdames, un seul et unique. Il va falloir y mettre le prix!" »

Arthur eut un choc. Voilà pourquoi Madame Froufrou lui avait tant rappelé Grapnard : elle et lui ne faisaient qu'un! Ce bandit était-il donc derrière tout ce qui se tramait de sombre à Pont-aux-Rats ?

Ricanant de le voir hébété, les Merluche le soulevèrent et le jetèrent dans la cellule des blaireaux courvites. Grapnard en personne verrouilla la porte. Ses clés pendaient désormais à une grosse chaîne chromée.

« C'est quand, la prochaine séance avec la machine ? s'enquit Grichouille.

— Le plus tôt sera le mieux. Mais on ne va pas la mettre en marche pour ce moustique, alors qu'on aura des monstres à y faire passer aussi.

Ses clés pendaient désormais à une grosse chaîne chromée.

— Ça veut dire qu'on va… redescendre dans l'En-dessous ?

— T'en fais pas, Grichouille, railla Grapnard. Il y aura bien quelqu'un pour te tenir la main. »

Mais aucun de ses hommes, remarqua Arthur, n'avait l'air franchement enthousiaste.

« Et maintenant, un bon petit thé ! »

« Et maintenant, un bon petit thé ! » décréta Grapnard, et toute la clique remonta au rez-de-chaussée, laissant Arthur seul au cachot.

La police campait sur le chemin de halage.

Sur le pont, Tom et Rollmop regardaient les policiers...

Chapitre 31

GARDE À VUE

Au bateau-laverie, on ne savait plus que faire. La police campait sur le chemin de halage et, pour couronner le tout, les vivres manquaient. En principe, les matelots auraient dû aller au marché la veille – en fin de marché, à l'heure des bonnes affaires. Mais dans le feu de l'action, ils avaient oublié. Et à présent ils étaient consignés à bord.

Sur le pont, Tom et Rollmop regardaient les policiers se gaver d'œufs au bacon qu'ils faisaient frire sur un petit feu de bois, au milieu du chemin de halage. L'odeur de lard frit montait jusqu'au bateau, diaboliquement tentatrice.

« C'est de la torture, ronchonnait Rollmop.

— Ils le font exprès, lui dit Tom. Pour nous mettre dans tous nos états. »

Les bricoliaux aussi commençaient à s'agiter. Ils humaient l'air, échangeaient des bruits. Du haut de la passerelle, Fretin dévorait des yeux le festin qui se déroulait à quai.

*Ils se gavaient d'œufs au bacon
qu'ils faisaient frire sur un petit feu.*

L'un des nouveaux bricoliaux vint lui chuchoter des choses à l'oreille.

« Je sens que je m'étiole, reprit Rollmop. Si je ne mange pas un morceau sous peu, je vais défaillir, je crois. »

Tom jeta un coup d'œil à la panse de son ami. « Toi, encore, dit-il, tu as de la réserve. Pas comme nous autres, rats. Nous brûlons les calories à toute vitesse… »

Il se tut, tira Rollmop par la manche et désigna la passerelle. D'un pas lent mais assuré, Fretin descendait à terre.

« Hé ! reprit Tom très bas. Qu'est-ce qu'il fabrique ? Il va droit vers… »

Rollmop ne répondit pas. Fretin passait nonchalamment devant les perdriols, qui semblaient à peine le voir.

« Ils ne lui sautent pas dessus ? souffla Tom.

— C'est des humains », dit Rollmop, très bas, les yeux sur les festoyeurs, qui rendaient déjà toute leur attention à leurs œufs au bacon. « Des gens du Dessus. Pour eux, les fifrelins ne valent pas qu'on s'y intéresse. »

Après quelques pas sur le chemin, Fretin se retourna et adressa de grands signes aux autres bricoliaux. Peu après, une petite procession bricolienne descendait la passerelle à son tour. Elle passa tranquillement devant les pique-niqueurs – lesquels levèrent à peine les yeux – et rejoignit Fretin qui poursuivait son chemin.

« Par ma moustache ! marmotta Tom. Où vont-ils donc comme ça ?

— Se caler l'estomac, répondit Rollmop d'un ton sombre. Je donnerais cher pour être fifrelin ! »

Une vingtaine de minutes plus tard, dans la cabine du capitaine, Titus jouait près d'une fenêtre avec son frère miniature lorsqu'il poussa un petit cri. Willbury, assis non loin de là, se leva pour venir voir. Sur le chemin de halage, les bricoliaux revenaient, sac au dos.

« Mais… fit Willbury, interloqué. Qu'est-ce… »

Il se précipita sur le pont, à temps pour voir Fretin et ses amis passer sans hâte devant les perdriols et s'engager sur la passerelle.

Accoudée au bastingage, Marjorie murmura : « Elle est bien bonne, celle-là ! »

Une petite procession bricolienne

Titus jouait près d'une fenêtre avec son frère miniature.

Willbury en restait sans voix.

« Normal, dit Rollmop. Les perdriols s'en moquent. Sont tellement habitués à considérer les fifrelins comme des moins-que-rien… »

Sitôt à bord, Fretin et son équipe déversèrent sur le pont des monceaux de victuailles – macarons, langues de chat, beignets, sirop de mélasse, caramels, berlingots, calissons, nougatines, pâte de coing, cornichons, beurre d'anchois, câpres au vinaigre et limonade… L'équipage ouvrit des yeux immenses, puis chacun se jeta sur ces délices.

Willbury fronça les sourcils. « Vous savez pourtant bien que les choutrognes n'aiment rien de tout ça, dit-il, regardant Fretin. Vous n'avez rien apporté pour eux ? »

Les bricoliaux se renfrognèrent. Mais Fretin saisit un grand sac qui traînait encore à ses pieds et le jeta en avant d'un air offusqué. Willbury se chargea de le vider ; il était bourré de choux, de navets, de brocolis…

Fretin et son équipe déversèrent sur le pont
des monceaux de victuailles.

Le vieil avocat sourit aux bricoliaux offensés. «Oh! pardon – et merci! C'est gentil d'y avoir pensé. Je range-rai le surplus à la réserve, tout ça se gardera fort bien.»

De retour sur le pont, Willbury resta un peu en retrait, se contentant de regarder l'équipage dévorer à belles dents.

Marjorie vint le rejoindre.

«Vous n'avez pas faim? s'enquit-elle entre deux bouchées de beignet.

— Comment aurais-je faim en un pareil moment? répondit-il, accablé.

— Je sais, reconnut Marjorie, penaude. Et moi, en plus, j'ai cet horrible pressentiment que tout est de ma faute!

— De votre faute ? » s'étonna l'avocat.

Elle l'entraîna un peu à l'écart. « À cause de mon invention, dit-elle. Je crois que je le sais, maintenant, ce qui a dû se passer. J'avais des soupçons, mais… mais quand j'ai vu les Merluche avec Grapnard, j'ai compris. Tout est très clair.

— Les Merluche ? » Willbury n'y était plus du tout.

« Oui, ceux qui ont empoigné Arthur, tout à l'heure. Vous n'avez donc pas vu ?

— Non, je l'avoue. Je ne voyais qu'Arthur.

— Eh bien, c'étaient les Merluche, j'en mettrais ma main au feu. Ils n'avaient pas bonne mine, mais c'étaient eux, sans l'ombre d'un doute.

— Autrement dit, Grapnard détiendrait votre invention ?

— Oui.

— Vous en êtes sûre ?

— Oui. Toutes ces petites créatures le prouvent.

— Mais comment donc ?

« *Une rediquoi ?* »

— Ce qu'on m'a volé, voyez-vous, c'était une redimensionneuse.

— Une rediquoi ?

— Redimensionneuse. Ou dévolumineuse-renvolumineuse, ou rapetisseuse-agrandisseuse, je ne lui avais pas encore donné de nom.

— Une machine à changer les formats ? s'effara Willbury, incrédule.

— En quelque sorte. J'ai découvert comment prélever du volume ici pour le réinjecter là. En de mauvaises mains, ce pourrait être très dangereux... Or, j'ai bien peur que ce soit tombé en de très, très mauvaises mains, conclut Marjorie, lugubre.

— Et comment fonctionne-t-elle, cette machine ?

— Elle comprend deux parties. Si, par exemple, vous prenez deux sujets – peu importe leur nature – de taille à peu près égale, une partie de la machine va rapetisser le premier, l'autre va réinjecter dans le second le volume prélevé...

« Autrement dit, elle rétrécit d'un côté pour agrandir de l'autre ? »

— Autrement dit, traduisit Willbury, elle rétrécit d'un côté pour agrandir de l'autre ?

— En gros, c'est ça. Mais Grapnard et son clan ont mis la main dessus. Je ne sais pas ce qu'ils trafiquent avec, mais je crains le pire. »

Willbury réfléchit une seconde. « Hélas ! si, nous le savons, ce qu'ils en font : ils miniaturisent les fifrelins !

— Moui... » Marjorie hésita. « Mais ce n'est que la moitié de l'histoire : que font-ils de ce qu'ils prélèvent ?

— Grands dieux ! Je n'avais pas songé à ça... Au fait : pourquoi des fifrelins ?

— La machine ne fonctionne que sur du vivant. Ils ont dû se dire qu'avec des fifrelins ils n'auraient pas d'ennuis. Qui s'en apercevrait ?

— Mais pourquoi avoir bouché toutes les issues de l'En-dessous ? rappela Willbury. En bonne logique, ça empêche les fifrelins de remonter et donc de tomber entre leurs mains, non ?

— J'y ai songé aussi. Mais peut-être qu'ils bloquent les trous pour piéger les fifrelins autrement. Ou qu'ils ont laissé ouvert un seul trou, afin de les prendre à l'affût. Allez savoir.

— C'est vraiment abominable. Mais qu'est-ce qui vous a pris, Marjorie, de construire une machine pareille ? »

Elle baissa le nez. « Les principes scientifiques derrière cette invention me passionnaient. Je voulais voir si ça marcherait. Je ne m'étais pas trop souciée de savoir à quoi ça pourrait servir. »

Willbury poussa un soupir. « Je me demande bien ce qu'ils agrandissent comme ça.

— Moi aussi. Et ce que vient faire le fromage dans l'histoire.

— Il doit y avoir un rapport, pourtant.» Willbury se durcit. «Une chose est sûre : l'heure est grave. Il faut récupérer Arthur et mettre fin à ce qui se trame ! Réunissons un conseil de guerre ! »

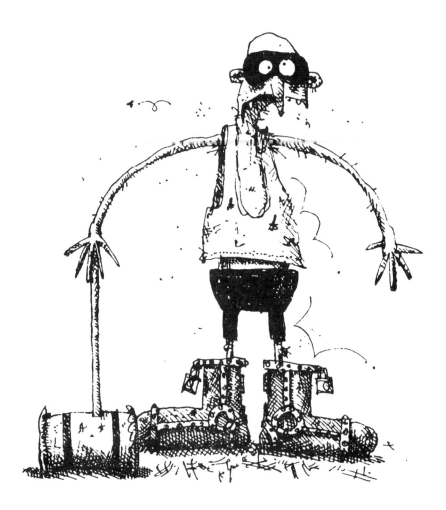

L'homme aux chaussettes de fer

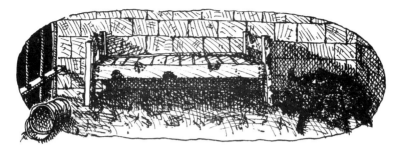

Un lit s'adossait contre le mur moisi.

Chapitre 32

L'HOMME
AUX CHAUSSETTES DE FER

Seul dans le cachot suintant, Arthur inspecta sa cellule. Un lit s'adossait contre le mur moisi – un lit qui n'avait, sans doute, jamais été d'un grand confort, mais que les derniers occupants du lieu n'avaient pas amélioré : son bois rongé, griffé, mordillé n'était plus qu'un nid à échardes, et la vieille couverture en lambeaux qui traînait par terre dans un coin n'avait rien d'engageant non plus.

Bourrée de puces, je parie, se dit Arthur.

Pour le reste, il n'y avait là qu'un seau d'eau sale et un peu de paille éparpillée sur le dallage. Arthur passa le nez entre les barreaux de sa cellule… Là, à moins de six pieds, gisait son pantin !

Il se jeta à plat ventre au sol et étira le bras tant qu'il put. Oh ! pouvoir attraper ce pantin et joindre Bon-papa ! Bon-papa saurait que faire, lui…

Mais le pantin était hors d'atteinte. Juste un peu,

Le pantin était hors d'atteinte.

juste ce qu'il fallait. Comme s'il avait été mis là en guise de supplice. Une fois de plus, Arthur parcourut des yeux sa cellule, à la recherche de quelque chose pouvant prolonger son bras. Peut-être qu'en démolissant ce lit...

Hélas ! Rien à faire. Il était bien trop solide. De rage, Arthur le renfonça contre le mur. Et *bong !* fit le lit, heurtant la maçonnerie. L'instant d'après, surprise : *bong !* répondit quelque chose.

« Qui a fait ça ? » demanda Arthur à haute voix.

Une seconde ou deux, il tendit l'oreille ; rien ne vint. Alors, il poussa le lit de nouveau. De nouveau, un *bong !* étouffé répondit. Ce ne semblait pas être un écho, mais Arthur, pour s'en assurer, cogna deux fois de suite, très vite. La réponse ne se fit pas attendre : *bong ! bong ! bong !* Trois fois.

Ce n'était donc pas un écho. Arthur lança un troisième coup de pied. Les *bong !* en réponse reprirent, mais sans s'arrêter, cette fois ! Arthur écarta le lit du mur et posa l'oreille contre la maçonnerie. Les coups venaient bel et bien de la cellule voisine. Il y avait quelqu'un – ou quelque chose – à l'intérieur. Et c'est alors qu'Arthur se souvint : c'était la cellule obturée de planches, celle qui avait terrorisé les bricoliaux. Quelle idée il avait eue d'attirer l'attention de l'occupant ! Et si celui-ci, pris de rage, parvenait à renverser le mur ?

Les *bong ! bong ! bong !* se faisaient de plus en plus sonores, et – horreur ! – une brique de la muraille dépassait des autres et elle semblait bien... mais oui, elle avançait à vue d'œil !

De rage, Arthur repoussa le lit contre le mur.

Pris de panique, Arthur se rua sur le lit et le repoussa contre le mur de toutes ses forces. Le coup renfonça la brique.

« Aïe ! » fit une voix, et les cognements cessèrent.

Arthur ramena le lit vers lui sans bruit et attendit.

Il y eut un cri étouffé, un *bong !* plus violent que tous et, sous les yeux d'Arthur incrédule, la brique branlante fusa du mur pour aller rouler à terre. Après un silence, une main tenant une chandelle apparut par la trouée. Arthur se changea en pierre.

« M'enfin, c'est quoi ce potin ? grogna une grosse voix. Plus moyen de dormir tranquille ? Y a que moi, ici, qui ai le droit de faire du raffut ! »

Arthur se pencha et regarda par le trou. Un visage masqué le dévisageait.

Un visage masqué le dévisageait.

« Euh, qui êtes-vous ? hasarda Arthur.

— Herbert ! répliqua l'autre sur le ton de l'évidence. Et toi ? Pas un de ces fromageux, hein ? Le fromage, moi, peux plus le sentir ! Je l'aimais, dans le temps ; mais trop, c'est trop !

— Non, je… Je m'appelle Arthur.

— Et d'où tu sors ? Qu'est-ce que tu fais là ?

— Je viens de l'En-dessous. Mais je n'ai pas pu y retourner, et maintenant me voilà enfermé.

— Mâtin ! Sale affaire. Parce que je le sais, moi, ce qu'ils font. Des horreurs. Ils vont te ratatiner ! »

Arthur regarda mieux à travers la trouée.

« C'est vous qui avez fait ce trou dans le mur ?

— 'Videmment. J'en fais tout le temps. L'ennui, c'est que le raffut attire les fromageux, et ils rebouchent aussi sec. M'avance jamais à rien. Des années que j'essaie de sortir d'ici. Macache ! Si seulement j'arrivais à retirer ces chaussettes ! Ils pourraient plus m'attraper.

— Chaussettes ? s'enquit Arthur. Quelles chaussettes ?

— De fer. Des grosses choses lourdes que ces fromageux m'ont collées aux pieds. Oh ! ils osent pas trop s'approcher de moi quand même. Z'ont peur de moi et y a de quoi, avec mon masque et mon escrabugne.

« J'escrabugne tout ce qui me chante ! »

Mon masque, je me le suis fait avec mes vieilles bottes ; et mon escrabugne, avec mon lit. Dame, quand ils me voient approcher...

— C'est quoi, une escrabugne ?

— Une espèce de gros maillet. Mais pour moi, c'est mon escrabugne, et je m'en sers pour escrabugner ! Et *bong* et *bong* ! un vrai bonheur.

— Vous escrabugnez... euh, les fromageux ?

— J'escrabugne tout ce qui me chante ! Seulement, les fromageux, comme ça leur plaisait pas, ils ont trouvé le moyen de m'empêcher.

« M'ont coincé les pieds dans ces espèces de chaussettes de fer... »

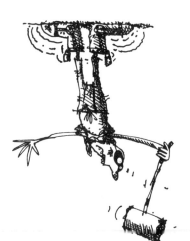

« *Quand je les embête, ils branchent l'aimant et* boink ! »

— Ah, et comment ?

— M'ont coincé les pieds dans ces espèces de chaus-settes de fer et, là-haut, ils doivent avoir une espèce d'électro-aimant. Quand je les embête, ils branchent l'aimant et *boink !* je me retrouve soudé au plafond. Fichues chaussettes !

— Ça doit vous faire mal...

— Surtout à l'instant où mes pieds s'envolent. Parce que ma tête va cogner par terre. N'empêche, presque toujours je trouve le temps d'en escrabugner un ou deux.

— Et... pourquoi ils vous ont enfermé ici ?

— Moi ? Me souviens même plus, tant ça remonte loin ! Une histoire de... Sais plus.

— Ça remonte à quand ?

— Difficile à dire. Tout ce que je sais, c'est que j'en ai bien escrabugné cent trente, depuis le temps.

— Cent trente ! s'effara Arthur.

— Bon, sur le tas, il y en a que j'ai dû escrabugner plusieurs fois. La preuve : ils sont toujours autant… C'était plus facile avant, sans ces chaussettes. Ces temps-ci, je suis bien content quand j'en escrabugne rien qu'un !

— Et vous savez ce qu'ils fabriquent ?

— Ils ratatinent des fifrelins, ça, c'est sûr. Des fifrelins qu'ils prennent au piège. Maintenant, te dire pourquoi ils font ça…

— Ils *piègent* des fifrelins ?

— Sûr ! Je les ai entendus s'en vanter eux-mêmes en les amenant ici. Ils descendent dans l'En-dessous et posent des pièges. »

Arthur sursauta. « Ils descendent dans l'En-dessous ? Et… comment ? Vous le savez ?

— Non, mais j'ai dans l'idée qu'ils doivent avoir une descente directe quelque part ici même. Parce qu'ils font rudement vite. »

Arthur se tut, les pensées en fièvre. Un passage direct entre le Castel et l'En-dessous ? S'il existait, quel meilleur moyen d'aller retrouver Bon-papa ? Oh ! pouvoir attraper ce pantin, et révéler à Bon-papa toutes ces nouveautés ! Peut-être alors seraient-ils capables d'imaginer un plan, à eux deux ?

Juché sur une table, Grapnard regardait dehors entre les planches.

« Vous ne seriez pas un peu poules mouillées, tous ? »

Chapitre 33

On descend !

Juché sur une table, Grapnard regardait dehors entre les planches, à l'une des fenêtres du salon de thé. Il pleuvait – encore et toujours.

« Alors ? demanda Grichouille. Il pleut ?

— Non ! mentit Grapnard, redescendant de son perchoir et se retournant vers ses hommes.

— N'empêche, reprit Grichouille, vaudrait mieux pas y aller... Y a déjà beaucoup d'eau, en bas. La dernière fois, on en avait jusqu'aux genoux.

— Vous ne seriez pas un peu poules mouillées, tous ? railla Grapnard. Allez ! Une dernière petite fournée de monstres, quatre ou cinq fromages de plus, et ce sera la fête à Pont-aux-Rats ! »

Ils parurent sceptiques. « Les dernières fois, les pièges étaient quasi vides.

— Je sais. Pourquoi croyez-vous que je vous ai dit de prendre aussi ces rats, hein ? Et les monstres de la boutique ? Bon, et maintenant, en route ! Parce que sinon... » Il fixait Grichouille de son œil valide.

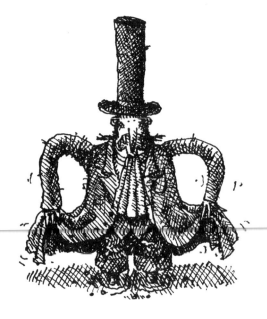

« La dernière fois, on en avait jusqu'aux genoux. »

« Sinon, je connais des produits de remplacement. »

Grichouille pâlit. « Je… y aura du gibier dans les pièges, sûrement.

— Bon. Tâchez que ce soit le cas ! Le Maousse en a besoin, et nous avons besoin du Maousse. Si la tournée est bonne, ce sera la dernière. On pourra boucher une fois pour toutes les accès à l'En-dessous.

— Vrai ?

— Parole ! » Ils parurent un peu soulagés.

« Exécution ! lança Grapnard, et, gagnant un grand placard, il en ouvrit les portes. Première escouade ! »

Un petit groupe, traînant les pieds, se tassa à l'intérieur du placard. Grapnard salua les partants d'un petit rire et referma les portes. Puis il saisit une poignée qui

Un petit groupe se tassa à l'intérieur du placard.

pendait au mur, gloussa : « On descend ! » et tira un bon coup.

Il y eut un grincement mécanique, des cris étouffés, puis, après deux ou trois secondes, un lointain bruit d'éclaboussures, suivi d'un tintement de sonnette.

« C'est peut-être un peu mouillé, en effet », ironisa Grapnard. Il attendit un instant et tira la poignée derechef. Peu après, la sonnette tinta, et Grapnard rouvrit les portes. Le placard était vide, hormis un fond d'eau sale que le tapis s'empressa de boire.

« Deuxième escouade ! » appela Grapnard.

Mais ses hommes, au lieu d'avancer, reculèrent en douce.

« Deuxième escouade, S'IL VOUS PLAÎT ! »

*Le placard était vide, hormis un fond d'eau sale
que le tapis s'empressa de boire.*

La mort dans l'âme, le reste du groupe se casa dans le placard. Grapnard retint Grichouille au passage. « Pas toi ! Tu descendras avec moi, après. »

Il referma le placard-ascenseur, envoya en bas le nouveau chargement. Puis il se retourna vers Grichouille et lui tendit un billet de banque. « Toi, tu fonces d'abord m'acheter une bonne paire de bottes en caoutchouc. »

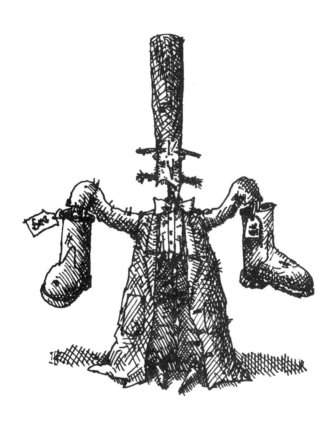

Tom et Rollmop interrompant la réunion dans le cale

Willbury, Marjorie et le capitaine siégeant derrière
une planche à repasser

Chapitre 34

CONSEIL DE GUERRE

On était en début de soirée, et il pleuvait... pour changer. Dans la cale de la Laverie Nautique, le linge sale, poussé de côté, laissait place au conseil de guerre. Assis derrière une planche à repasser, Willbury, Marjorie et le capitaine faisaient face à l'équipage et aux fifrelins. Il ne manquait personne, pas même Fétu, ni le mini-choutrogne, ni la mini-vache d'eau douce. Le bovidé en réduction, devenu mascotte de l'équipage, nageait dans un petit tonneau sur roulettes, veillé par ses nouveaux tuteurs qui lui prodiguaient de petits bouts de concombre et autres douceurs. Seuls manquaient, en fait, Tom et Rollmop... et, bien sûr, Arthur.

Willbury jeta un coup d'œil à la ronde, puis se tourna vers le capitaine. « Où sont Tom et Rollmop ?

— Il fallait quelqu'un pour monter la garde sur le pont. Il pleut, et c'est leur punition ; ils n'auraient jamais dû laisser Arthur se risquer seul à l'intérieur du Castel.

— Ah... d'accord, murmura Willbury. Bien, je crois qu'il est temps d'ouvrir la séance. »

La mini-vache aquatique dans son tonneau sur roulettes

Il se leva. La cale entière fit silence. «Mes chers amis, nous avons un certain nombre de problèmes sur les bras. En premier lieu, il nous faut arracher Arthur des mains de la Guilde Fromagère et le ramener à son grand-père. En second lieu, il nous faut découvrir ce que trame Grapnard et l'empêcher de nuire.»

Il marqua une pause.

«J'ai du nouveau, pas très rassurant : il semblerait que Grapnard dispose d'une invention inédite…» Marjorie, mal à l'aise, contemplait le plancher. «… une rapetisseuse-agrandisseuse.»

L'assistance frémit en silence.

«Oui! Nous pensons que c'est à Grapnard et compagnie que nos amis en réduction doivent d'être minuscules.»

Fétu et le mini-choutrogne, perchés sur le haut d'une échelle parmi les fifrelins, approuvèrent à petits cris aigus.

«Nous ignorons ce que fait Grapnard du volume prélevé sur ceux qu'il rapetisse, mais nous sommes certains d'une chose : ce n'est pas pour le bien public. Il nous faut pénétrer à l'intérieur du Castel, mais comment ? Qui a une idée ?»

Fétu et le mini-choutrogne, perchés sur le haut d'une échelle

Willbury parcourut des yeux l'assistance, mais nul ne répondit.

Le silence s'étirait depuis deux longues minutes, et le vieil avocat désespérait un peu, lorsque Tom et Rollmop arrivèrent en trombe, trempés comme des loutres.

«Willbury! cria Tom, essoufflé. Nous venons de voir des choutrognes sur le chemin de halage! *Deux* choutrognes! Que devons-nous faire?

*«Nous venons de voir des choutrognes
sur le chemin de halage!»*

— Hmm, dit Willbury, mais d'où peuvent-ils venir ? Tous les choutrognes libérés du Castel sont bien ici, n'est-ce pas, Titus ? » Titus acquiesça, l'œil brillant. « Je crois que tu ferais bien de monter voir, Titus », conclut Willbury.

Vif comme un écureuil, le jeune choutrogne sauta sur les marches en bois et ne fit qu'un bond sur le pont. Tom et Rollmop le suivirent, ainsi que Willbury et les autres choutrognes.

Le temps pour eux d'émerger, et déjà Titus dégringolait la passerelle à toutes jambes.

Il passa d'un trait sous le nez des perdriols et, toujours courant, approcha du coin sombre où, dans le soir tombant, Tom et Rollmop avaient aperçu ses semblables. Willbury et les autres, depuis le pont, virent deux formes se détacher de l'ombre pour venir au devant de Titus, puis, semblait-il, converser avec lui. Après quoi, Titus revint résolument vers le bateau, les choutrognes inconnus dans son sillage, se tenant par la main, tremblants. Le trio passa devant les perdriols, pas plus intéressés que la première fois, et s'engagea sur la passerelle.

Titus revint résolument vers le bateau,
les choutrognes inconnus dans son sillage.

*… et ce furent des salutations, des embrassades,
des chuchotis fébriles.*

Sitôt les arrivants sur le pont, les anciens choutrognes accoururent, et ce furent des salutations, des embrassades, des chuchotis fébriles. Enfin Titus, se détachant du groupe, revint vers Willbury. Le vieil avocat, incliné de côté, recueillit son chuchotis à l'oreille. Lorsque Titus se tut, manifestement en émoi, Willbury se redressa et dit bien haut : « Dieux du ciel ! Les choutrognes ont fui leurs cavernes natales. Il semblerait que l'En-dessous soit envahi par les eaux.

— Mais comment ont-ils pu fuir, objecta Rollmop, puisque leurs trous sont bouchés ?

— Excellente question, dit Willbury, ébranlé. Je vais… ou plutôt Titus va la leur poser. »

Titus rejoignit ses semblables pour un nouveau conciliabule. Puis il revint et chuchota la réponse à l'oreille de Willbury. Le vieil avocat parut plus ébranlé encore : « Ils

« Ils sont remontés par les galeries des lapinelles. »

sont remontés par les galeries des lapinelles, annonça-t-il. Arthur m'en avait parlé, de ces galeries, mais sans pouvoir me dire où elles débouchaient. Il semblerait que ce soit quelque part dans les bois, à la sortie de la ville. »

Rollmop sourit jusqu'aux oreilles. « Ben voilà ! Plus qu'à faire comme eux pour entrer dans le Castel : sous terre, par des galeries !

— Excellente idée, Rollmop ! s'écria Willbury. Titus, tes amis sauraient-ils nous montrer le chemin ? »

Titus chuchota la question aux arrivants. Ils acquiescèrent avec conviction.

« Oui, mais… objecta Tom, pour quitter le bateau, on fait comment ? »

De la pointe du museau, il désignait les perdriols, toujours occupés à siroter du thé, mais de plus en plus trempés et renfrognés. Certes, ils ne se souciaient pas des fifrelins ; mais pour ce qui était du restant de l'équipage…

«Épineuse question, dit Willbury. Si nous allions retrouver les autres, les mettre au courant et nous mettre, nous, à l'abri? Il doit bien exister une solution, allons y réfléchir ensemble.»

Tom et Rollmop prirent un air piteux. «Nous, on nous a dit de rester ici et de monter la garde.»

Willbury eut un sourire. «Venez donc. Je ne pense pas que quiconque nous prenne à l'abordage par ce temps.»

Ils regagnèrent donc la cale. Willbury reprit place derrière la planche à repasser, les autres se glissèrent parmi les fifrelins. L'assistance ouvrit des yeux ronds sur les deux arrivants.

«Gentlemen! annonça Willbury. Les jeunes chou-trognes que voici arrivent tout droit de l'En-dessous. Ils ont trouvé des galeries non bloquées, qui débouchent dans les bois, aux abords de la ville. Rollmop suggère

… toujours occupés à siroter du thé, mais de plus en plus trempés et renfrognés.

que nous empruntions ces tunnels pour revenir sous la ville et nous introduire dans le Castel, quitte à creuser aussi. »

Un murmure approbateur salua la suggestion. Willbury félicita Rollmop d'un sourire.

« Va falloir creuser, commenta Bert.

— C'est fort possible, concéda Willbury. Nous allons avoir besoin d'unir nos forces. Des volontaires ? »

Une marée de pattes et de mains se leva, sur fond de cris d'enthousiasme.

« Parfait. Reste un problème majeur : comment quitter le bord ? Nous sommes gardés à vue… »

« On saute sur les perdriols, on les ligote et hop ! au bouillon ! »

— Je sais ! s'écria Bert. On saute sur les perdriols, on les ligote et hop ! au bouillon ! »

L'enthousiasme redoubla.

« Je ne crois pas que l'idée soit fameuse, fit observer Willbury. Pour commencer, ils sont nombreux ; rien ne dit que nous l'emporterions. Et l'un d'eux pourrait aller alerter la Guilde, prévenir de notre arrivée. »

Chacun se reprit à réfléchir.

« Bricoliaux ! lança soudain Rollmop.

— Comment ça ? demanda Willbury.

— Vu que les bricoliaux et les choutrognes peuvent aller et venir comme ils veulent, on n'a qu'à se déguiser en bricoliaux ! Les perdriols nous regarderont même pas.

— Tu crois qu'ils ne verront pas que nous sommes de faux bricoliaux ? dit le capitaine.

— Ils ne sont pas des plus futés, rappela Tom.

— À condition de soigner le déguisement, ça devrait pouvoir marcher, dit Willbury, pensif.

— Et vous croyez qu'ils ne remarqueront pas qu'il n'y a plus personne à bord ? ajouta le capitaine.

— Ça, décida Marjorie, ce n'est pas un problème insoluble. Comptez sur moi. »

Bientôt, chacun fut très occupé.

Bientôt, chacun fut très occupé. Dans une soute où l'équipage rangeait tout ce qui «pouvait encore servir», une pile de cartons pliés attendait son heure dans un coin. Sous la direction de Fretin et des autres bricoliaux, on prépara les costumes. Les grands cartons de Blanchitou, format économique, étaient parfaits pour les humains, les petits cartons d'Escamotache semblaient conçus pour les rats. Aussitôt, ces derniers se mirent en devoir de tailler des dentiers de bricoliau dans du céleri-rave et du blanc d'écorce d'orange, tandis que Marjorie confectionnait des mannequins et autres silhouettes factices, sans parler d'un étrange système mobile, à base de cordages et de lingerie. Vers la fin de la soirée, chacun était prêt dans la cale. Fretin et ses semblables gloussaient, ravis de se voir entourés de tant de pseudo-bricoliaux.

D'une main, Willbury réclama le silence. Puis il prit la parole : « Ou euhon éhi ê ?

— Ouaa ? » répondirent les autres.

Willbury retira ses dents de bricoliau en peau d'orange. «Je disais : tout le monde est-il prêt ?» Des rires et des hochements de tête répondirent. «Bien. Le mieux, je pense, est de quitter le bateau par petits groupes, et de nous retrouver tous à la porte Ouest. Prenons une échelle de corde afin de franchir la muraille. »

Tom dénicha une échelle de corde, que Rollmop glissa dans son carton. Avec son dentier en céleri-rave, on aurait juré un grand frère de Fretin.

«Votre système de diversion est-il prêt ? demanda Willbury à Marjorie.

— Tout à fait, répondit Marjorie. J'ai prévu une petite fête sur le pont, elle devrait distraire messieurs les perdriols. Le lancement va demander quelques

minutes, mais nous pouvons commencer à nous mettre en route. J'ai bon espoir qu'ils ne s'apercevront pas que le bateau est désert. »

Le capitaine et Willbury distribuèrent les bougies. Elles ne seraient pas de trop, une fois dans les galeries. Puis ils emmenèrent les premiers détachements sur le pont, et les «bricoliaux», par petits groupes, commencèrent à descendre à terre, au nez et à la barbe des policiers.

Sur le pont, Marjorie mit sa machine en marche. Une partie de la vapeur provenant de la chaudière était reliée au petit harmonium du bord, afin d'actionner les pédales, et, pour le reste, c'était aux corbeaux de jouer.

Du bec, ils frappaient les touches au petit bonheur,
créant une belle cacophonie.

Peu doués pour le percement de tunnels, ils avaient accepté de rester à bord et de se mettre au clavier. Du bec, ils frappaient les touches au petit bonheur, créant une belle cacophonie. Ils y mettaient tant de ferveur que, bientôt, les perdriols reculèrent en se bouchant les oreilles.

« Ça marche ! » se réjouit Marjorie. Elle tira une poignée, et des cordages reliés à des poulies se raidirent. Des silhouettes de chiffon apparurent, qui se mirent à danser la gigue sur le pont, animées par la machine à balancier. Les perdriols se tournèrent pour voir, mais le son était si discordant qu'ils préféraient se tenir à distance.

Des silhouettes de chiffon se mirent
à danser la gigue sur le pont.

Pendant ce temps, d'un pas tranquille, vrais et faux bricoliaux quittaient le bord et s'en allaient sur le chemin. Au bout d'un moment, il ne resta plus sur le navire que Willbury, Marjorie et les corbeaux.

«Ingénieux, Marjorie! dit le vieil avocat. Pourvu que cette fête nous donne le temps dont nous avons besoin!

— C'était bien le moins que je puisse faire, murmura Marjorie, toute triste. Quand je pense que c'est mon autre invention qui...

— Ne vous faites pas trop de reproches, lui dit gentiment Willbury. Vous ne pouviez pas savoir. À présent, il nous faut essayer de déjouer les plans de ces scélérats, quoi qu'ils manigancent. Bien, je crois qu'il est temps de nous mettre en route. Jusqu'à quand est censé se poursuivre ce... bal?

— Si les corbeaux regarnissent la chaudière, il y a de quoi tenir toute la nuit.

— Pas sûr que les riverains apprécient!

— On ne sait jamais, dit Marjorie, malicieuse. Le talent des corbeaux pourrait s'améliorer!»

Ils mirent en place leurs dents de bricoliaux et descendirent à leur tour.

La porte Ouest

Comme ils approchaient de la porte Ouest,
Willbury et Marjorie virent Tom accourir vers eux.

Chapitre 35

PAR-DESSUS, PAR-DESSOUS

Comme ils approchaient de la porte Ouest, Willbury
et Marjorie virent Tom accourir vers eux.

« Vite ! leur dit-il, retirant ses dents de bricoliau. Bert
vient d'apercevoir deux gardes qui font leur ronde. Ils
seront ici d'un instant à l'autre ! »

Willbury retira ses dents à son tour. « Mais nous
sommes déguisés en bricoliaux. Ils ne vont pas se sou-
cier de nous, si ?

— Si, malheureusement ! La garde municipale, ce
n'est pas la police. Les gardes font la chasse aux bricoliaux, au contraire ! À cause de... à cause de leurs
"emprunts".

— Alors, hâtons-nous de sortir de la ville, dit
Willbury.

— Oui, mais... comment ? » demanda Tom, désignant la porte close et la muraille.

Willbury jaugea le mur des yeux. « Aïe, aïe ! nous
n'avions pas songé aux gardes. S'il faut faire vite, ça
change tout.

— Il *faut* faire vite, confirma Tom.

— Euh… » commença Willbury, pris de court, mais il se tut ; on tapotait sur son carton.

Il se retourna. C'était Fretin. Le bricoliau désignait ses frères, les vrais bricoliaux, occupés à se cacher parmi cinq ou six cartons, devant une petite confiserie qui faisait face à la porte Ouest. La manœuvre était simple : chacun s'asseyait par terre, puis se retirait dans sa coquille cartonnée, ne laissant dépasser ni bras, ni jambes, ni tête.

« Regardez ! chuchota Willbury aux autres. Fretin nous conseille de faire comme nos amis bricoliaux : nous changer en cartons ! »

Les vrais bricoliaux se changeant en faux cartons devant une confiserie

Sous la conduite de Fretin, ils s'empilèrent les uns sur les autres, à côté des vrais cartons rangés devant la boutique, déposés là par un livreur. Fretin prit place le dernier et les choutrognes, petits et sveltes, se cachèrent par-derrière. Il était temps. Des pas approchaient.

« ... Et moi, j'lui dis comme ça, racontait une grosse voix, si c'est vrai... Hé mais dis donc ! T'as vu tous ces cartons ?

— Ouaip, et ça, c'est une livraison tardive. Z'étaient pas là y a une heure. »

« C'est une livraison tardive. »

L'un des gardes se caressa le menton. « Les bonbons, moi, je déteste pas. Note bien, "Escamotache", me demande pas ce que c'est...

— Un truc à la pistache, non ? Et "Blanchitou" ? D'un autre côté, si ça se trouve, c'est bon... Tu crois que ça se verrait, s'il manquait un carton ?

— Sûr que non ! T'as vu tout ce qu'y a ? Et quand on laisse les choses comme ça dans la rue, y a toujours de la perte, tu crois pas ?

— Évidemment. À ton avis, si on amenait une carriole ici, trente pour cent de perte, ce serait normal ?

— Tout à fait ! Je dirais même, si on allait chercher la charrette à Gros-Zalf, pourrait y avoir du cent pour cent de perte ou pas loin !

— Reste ici, tiens, je vais la chercher ! »

Un garde s'éclipsa, l'autre resta sur place. Peu après, en grinçant, une grande charrette apparut, qui se rangea au pied du mur de la ville, et le premier garde en descendit d'un bond. Non sans peine, les deux hommes y chargèrent les cartons. Les choutrognes, vifs comme le vent, se cachèrent parmi la cargaison. Enfin les gardes s'accordèrent le temps de souffler.

Une grande charrette apparut.

Alors, une tête se risqua hors d'un gros carton, une tête à perruque grise qui leva le nez vers la muraille, constata que le sommet lui en était à portée de bras et s'éclaira d'un sourire. Du même carton, une main sortit, prête à retirer des fausses dents.

« Vite ! lança Willbury à ses troupes. Par-dessus le mur, tout le monde ! »

*Les gardes tombèrent à la renverse à la vue de ces cartons
qui se dressaient comme un seul homme.*

Les gardes se retournèrent, et tombèrent à la renverse à la vue de ces cartons qui se dressaient comme
un seul homme.

Tout le groupe, tant bien que mal, se hissa sur la
crête du mur, puis Rollmop se hâta de sortir l'échelle
de corde et de l'arrimer de l'autre côté, du mieux qu'il
put. Descendre une échelle de corde quand on est
engoncé d'un carton n'a rien d'un exercice facile, et
plus d'un pirate atterrit moins délicatement que prévu,

cabossant quelque peu sa coque – à la consternation des vrais bricoliaux.

Quand tout le monde fut en bas, Titus chuchota quelque chose à l'oreille de Willbury.

«À présent, transmit ce dernier, nous allons suivre nos amis choutrognes, qui vont nous conduire chez les lapinelles.» La petite troupe s'ébranla, les nouveaux choutrognes en tête. C'était un étrange cortège, aux ombres plus étranges encore sous la lune.

Ils écartèrent des broussailles…
Là, entre deux racines, béait un grand trou noir.

Ils entrèrent bientôt dans les bois. Les deux nouveaux choutrognes cafouillèrent un peu avant de retrouver un très vieux chêne. Ils coururent à son pied, écartèrent des broussailles… Là, entre deux racines, béait un grand trou noir. Le groupe s'approcha et les deux choutrognes soufflèrent quelque chose à Titus.

Celui-ci rapporta le message à Willbury, qui réfléchit un instant puis traduisit :

« Nous avons ici l'entrée des galeries de lapinelles. Nos nouveaux amis refusent d'aller plus loin. » Il leur sourit. « D'abord, ils ont un peu peur, mais surtout, ils veulent à présent rattraper leurs semblables qui sont en route, si j'ai bien compris, pour une nouvelle grotte sous les collines. Ce qui est tout à fait compréhensible. Et nous ne savons pas trop ce que nous allons trouver en bas. »

Un murmure inquiet salua ces mots.

« En tout cas, nous les remercions pour leur aide. »

Les nouveaux choutrognes, tout fiers, saluèrent d'une courbette. Titus ajouta quelque chose à l'oreille de Willbury, qui reprit la parole :

« Titus me signale que les choutrognes délivrés par Arthur souhaitent les suivre, ce qui est bien normal, mais que lui-même préfère rester avec nous pour le moment, le temps de retrouver Arthur. Merci, Titus. Et bravo pour ton courage ! »

Un murmure s'éleva de nouveau, et Titus prit la main de Fretin. Les autres choutrognes, sur un dernier regard en direction du trou, prirent congé d'un petit geste et disparurent à travers bois.

La petite troupe insolite restait plantée autour du trou.

Le capitaine alluma sa chandelle.

Chapitre 36

LES LAPINELLES

La petite troupe insolite restait plantée autour du trou.
C'était une ouverture nettement plus large qu'un ter-
rier de lapin, mais pour une carrure de pirate, surtout
empêtrée d'un carton, il n'y avait vraiment rien de trop.
Un petit vent d'inquiétude soufflait sur le groupe. Si
les choutrognes avaient frissonné à la seule vue de ce
trou, était-il bien sain de s'y aventurer ?

« Qui ouvre la voie ? » demanda Willbury.

Il y eut un silence. Puis Fretin et Titus levèrent
chacun sa main libre.

« Bien, dit Willbury, sortons nos bougies. »

Le capitaine se posta près du trou, tira de sa poche
un briquet et alluma sa chandelle.

« Allez, mes braves ! dit-il. En bon ordre ! »

Ils se placèrent en file indienne, Fretin et Titus en
tête, suivis de Willbury, Tom, Rollmop, Marjorie et les
autres. Chacun à son tour, à la queue leu leu, alluma sa
bougie à celle du capitaine puis s'enfonça dans le trou.
Pour les plus costauds du groupe, il fallut pousser, tirer,

mais tous franchirent l'ouverture sans trop déformer leur carton.

À l'intérieur, la galerie s'élargissait, et même Rollmop tenait debout sans rentrer le cou dans les épaules. L'air était tiède et sentait bon le champignon.

Même Rollmop tenait debout
sans rentrer le cou dans les épaules.

Le petit cortège s'ébranla. Au bout d'une centaine de pas, Fretin leva une main et tout le monde s'arrêta. Le bricoliau se tourna vers Willbury, un doigt sur les lèvres. Titus chuchota quelque chose au vieil avocat, qui se tourna vers Tom et Rollmop.

«Fretin nous prie de faire silence, et Titus nous dit de remettre nos dents, chuchota-t-il. Tous deux partent en avant, en éclaireurs. Faites passer.»

Le message circula très vite, et l'on entendit le petit bruit des dentiers mis en place. Titus et Fretin éteignirent leurs bougies et disparurent dans l'ombre.

«Oouh onh hi ahi? souffla Rollmop.

— Ê ouah!» coupa Tom.

Au bout d'une minute ou deux, des voix murmurèrent au loin. Puis elles se firent plus proches, et de petites lueurs vertes apparurent droit devant. Peu après, Willbury distingua les silhouettes de Fretin et Titus, suivies de deux formes inconnues qui se révélèrent bientôt, à la lueur de la bougie, vêtues de tricot de la tête aux pieds, avec des bonnets à longues oreilles. Chacune tenait à la main un petit bocal empli de vers luisants et toutes deux s'approchaient en souriant.

… vêtues de tricot de la tête aux pieds,
avec des bonnets à longues oreilles.

La première, en blanc tacheté de noir, s'adressa à Willbury : «Votre ami Titus nous dit que vous aimeriez que nous vous guidions, le long de nos galeries, vers l'En-dessous de Pont-aux-Rats ?»

Willbury acquiesça.

«Nous allons vous montrer le chemin, dit celle qui était en brun fauve, mais vous allez devoir être très prudents.»

Willbury acquiesça de nouveau et les lapinelles sourirent. Puis celle qui était en brun fauve regarda Rollmop

d'un drôle d'air. « Vous n'êtes pas un peu grand, pour un bricoliau ? » Elle baissa les yeux vers Tom. « Et vous, un peu petit ? »

Titus s'approcha d'elle et lui chuchota quelque chose à l'oreille.

« Que dit-il, Coco ? s'enquit la blanche à taches noires.

— Pas d'inquiétude, Fen. Ce sont des bricoliaux étrangers… En visite.

— Ah ! Voilà pourquoi ils sont bizarres.

— Sûrement. Cela dit, ils feraient bien d'aller voir un dentiste. »

Willbury s'empourpra mais garda le silence.

« Par ici, voulez-vous ? Et n'oubliez pas : prudence ! » rappelèrent ces dames gentiment. Et elles ouvrirent la voie le long du boyau sombre.

Une porte de bois, munie d'un écriteau…

Après quelque temps, la galerie s'éclaira, et Willbury, de nouveau, perçut des voix au loin. Au méandre suivant, ils se retrouvèrent devant une porte de bois, munie d'un écriteau qui disait :

Merci de bien refermer cette porte.
N'oubliez pas :
les blaireaux courvites rôdent
et nous tenons à nos seniors !

«Regardez où vous posez les pieds, surtout !» prévint Coco, et elle poussa la porte.

Ils étaient sur le seuil d'une immense caverne au plafond bas, baignée d'une pâle lumière verte que dispensaient, depuis la voûte, des centaines de pots à confiture accrochés là, emplis de vers luisants. De petits groupes de lapinelles s'y activaient, les unes filant au rouet, d'autres assises devant des métiers à tisser, d'autres encore repiquant des légumes dans des massifs surélevés. Et autour d'elles, partout, cabriolaient des

... les unes filant au rouet, d'autres assises devant des métiers à tisser, d'autres encore repiquant des légumes dans des massifs surélevés.

centaines, des milliers de lapins. Près de chaque groupe de travailleuses, l'une de leurs sœurs était assise, qui leur faisait la lecture à voix haute.

« S'il vous plaît, murmura Fen, se retournant. Faites bien attention à ne pas marcher sur nos proches. Ils ne sont pas très futés, mais nous les aimons. »

Alors, à pas prudents, le petit groupe pénétra dans la caverne. Marjorie ouvrait de grands yeux, émerveillée par ces lapinelles. Laissant Fen refermer la porte derrière eux – non sans écarter gentiment du pied plusieurs de ses « proches » –, elle se rapprocha de Willbury et, retirant subrepticement ses dents en peau d'orange, elle lui dit à l'oreille : « Elles sont incroyables ! Qui sont-elles au juste ? »

Il vérifia que nul ne regardait et retira ses dents lui aussi. « D'après la légende, ce sont des petites filles tombées dans des terriers, ou abandonnées bébés, et que les lapins ont élevées avec leur nichée. Il semblerait que, devenues adultes, ce soient elles qui, à leur tour, veillent sur leurs parents adoptifs. »

Et tous deux se hâtèrent de remettre leurs fausses dents. Les lapinelles ne semblaient guère curieuses de leurs visiteurs, mais mieux valait être prudent.

Tout en guidant ses hôtes à travers la caverne, Coco désigna les carrés de légumes en bacs surélevés. « Nous cultivons des tas de choses ici, dit-elle, mais nous évitons un peu les salades vertes. Parfois, nos proches pillent nos carrés, et trop de verdure leur fait mal au ventre. »

Fen remarqua que Willbury semblait intrigué par les lectrices. « Nous adorons les livres, expliqua-t-elle. Dans les livres, on trouve tout ce que les parents lapins ne peuvent enseigner. »

Willbury faillit retirer ses dents pour poser une question, mais se souvint à temps qu'il était un bricoliau. Il se contenta donc de tendre l'oreille pour tenter de saisir en quoi consistaient ces lectures. Il semblait y avoir des passages de *La Bonne Ménagère des champs*, un peu de grec, des mathématiques, et même un brin de *La Nouvelle Héloïse* ainsi que du Jane Austen.

« Nous adorons les livres. Dans les livres, on trouve tout ce que les parents lapins ne peuvent enseigner. »

Ces lapinelles étaient vraiment très cultivées.

Le petit cortège atteignit une porte à l'autre bout de la caverne. Ses deux guides poussèrent le battant, firent passer le groupe, puis refermèrent avec soin par-derrière.

« À présent, leur dit Coco, prudence, prudence ! Les blaireaux courvites sont un vrai problème. Le mois dernier, cette porte était restée ouverte ; les parents adoptifs de Madeline sont sortis… et se sont fait dévorer. C'est toujours très dur.

— Tout ça, enchaîna Fen, parce que nos galeries sont trop larges. Nous n'avons pas pensé, en les creusant, que c'était la porte ouverte aux courvites. »

Ils suivirent les lapinelles le long d'un labyrinthe de boyaux, et, au bout d'une section qui descendait en pente raide, se retrouvèrent à l'entrée d'une grotte creusée dans la pierre. Les lapinelles s'immobilisèrent. Le sol était inondé.

Coco leva bien haut son pot de vers luisants.

« Elle a encore monté ! dit Fen.

— Oui. Mais avant de menacer nos terriers, il faudrait qu'elle monte encore beaucoup ! C'est pour

Coco leva bien haut son pot de vers luisants.

vous que je m'inquiète, vous autres bricoliaux et chou-trognes », dit Coco d'un ton soucieux. Elle désigna l'obscurité. « Au fond de cette caverne, vous trouverez une galerie qui vous mènera tout droit sous la ville. Je suis sûre que vos amis Titus et Fretin sauront vous guider à partir de là. »

Willbury sourit de toutes ses fausses dents et remercia d'une courbette. Les autres l'imitèrent.

« Tout le plaisir était pour nous, dit Coco. Bonne chance ! » Et les deux lapinelles disparurent.

Willbury leva sa bougie, les yeux sur le fond de la caverne, puis il retira ses dents. « Fretin, Titus, vous sentez-vous de taille à nous guider à partir d'ici ? »

Fretin huma l'air longuement, puis il fit oui de la tête avec un franc sourire.

Herbert et Arthur en conversation à travers le mur

«… vous pourriez me prêter votre escrabugne ? »

Chapitre 37

À UN FIL

Arthur était bien décidé à sortir de sa cellule.

« Monsieur, s'il vous plaît, dit-il par le trou du mur, vous pourriez me prêter votre escrabugne ?

— Quoi ?! Mon escrabugne ? Pi quoi encore ? Et d'abord, pour quoi faire ?

— Pour attraper un truc, plaida Arthur. Quelque chose à moi, là, devant les barreaux. J'ai le bras trop court.

— Désolé. Une escrabugne, ça ne se prête pas.

— Vous n'auriez pas autre chose que je puisse utiliser ?

— Ça, je ne dis pas. Mais… qu'est-ce que j'y gagnerais ? » Herbert était un client difficile.

Arthur réfléchit très fort. « Si j'attrape ce truc qui est là, il se peut que j'arrive à sortir d'ici. Et si je sors d'ici, je vous ferai sortir aussi. »

Il y eut un silence, puis Herbert demanda : « Une ficelle, ça ferait l'affaire ? »

Arthur jeta un coup d'œil à son pantin. « Ça pourrait. De quelle longueur ?

— Six pieds, par là.

— Ça devrait aller.

— Bon, tu en veux quelle longueur ?

— Il faut ce qu'il faut ! éclata Arthur.

— Deux pieds, ça suffirait ?

— Non ! Vous voulez sortir d'ici ou pas ? Cette ficelle, il me la faut tout entière ! »

Peu après, par le trou dans le mur, un peloton de ficelle râpée apparut.

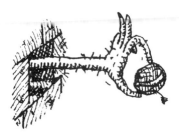

Par le trou dans le mur, un peloton de ficelle râpée apparut.

« Merci », dit Arthur. Il déroula cette ficelle, en confectionna un lasso et s'approcha des barreaux. Après quelques essais infructueux, il parvint à saisir le pantin par le cou et tira en douceur.

« Je l'ai ! triompha-t-il bientôt, refermant la main sur sa prise.

— Je peux ravoir ma ficelle ? » s'enquit une voix anxieuse.

Arthur défit le lasso, rembobina la ficelle et la glissa par le trou. La grande main d'Herbert la lui arracha vivement.

Alors, assis sur le rebord du lit, Arthur remonta son pantin.

*Après quelques essais infructueux, il parvint à saisir le pantin
par le cou et tira en douceur.*

« Bon-papa ! Bon-papa, tu es là ? »

Il y eut une suite de petits bruits et, enfin, la voix attendue. « Arthur ! Où es-tu ?

— Au cachot, Bon-papa. Au sous-sol du Castel Fromager.

— QUOI ? hurla Bon-papa. Ils t'ont pris ?

— Pas vraiment, dit Arthur. Je leur avais échappé, mais les perdri... policiers m'ont remis aux mains de Grapnard. Il a dit que j'avais volé ses ailes.

— Archibald Grapnard, gronda Bon-papa. Toujours aussi retors.

— Désolé, Bon-papa.

— Oh ! ce n'est pas de ta faute. Avec cette crapule, nul n'est à l'abri de rien. Bon, il faut te sortir de là, et vite. Es-tu tout seul ?

— Oui. Enfin presque. Il y a quelqu'un à côté. Un certain Herbert.

— Pardon ? Un Herbert ?

— C'est ce qu'il m'a dit. Herbert.

— Demande-lui donc si on ne l'appelle pas aussi Salsifis. »

Arthur se pencha vers le trou. « S'il vous plaît, monsieur... Est-ce qu'on vous appelle aussi Salsifis ? »

La grosse voix se fit courroucée : « On ne t'a jamais dit que c'est malpoli d'appeler les grandes personnes par leur petit nom ?

— Ah ben tiens ! s'écria Bon-papa, c'est lui ! Arthur, tu veux bien me laisser lui dire un mot ? »

Arthur plaça le pantin près du trou, et vit les yeux masqués se faire tout ronds.

Arthur plaça le pantin près du trou,
et vit les yeux masqués se faire tout ronds.

« Qu'est-ce que tu fais ici, Salsifis ? »

Herbert ne répondit pas tout de suite. Puis il dit lentement, comme éberlué : « William ? C'est toi ?

— Eh oui, c'est moi !

— Qu'est-ce que tu fabriques, à parler dans un jouet ?

— Je t'expliquerai plus tard, mais tu... Oh ! Herbert, je n'arrive pas à croire que c'est toi ! Tu vas bien, au moins ? Ne me dis pas que tu es dans ce cachot depuis toutes ces années !

— Je... J'ai peine à me souvenir...

— Herbert, tu as été en prison *tout ce temps* ?

— Je… Sais plus. Sais même pas d'où je te connais…
William…

— Oh, Herbert. Tu ne te rappelles pas ce qui s'est
passé ?

— Non… Tout se mélange dans ma tête.

— La bagarre… Tu ne te souviens pas ?

— Non… Juste, vaguement, qu'il s'est passé des
choses… Entre toi, et moi, et… Archibald Grapnard.
Mais c'est tellement confus…

— Et si je remuais tes souvenirs, tu retrouverais
peut-être le fil ?

— Peut-être… » marmonna Herbert.

Bon-papa se tut. Puis il reprit gravement : « Et toi
aussi, Arthur, écoute. Il est grand temps que tu saches
pourquoi nous vivons sous terre. »

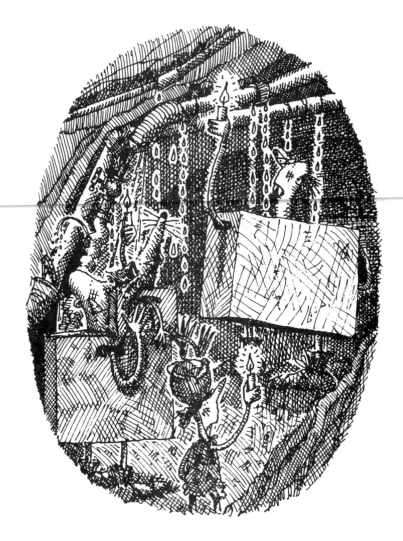

Quelque chose clochait.

Fretin et ses frères avançaient,
un pied sur chaque paroi…

Chapitre 38

QUE D'EAU !

Le cortège de bricoliaux vrais et faux pataugeait le long des galeries inondées, quelque part sous Pont-aux-Rats. Fretin et ses frères avançaient à leur façon, un pied sur chaque paroi, de manière à ne pas trop se mouiller, mais l'eau qui suintait du plafond goutte à goutte éclaboussait leurs cartons. Willbury et les autres barbotaient de leur mieux, mais les plus mal lotis étaient les rats.

Tom s'arrêta soudain et retira ses dents pour pester : «Zut, à la fin! De l'eau jusqu'au ventre, passe encore; mais ce carton mouillé qui vous râpe les pattes, non! C'est pire que de vieilles bottes!»

«… mais ce carton mouillé qui vous râpe les pattes, non!»

Les rats empaquetés de carton détrempé se retrouvèrent
perchés sur du carton moins détrempé.

Willbury retira ses dents à son tour. «J'ai une idée, dit-il bien haut. S'il vous plaît! Que chaque grand bricoliau prenne sur ses épaules un petit, jusqu'à ce que nous soyons au sec. Et autorisation de retirer les dentiers jusqu'à nouvel ordre!»

Tous les dentiers furent prestement retirés, et les rats empaquetés de carton détrempé se retrouvèrent perchés sur du carton moins détrempé.

«Merci!» dit Tom à Willbury.

Le sol des galeries s'élevait en pente douce, mais l'eau continuait de ruisseler. Les vrais bricoliaux, désormais en terrain connu, n'avaient plus besoin de chandelles. Fretin ne cessait d'aller de l'avant dans la pénombre, puis de revenir tout agité. Il semblait de plus en plus soucieux.

«Vous avez vu les tuyaux, au plafond?» demanda soudain Tom.

Willbury leva sa chandelle. Des canalisations couraient le long de la voûte... et presque toutes fuyaient. Quelque chose clochait.

La galerie se fit horizontale, et Fretin guida le groupe à travers ce qui devait être d'anciennes caves. Peu après,

passé un angle, ils se retrouvèrent face à une échelle de fer scellée à un mur. Fretin fit signe au groupe de s'arrêter, puis il gravit les échelons et disparut dans l'obscurité, suivi des authentiques bricoliaux. Quelques minutes plus tard, Fretin redescendit seul, la mine défaite.

« Ça ne va pas, Fretin ? » demanda Willbury.

Le bricoliau fit signe au groupe de le suivre en haut de cette échelle. Tous obéirent en silence et, après une brève escalade, ils franchirent une trappe ouvrant sur un sol sec. L'endroit semblait immense ; la lueur de leurs bougies n'éclairait ni paroi ni mur. Puis il y eut un cliquetis et, au-dessus des têtes, une lumière vive jaillit. Perché sur un tas de boulons, Babouche venait de tirer sur une chaînette, reliée à une grosse bulle de verre au plafond. Et cette bulle, aveuglante, inondait

Babouche venait de tirer sur une chaînette,
reliée à une grosse bulle de verre au plafond.

de lumière la grotte entière, révélant un fatras d'engins, les uns à demi montés, les autres à demi démontés, sans parler d'outils, de bouts de fil de fer, de pièces de ferraille de toutes formes et tous calibres : une caverne d'Ali Baba pour mécanicien.

Une caverne d'Ali Baba pour mécanicien

« Mais c'est l'antre des bricoliaux ! » s'écria Willbury. Les bricoliaux firent oui de la tête.

Marjorie n'avait d'yeux que pour la bulle de verre. « Ils ont la lumière électrique ! Rendez-vous compte. Je pensais bien qu'un jour ou l'autre on inventerait quelque chose de ce genre ! »

Willbury jeta un regard à la ronde. « Mais il n'y a donc personne, ici ? Où sont vos semblables ? »

Les vrais bricoliaux levèrent les yeux vers lui, éplorés. Rollmop souffla : « Je crois que c'est Grapnard qui les a... »

Willbury s'assombrit. « J'en ai peur, mais... serait-il donc venu les capturer sous terre ? »

Fretin se tourna vers ceux de ses frères qu'avait libérés Arthur. Ils confirmèrent. Willbury insista : «Vous
avez été capturés ici ? Sous terre ? »

Ils hochèrent la tête, indiquant la trappe d'arrivée,
puis se mirent à gargouiller.

«Sauriez-vous nous montrer le chemin du Castel
Fromager ? »

Ils firent non en marmottant. Titus chuchota quelque
chose à Willbury, qui traduisit à voix haute : «Après
leur capture, ils ont été emportés dans des sacs. Tout
ce qu'ils savent, c'est que, pour finir, ils ont pris un
genre d'ascenseur, à partir d'une entrée non loin d'ici.
D'après eux, ils se sont retrouvés au Castel en un clin
d'œil.

« Ils se sont retrouvés au Castel en un clin d'œil. »

— Vous pourriez le retrouver, cet ascenseur ? »
demanda Tom.

Ils échangèrent un regard incertain et Titus, de nouveau, interpréta tout bas pour Willbury.

«Ici, traduisit l'avocat, le sous-sol est comme du
gruyère. Cet ascenseur pourrait être situé n'importe

où. » Un silence lugubre s'ensuivit, que Willbury rompit : « Nous sommes nombreux. Scindons-nous en équipes et cherchons. Je parie que nous trouverons. Rendez-vous ici dans une heure, d'accord ? »

Ils se partagèrent en petits groupes : Willbury avec Fretin, Titus, Tom et Rollmop ; Marjorie avec Nœuf, Babouche et trois autres bricoliaux ; le restant de la troupe suivant affinités. En attendant leur tour de redescendre à l'échelle, Willbury dit à ses coéquipiers : « Avant même de chercher cet ascenseur, nous avons une autre urgence : retrouver le grand-père d'Arthur. Je suis très inquiet ; ses provisions doivent s'épuiser. »

Fretin leva la main.

« Saurais-tu où il habite ? » s'informa Willbury.

Fretin baragouina quelque chose, que Titus chuchota à Willbury.

« Tu as entendu dire qu'il y aurait des humains dans une petite grotte, non loin des grandes ? »

Fretin confirma d'un hochement de tête.

« Et tu pourrais nous y mener ? » Fretin fronça les sourcils, puis acquiesça derechef. « En ce cas, tentons notre chance ! »

Et ils redescendirent l'échelle.

Un crime abominable

« Tu te rappelles, ce trou que nous avions fait dans le tapis de ma mère,
avec la petite machine à vapeur de notre fabrication ? »

Chapitre 39

FIL RENOUÉ

Dans sa cellule, retenant son souffle, Arthur écoutait
Bon-papa.

« Herbert... Tu te rappelles, quand nous étions gamins ?

— Non, dit Herbert, attristé.

— Tu ne te souviens de rien ? Même pas du Collège
technique pour les Pauvres, rue de la Glu ?

— Pas vraiment... Le nom me dit quelque chose...
Dis-moi, ça va peut-être revenir.

— Herbert, nous avons grandi dans la même rue, toi
et moi. Joué ensemble. Eu la varicelle ensemble. Fait
des bêtises ensemble. Reçu des taloches ensemble. Tu
te rappelles, ce trou que nous avions fait dans le tapis
de ma mère, avec la petite machine à vapeur de notre
fabrication ?

— ... Un tapis d'un drôle de vert ?

— Exactement ! Tu vois ? Tu vois ?

— Je me souviens vaguement...

— Et le jour où, en patinant sur le canal gelé, nous
nous étions retrouvés dans l'eau glacée ?

— Et où ton père nous avait tirés de là ?

— Eh oui !

— Ça me revient… Dis-moi d'autres choses !

« Et le jour où, en patinant sur le canal gelé,
nous nous étions retrouvés dans l'eau glacée ? »

— Tu te rappelles, les mardis matin, les odeurs de la brasserie ? Et les nuits froides, en hiver, où c'était la tannerie qui empuantait les rues ?

— Les odeurs de brasserie, mmm ! Mais la tannerie, berk de berk !

— Bien d'accord ! »

Jusqu'alors, Arthur s'était tu ; là, il risqua une question : « La tannerie, je sais où elle est. Mais la brasserie ?

— Il n'y a plus de brasserie. Elle a disparu en même temps que la filière du fromage… avec la pollution.

— Qu'est-ce qui s'est passé ?

— Au départ, Pont-aux-Rats était une ville fromagère. Mais de nouvelles industries sont venues. Et leurs fumées, leurs rejets ont empoisonné l'air et l'eau, ainsi que la campagne alentour. Les fromages locaux ont été déclarés impropres à la consommation, l'industrie du fromage s'est effondrée. Du jour au lendemain, les Barons du Fromage ont tout perdu.

« Du jour au lendemain, les Barons du Fromage ont tout perdu. »

— Ça, je crois m'en souvenir… dit Herbert. Et c'est pour ça qu'Archibald Grapnard est arrivé au Collège des Pauvres, non ?

— Si. Et son père n'était pas pour rien dans le krach fromager.

— Ah, comment ? demanda Arthur.

— Il dirigeait une firme qui avait toujours produit un fromage infâme. Tous les procédés douteux y passaient. Par exemple, ils distillaient les vieilles croûtes pour en tirer un extrait qu'ils injectaient dans les fromages immatures. C'était illégal, et cruel de surcroît, mais eux s'en moquaient. Ce qu'ils n'avaient pas vu, c'est qu'avec la pollution leurs fameux extraits de fromage concentraient tous les poisons. Pour finir, il y eut ce procès, le jour où l'un de leurs produits intoxiqua la duchesse du Brochet de Nez-pied. C'est son mari qui fit proclamer l'interdiction de tout fromage. Le père d'Archibald, ruiné, dut renoncer à payer à son fils des professeurs particuliers.

*« Par exemple, ils distillaient les vieilles croûtes pour en tirer
un extrait qu'ils injectaient dans les fromages immatures. »*

— Ah ! je le revois arriver au collège ! s'écria Herbert,
recouvrant la mémoire. Il acceptait mal de tomber si
bas, ce pauvre petit snobinard !

— Nous étions dans la même classe, Herbert et
moi, l'année où Archibald a débarqué, enchaîna Bon-
papa pour Arthur. Pour lui qui avait toujours été servi
comme un milord, c'était dur. Il détestait le collège
– et nous avec !

— Pourquoi vous ?

— Il estimait que son rôle à lui était de vivre dans le
luxe, sans jamais lever le petit doigt, expliqua Herbert.
Mais nous n'étions pas ses valets ! En plus, il en voulait
à tout Pont-aux-Rats, il s'estimait lésé, disait qu'on lui
avait volé ses droits. Pour se venger, il s'est mis à tricher tant et plus.

— Oh ! il était roublard, enchaîna Bon-papa. Au fil
des ans, il n'a jamais raté une occasion de gravir une
marche vers ce qu'il estimait être "sa vraie place".
Faire de la lèche aux profs, pomper sur le boulot des
autres… Chantage par-ci, menaces par-là, racket et

intimidations... Le jour des diplômes, rien d'étonnant s'il s'est offert un succès flamboyant...

— Obtenu à la déloyale ! coupa Herbert.

« Le jour des diplômes, rien d'étonnant s'il s'est offert un succès flamboyant... »

— Bien sûr et, de la même façon, il a décroché une bourse pour Oxffiord, reprit Bon-papa. Après quoi, pendant des années, il n'a plus été question de lui, jusqu'au jour... » Bon-papa se fit amer. « Tu t'en souviens, maintenant, Herbert ?

— Quoi ?... À l'auberge ? demanda Herbert, lentement.

— Oui, à l'auberge.

— Je crois que ça me revient...

— Qu'est-ce qui s'est passé ? les pressa Arthur.

— Voilà. Herbert et moi venions juste de nous établir à notre compte – inventeurs-ingénieurs-conseils. Des années durant, nous avions trimé dur en usine, tout en économisant pour lancer notre petit atelier. Et voilà, les commandes arrivaient... Puis, un jour, nous sommes

allés déjeuner à La Tête de Bourrin. Nous attaquions un feuilleté de saumon, je m'en souviens bien, quand une voix a haussé le ton à la table voisine. J'ai regardé, et qui j'ai vu ? Archibald Grapnard, flanqué de deux malabars. Et il criait à un pauvre monsieur en face de lui, rouge comme une tomate : « "Dites-le carrément, que je suis un tricheur !" Et l'autre répond : "Parfaitement, je le dis ! Avoir sept as en main, ça ne se peut pas !" "Si, ça se peut. Quand on est chanceux comme moi !" Et le monsieur rouge tomate d'éclater : "Eh bien, moi, je vous dis : votre chance a tourné." Là-dessus, il tire quelque chose de sa veste. Croyant sans doute à un revolver, un des malabars plonge la main dans sa poche. En un éclair, toute la salle s'est vidée. Il ne restait qu'Herbert et moi, témoins de l'altercation.

« Avoir sept as en main, ça ne se peut pas ! »

— Je revois ça ! intervint Herbert. Ce que le bonhomme avait tiré de sa poche, c'était un carnet et un crayon. Et le voilà qui demande à Grapnard son nom et son adresse, disant qu'il allait prévenir la police. Ce qu'il n'avait pas remarqué, c'est que le sbire de Grapnard avait sorti un lance-pierre… »

Herbert se tut. Bon-papa prit la relève : « Exactement. Et à ce moment-là, Grapnard a dit à son malabar...

"Administre-lui le traitement !"

— "Administre-lui le traitement !" coupa Herbert, je l'entends encore. Et quelque chose de vert a fusé par-dessus la table, et touché le bonhomme tomate, droit dans la bouche. Il a pâli, chancelé, et flop ! il s'est écroulé par terre. Alors, nous avons reconnu l'odeur : de l'huile de chou !

— C'est quoi, l'huile de chou ? s'enquit Arthur.

— Une huile essentielle, très toxique, extraite des

« *Une huile essentielle, très toxique, extraite des choux de Bruxelles.* »

choux de Bruxelles, expliqua Bon-papa. L'action est fulgurante et bien souvent fatale. Plus tard, j'ai compris : ce pauvre homme avait avalé un petit tampon de coton imbibé de ce produit.

— Abominable ! commenta Herbert.

— À ce moment-là, reprit Bon-papa, nous avons entendu la police arriver, sifflets et tout le tremblement, et c'est alors que Grapnard nous a vus. "Hé mais ! il a dit comme ça, ce sont mes vieux copains d'école !" Et il m'a lancé quelque chose — que j'ai attrapé au vol, par réflexe. À cet instant, les perdriols sont entrés au pas de charge, ils ont vu quelqu'un qui gisait à terre. Grapnard s'est dressé, me montrant du doigt. "C'est lui, brigadier ! Lui ! Il vient d'empoisonner ce pauvre bougre. Voyez : il a encore le poison en main." J'ai baissé les yeux. Ce que j'avais en main, c'était un flacon d'huile de chou. "Arrêtez-le !" a ordonné un perdriol, et ils se sont rués sur moi. Et moi, pris de panique, j'ai filé à toutes jambes par la porte de derrière. Oh ! ils m'ont pris en chasse, mais j'avais de bonnes jambes,

« Et il m'a lancé quelque chose
— que j'ai attrapé au vol, par réflexe. »

« Je les ai semés, je me suis faufilé sous une plaque d'égout… »

dans le temps. Je les ai semés, je me suis faufilé sous une plaque d'égout…

— Je me souviens ! s'écria Herbert. Tu as filé par la porte, tous les perdriols à tes trousses. Et moi… » Il marqua un silence, puis reprit à voix basse : « Après ça, tout est devenu vert… et je me suis réveillé dans ce cachot.

— Mais comment ? voulait savoir Arthur. Qu'est-ce qu'ils vous avaient fait ?

« Après ça, tout est devenu vert… »

— Oh! ils avaient dû m'estourbir avec leur huile de chou et m'emporter comme un sac de patates...

— J'ai su que tu avais disparu parce que, cette nuit-là, quand je suis sorti de mon trou, j'ai vu partout des avis de recherche. Et c'étaient toi et moi qu'on cherchait, pour tentative de meurtre. Je me demandais où tu avais pu passer. J'ai arraché trois carottes dans un potager et je suis retourné sous terre, de peur de me faire prendre. Ma seule chance de m'en tirer, c'était ton témoignage.

— Tentative de meurtre? s'étonna Arthur. L'homme n'était donc pas mort?

— Non. Mais à ce que j'ai compris, il avait perdu tout souvenir de l'affaire, à cause du choc et du poison. C'est l'un des effets de la bruxelline...

— Voilà pourquoi tout est devenu vert! s'écria Herbert. À moi aussi, ils ont dû administrer de leur saleté d'huile de chou. D'où ma mémoire à trous! Et ni toi ni moi n'avons connu la liberté depuis...

— Eh non! dit Bon-papa. Tout ça par la faute de Mr Archibald Grapnard.

— Et donc, tu peux nous venir en aide, William? » reprit Herbert.

Mais Bon-papa n'eut pas le temps de répondre. Des pas descendaient les marches menant au cachot.

«Oups! souffla Arthur. Voilà quelqu'un. À tout à l'heure, Bon-papa... »

Il glissa le pantin sous son gilet, remit la brique dans son trou et repoussa le lit contre le mur. Il était temps : un Affilié surgit, une écuelle dans une main, un gourdin clouté dans l'autre.

«Ta soupe, petit morveux. De la part du patron. »

Il posa l'écuelle au sol, tira une clé de sa poche,

déverrouilla la porte de la cellule d'Arthur. Puis, de la pointe du pied, il poussa l'écuelle à l'intérieur et referma la porte à clé.

« Prends ton temps, mon gars ! dit-il. Faut que j'attende l'écuelle, mais, de toute manière, ils sont partis relever les pièges, ils seront pas de retour de sitôt. »

Il s'assit par terre, adossé aux barreaux de la cellule d'en face, et regarda le garçon manger.

Dans la roche, droit devant, s'ouvrait une petite fenêtre.

« Compote de rhubarbe ! Nous y sommes presque ! »

Chapitre 40

LUEUR AU BOUT
DU TUNNEL

La petite équipe menée par Fretin allait bravement
son chemin, de l'eau jusqu'aux chevilles – une eau qui
semblait monter sans cesse.

Soudain, une odeur sucrée vint à leur rencontre dans
l'air du boyau, comme une odeur de confiture. Le dernier repas déjà loin, cette haleine exquise était presque
insoutenable.

Willbury s'immobilisa. « Je sais ! dit-il. Compote de
rhubarbe ! Nous y sommes presque ! »

Deux ou trois méandres plus loin, une vague lueur
apparut. Par-dessus les glouglous de l'eau, on entendait des bribes de musique. Dans la roche, droit
devant, s'ouvrait une petite fenêtre. Puis la musique se
fit plus nette et une porte se dessina, près de la fenêtre.
Willbury gagna cette porte et frappa.

La musique se tut, une voix grommela, et la porte
s'ouvrit sur un vieil homme de petite taille, avec des

lunettes rondes et une barbe en bataille. Il avait l'air assez… humide.

« Sapristi ! s'écria Bon-papa. Vous êtes grand, pour un bricoliau. »

« Sapristi ! Vous êtes grand, pour un bricoliau. »

Willbury sursauta. Il avait oublié qu'il était déguisé. « Je ne suis pas un bricoliau ! dit-il.

— Tant pis. Vous allez devoir faire l'affaire jusqu'à ce qu'un bricoliau se présente. Il me faut de l'aide, et d'urgence !

— De l'aide ? Nous ferons de notre mieux. Nous nous sommes déjà parlé, sir. Je suis Willbury Chipott.

— Ah ? Je vous croyais avocat, et non bricoliau. Voyez comme on a tôt fait de s'imaginer des choses ! Mais je suis enchanté de vous rencontrer, ajouta Bon-papa, un peu décontenancé.

— Je *suis* avocat, sir, dit Willbury. Déguisé, simplement.

Je... hem... les nouvelles ne sont pas trop bonnes concernant Arthur.

— Arthur ? Je viens de lui parler à l'instant. Il a réussi à me joindre depuis le cachot du Castel. Nous devons lui venir en aide avant qu'il ne soit trop tard.

— C'est bien pourquoi je suis ici, dit Willbury. Nous croyons savoir qu'il existe un passage, depuis l'En-dessous, qui mène directement au Castel. Il faut absolument le trouver pour porter secours à Arthur.

— Je vois, dit Bon-papa, songeur. Je ne connais pas ce passage, mais cela ne m'étonne pas qu'il en existe un... De mon côté, j'ai songé aussi à un moyen de secourir Arthur, mais je ne peux rien faire tout seul. Je comptais sur des fifrelins, ils sont d'ordinaire si serviables, mais il en passe fort peu ces temps-ci. Alors, si vos amis et vous...

— Nous ferons tout notre possible, croyez-moi. Arthur est notre ami, nous le tirerons de là.

— Entrez, je vous prie, invita Bon-papa, s'effaçant pour livrer passage. Et vos amis aussi, bien sûr.

— Merci, dit Willbury, et tous entrèrent à la queue leu leu.

— Plus on est de fous, plus on rit, cita Bon-papa. Et si vous aimez la compote de rhubarbe, je crois que j'en ai assez pour tout le monde. Servez-vous, ajouta-t-il, désignant une marmite sur un vieux fourneau et une pile de bols. Je vous attends dans la pièce à côté. Il me faut de l'aide. »

Sans se faire prier, les visiteurs se jetèrent sur la rhubarbe et chacun s'en prit une bonne ventrée. Puis tous rejoignirent Bon-papa dans la pièce voisine, en s'efforçant d'éviter les flaques d'eau et les grosses gouttes qui tombaient du plafond.

*« Si vous aimez la compote de rhubarbe, je crois
que j'en ai assez pour tout le monde. »*

C'était une petite pièce, mais emplie d'un tel bric-à-
brac que même Willbury, qui pourtant s'y connaissait
en fatras, n'avait jamais rien vu de tel. Un lit de cuivre
occupait le centre, garni d'un superbe couvre-pieds
en patchwork. Tout autour s'étalait un incroyable
embrouillamini de câbles, d'engrenages, de poulies et
d'autres objets que Willbury aurait été bien en peine
de nommer.

« Euh... Qu'est ceci ? s'informa-t-il.

— Un engin sur lequel je travaille depuis des années.
J'ai fini, mais je manque de forces pour le faire fonctionner. Or, j'y vois notre seule chance de tirer Arthur
du pétrin où il se trouve. »

Et Bon-papa expliqua le principe de sa machine.

« Époustouflant ! commenta Willbury. Si Marjorie
voyait ça ! Et nous allons pouvoir la faire fonctionner,

j'en suis sûr. Ce qu'il y faut, je vois, c'est la tête et les jambes… Or, je connais une paire qui va convenir à merveille ! » conclut-il, les yeux sur Tom et Rollmop.

Bon-papa suivit son regard.

« Vous croyez, Mr Chipott ? »

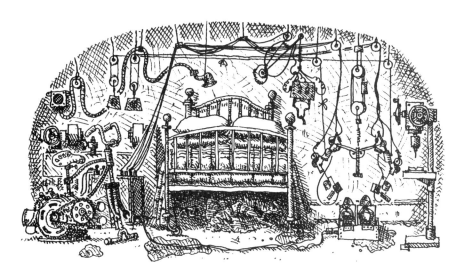

Arthur dans son cachot

Il n'avait que ses doigts pour piocher dans ce magma.

Chapitre 41

ENCORE DES CLÉS...

Arthur mourait de faim, et le porridge dans cette écuelle avait beau être dur comme du savon, il s'y attaqua bravement. Faute de cuillère, il n'avait que ses doigts pour piocher dans ce magma, ce qui n'accélérait pas les choses. Pendant ce temps, tout doucement, son geôlier sombrait dans le sommeil.

Oh! et puis flûte! finit par se dire Arthur. Tant pis.

Il leva les yeux vers le geôlier, qui commençait à ronfler. Il toussa bien fort; le geôlier ne bougea pas. Encouragé par ce constat, il déposa son écuelle sans bruit et sortit son pantin. Un œil sur le geôlier, il remonta le mécanisme silencieusement.

«Bon-papa? souffla-t-il au premier grésillement. Chuuut! Parle très bas : il y a un des sbires de Grapnard devant ma cellule... Il dort.

— Que fait-il là? chuchota Bon-papa.

— Il vient de m'apporter à manger.

— Et... il a ouvert ta porte?

— Oui, pourquoi?

Le geôlier ne bougea pas.

— Il a une clé, donc, quelque part ?

— Oui.

— Nous tenons peut-être notre chance. Où l'a-t-il mise, cette clé ?

— Dans sa poche de redingote. La droite… Mais tu sais, il est loin. De l'autre côté du couloir. Impossible de le joindre.

— Écoute-moi bien, Arthur. J'ai peut-être un moyen, mais il faut que tu fasses *exactement* tout ce que je te dis. Remonte le pantin à fond, jusqu'à entendre le petit *ping !*, puis donne encore deux ou trois tours, jusqu'au blocage complet. Attention ! Ne va pas casser le ressort ! »

Arthur s'exécuta avec soin. Au petit *ping !*, il se raidit, mais le dormeur n'avait rien entendu. Précautionneusement, il continua de tourner, jusqu'à sentir le mécanisme se bloquer.

« Ça y est. Je l'ai remonté à fond.

— Parfait, dit Bon-papa. Maintenant, passe le bras

Précautionneusement, il remonta son pantin.

à travers les barreaux et place ce pantin debout, aussi loin que tu pourras, bien en face de la poche contenant les clés. »

Arthur, sans trop comprendre, suivit les instructions.

Dans la chambre de Bon-papa, sous terre, Tom et Rollmop étaient prêts. Rollmop avait enfourché un étrange vélocipède sans roues, avec une béquille à l'avant, et, à l'arrière, une sorte de pompe très compliquée.

Rollmop avait enfourché un étrange vélocipède ...

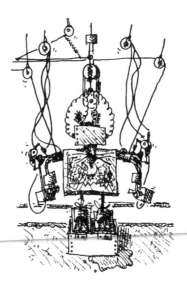

Tom était tout emberlificoté d'engrenages et de leviers…

Tom, de son côté, était tout emberlificoté d'engrenages et de leviers, sans parler des câbles qui reliaient chaque section de sa personne aux quatre coins de la pièce. Et il avait sur les yeux une sorte de visière par-dessus de grosses lunettes bien trop grandes pour lui, dont jaillissaient des câbles saugrenus.

Bon-papa se détourna du curieux cornet dans lequel il s'adressait à Arthur pour se tourner vers Tom et Rollmop. « Je ne sais vraiment pas si ça va marcher, avoua-t-il, mais si vous voulez bien faire comme je vous ai dit… Et n'oubliez pas : agissez en équipe – tout est là !

— Oh ! dit Tom derrière sa visière. Le travail en tandem, ça nous connaît ! »

Rollmop se mit à pédaler, et un bourdonnement léger s'éleva de la pompe. Les câbles et leviers qui changeaient Tom en araignée se tendirent.

Là-haut, dans le cachot, Arthur ouvrait de grands yeux sur son pantin. Il se passait quelque chose! Il y eut un *ping!* très discret, puis un tic-tac tout aussi discret. Les yeux du pantin s'allumèrent, projetant deux petits faisceaux lumineux en direction de la poche de redingote. Puis le pantin parut trembler et... il tomba de côté!

Le pantin parut trembler et... il tomba de côté!

Dans la chambre de Bon-papa, Rollmop pédalait de toutes ses forces quand Tom jura entre ses dents.
«Qu'est-ce qui se passe? s'enquit Bon-papa.
— Il est tombé, répondit Tom.
— Que vois-tu au juste? demanda Bon-papa.
— Pour le moment? Les bottes du geôlier.
— Actionne les leviers des bras. Tu devrais arriver à le redresser.»
Tom se concentra. Lentement, il actionna les leviers. Puis il s'écria: «Je crois que le pantin bouge! Je vois le geôlier, maintenant.
— Essaie de remuer les jambes. En principe, le pantin reproduit tous tes mouvements.»
Tom obéit; les câbles se tendirent.
Sous terre, Arthur, médusé, regardait le pantin remuer les bras. Mais... il essayait de se redresser! Tout seul!

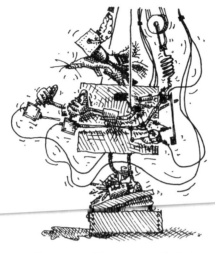

Lentement, Tom actionna les leviers.

Et ses jambes aussi bougeaient, à présent ! Il se remettait debout, bel et bien... Ses petites ailes s'ouvraient.

Soudain, Arthur comprit.

« Plus vite ! lança Bon-papa à Rollmop. Pédale à fond la caisse ! Il nous faut un maximum de puissance. »

Rollmop avait le front ruisselant, mais il accéléra encore. « Pas sûr que... je puisse tenir... comme ça... longtemps, haleta-t-il. Dépêche-toi, Tom !

— Ouais, ouais ! fit Tom derrière son équipement. Je fais ce que je peux, mais ce n'est pas si simple... Pédale ! »

Et le vaillant petit rat régla une molette à l'un de ses bras.

Le pantin se remit à trembler sous l'effet de ses battements d'ailes, mais il décolla du sol.

Arthur le regarda se débattre pour maintenir son équilibre en vol, son regard lumineux papillotant de droite et de gauche à travers l'allée du cachot.

Sous l'effet de ses battements d'ailes, le pantin décolla du sol.

Puis son vol se stabilisa. Il allait lentement, plein cap sur le geôlier. Au-dessus de la poche, il se mit en vol stationnaire.

«Oh! misère, gémit Tom soudain. J'ai le mal de l'air!» Il déplaça ses pieds pour rééquilibrer le pantin. «Bon, ça y est, je vois la poche. Maintenant, il faut que je redescende. Je fais ça comment?

— Rollmop! lança Bon-papa, vas-y un poil plus doucement, d'accord? Et toi, Tom, tu le dis tout de suite, hein, si tu sens que tu tombes. Qu'il accélère aussitôt!

— Je ralentis un peu? dit Rollmop. Pas fâché!»

Le pantin descendit sans hâte, jusqu'à toucher presque la poche.

«Parfait, Rollmop, chuchota Tom. Garde bien la cadence.»

Il tendit les bras et le pantin, l'imitant, glissa les siens au creux de la poche du geôlier...

«Un petit peu plus de jus, Rollmop», souffla Tom, manœuvrant ses leviers avec une attention soutenue.

Il continua d'opérer, tendu, dans un silence absolu, et brusquement il glapit de triomphe: «Ça y est! Je les tiens. Pleins gaz, Rollmop!»

L'ex-pirate se remit à pédaler comme un damné, et le pantin prit son vol, les clés dans ses bras. Manœuvrant avec art, Tom le fit pivoter en direction de la cellule d'Arthur.

« Vite, s'il te plaît ! gémit Rollmop. Ou mon cœur va lâcher.

— Pas le moment ! répliqua Tom. Arrête de gémir.

— Ooh ! fit Rollmop. Ça ne va plus du tout !

— Boucle-la et pédale ! » lui dit Tom.

Mais Bon-papa et Willbury étaient en émoi à leur tour : un filet de fumée s'élevait de la jonction entre pédales et pompe.

Un filet de fumée s'élevait de la jonction entre pédales et pompe.

« Plus vite ! s'étrangla Bon-papa. Il faut donner ces clés à Arthur !

— Comment ça, plus vite ? gémit Rollmop. Je pédale déjà à un train d'enfer ! »

Il y eut un crissement odieux, un petit *clac !…* et les pédales se bloquèrent.

À présent, il le voyait perdre de l'altitude…

«Aïe, ça y est, ça se grippe! se lamenta Bon-papa. Vite, pendant qu'il reste un peu d'énergie!»

Depuis sa cellule, Arthur avait regardé, fasciné, son pantin attraper les clés. À présent, il le voyait perdre de l'altitude dans son vol de retour. Tom avait beau se démener, le pantin piquait du nez. Le voyant à deux doigts du sol, Tom, dans une manœuvre désespérée, tenta de le projeter vers la cellule. Retenant son souffle, Arthur suivit la tentative. Si seulement… Mais le pantin semblait à bout de forces.

Il toucha le sol à deux pas de la cellule.

Dans l'antre de Bon-papa, Tom fit une dernière tentative, manipulant ses leviers avec fièvre. Sous le choc de l'atterrissage en catastrophe, le pantin lâcha les clés et parut les jeter vers Arthur dans un geste de la dernière chance. Les clés glissèrent sur le dallage, glissèrent, glissèrent… et passèrent par-dessous la grille de fer! Arthur s'en saisit vivement, puis il étira le bras à travers les barreaux, tant qu'il put, et récupéra son pantin inerte.

«Bon-papa… Bon-papa, je tiens les clés,» chuchota-t-il, le cœur battant.

Mais nul ne l'entendit. Le pantin ne répondait plus.

Ils étaient quelque peu humides et de fort méchante humeur.

Après plusieurs heures de patauge…

Chapitre 42
RELEVÉ DE PIÈGES

Après plusieurs heures de patauge, Grapnard et ses hommes étaient quelque peu humides et de fort méchante humeur.

Ils avaient commencé leur tournée par les pièges proches de l'ascenseur, mais, les ayant trouvés vides, ils étaient allés visiter les suivants, de plus en plus éloignés. L'eau gagnait du terrain partout, elle courait sur le sol, ruisselait sur les parois, dégoulinait des voûtes. Elle glougloutait si fort qu'ils devaient crier pour s'entendre.

«On les a peut-être déjà tous pris? beuglait Grichouille.

— Rappelle-toi ce que j'ai dit, rétorquait Grapnard. Si on n'en trouve pas…

— On devrait retourner aux pièges près de la descente. P't-être qu'ils sont pleins, maintenant?»

Ils revinrent sur leurs pas, et Grichouille s'émerveilla : «R'gardez, patron, on sera pas bredouilles. Ç'ui-là est plein!»

« R'gardez, patron. Ç'ui-là est plein ! »

Grapnard en rit de joie. « Coup de pot : des brico-liaux ! Et il y en a des gros ! »

Les minutes qui suivirent furent fébriles : faire descendre le filet à terre, fourrer le gibier dans les sacs... Puis ils reprirent leur tournée, sans un regard pour les curieux dentiers emportés par le courant. À leur grande joie, le piège suivant regorgeait de bricoliaux tout autant.

« Mazette ! exulta Grapnard. Tant mieux, on n'en a jamais trop ! Descendez-moi ça, les gars ! Bon sang, quelle partie de plaisir ! »

Ils se remirent en chemin. Chaque piège débordait de bricoliaux.

«Le ciel est avec nous! délirait Grapnard. À se
demander où ils étaient cachés : depuis le temps qu'on
n'en voyait plus! On est vernis… Eux, un peu moins;
et Pont-aux-Rats, moins encore!

— On devrait en avoir assez, là, non? hasarda
Grichouille, chancelant sous son fardeau.

— Un peu de courage, allons! dit Grapnard qui ne
portait rien. Il n'y en a plus qu'un. Ça ne nous tuera pas.

— Si mon dos tient le coup», geignit Grichouille.

Grapnard pouffa. «Songe plutôt à ce qui va s'abattre
sur le dos des Ratipontains!»

L'En-dessous (en coupe)

« Du coup, nous ne savons pas si Arthur a les clés. »

Chapitre 43

EAU PROFONDE

Avec un gros soupir, Willbury dit à Bon-papa : « Du coup, nous ne savons pas si Arthur a les clés.

— Non », reconnut Bon-papa, le cœur lourd.

À cet instant, Fretin fit irruption dans la pièce, Titus sur les talons. Fretin se mit à gargouiller.

« Pas si vite, lui dit Willbury. Laisse à Titus le temps de traduire. »

Il se pencha, prêta l'oreille à Titus… et pâlit à vue d'œil. « D'après Fretin, le plafond des galeries commence à s'effondrer, à cause de l'eau. Il faut partir d'ici, et vite… Retournons à la caverne des bricoliaux, pour voir si les autres ont trouvé cet ascenseur. » Il se tourna vers Bon-papa. « Je crois qu'il faut que vous veniez aussi.

— Ce ne sera pas de refus, ma foi. Mes articulations me tuent. »

Fretin et Rollmop prirent Bon-papa chacun par un bras et l'entraînèrent hors de la chambre. Les autres suivirent le mouvement. En traversant le séjour, Bon-papa

marmotta, balayant l'endroit des yeux : « Il me man-
quera, ce vieux trou à rat.

— Je le comprends, mais dépêchons-nous, lui dit
Willbury. Parce que sinon... »

Fretin et Rollmop prirent Bon-papa chacun par un bras.

Il saisit une lanterne au passage et ils repartirent vers
l'antre des bricoliaux, aussi vite que le leur permet-
taient l'eau et la boue sous leurs pas.

Mais au premier embranchement, ils furent contraints
de s'arrêter. Le boyau qu'ils devaient prendre, en forte
pente et bas de plafond, s'enfonçait entièrement sous
l'eau.

« Que faire, à présent ? dit Willbury. Il n'est pas
question de revenir sur nos pas. »

Bon-papa se tourna vers Fretin. « Connaîtrais-tu un
autre chemin ? »

Fretin réfléchit intensément, puis, d'un geste
anxieux, il indiqua un boyau latéral – inondé aussi,
mais nettement plus haut de plafond. Il eut un petit
gémissement.

Le boyau qu'ils devaient prendre s'enfonçait entièrement sous l'eau.

« Qu'y a-t-il, Fretin ? » s'enquit Willbury.

Titus le tira par la manche et Willbury l'écouta. « Dieux du ciel ! murmura-t-il.

— Qu'est-ce donc ? demanda Bon-papa.

— Fretin a peur. Peur de n'avoir pas pied partout. Ici, ça va, nous n'avons de l'eau que jusqu'aux genoux, mais plus loin… Et les bricoliaux détestent nager. Avec leurs cartons… »

Rollmop pataugea vers Fretin et se pencha : « Et si je te tenais bien haut, hors de l'eau ? »

Fretin parut hésiter. Mais un grondement se fit entendre à distance et le bruit du courant redoubla.

« Mais si, Fretin ! insista Rollmop. Ferme les yeux. » Et, sans laisser au bricoliau le temps de protester, il le souleva à deux mains et le percha sur ses épaules de carton.

« Y aurait pas une petite place pour quelqu'un de pas bien gros ? demanda Tom.

— Embarque, matelot ! » répondit Rollmop.

Le rat, agile et preste, bondit se percher à côté de Fretin. Alors l'ex-pirate se tourna vers Titus : « Viens donc aussi. Y a de la place pour trois. »

Rollmop portant Fretin, Tom et Titus

Le choutrogne jeta un coup d'œil au boyau devant eux, puis, avec l'aide de Willbury, il se hissa aux côtés de Tom et Fretin.

Willbury restait soucieux. « Bon-papa et moi, nous allons nous entraider, mais… et la lampe ?

— Je la prends ! proposa Tom, et Willbury lui passa la lanterne.

— Tu es sûr que ça va aller, Rollmop ? s'inquiéta le vieil avocat. Ça fait beaucoup à porter, non ?

— Avec l'entraînement que j'ai à trimballer le linge ? » dit l'ex-pirate en riant.

Et il s'avança dans l'eau d'un pas résolu, suivi de Willbury soutenant Bon-papa.

Cette eau n'était pas des plus chaudes et Willbury sentait le bas de son carton se ramollir. Il s'alarma : « Ça va, Bon-papa ?

Il s'avança dans l'eau d'un pas résolu,
suivi de Willbury soutenant Bon-papa.

— Je ne dirais pas non à un bain brûlant, répondit Bon-papa, stoïque. Mais ça ira. »

Peu après, le niveau de l'eau baissa, le sol du boyau amorçant une remontée, et ils ne tardèrent pas à n'en avoir plus que jusqu'aux chevilles.

« Permettez que je souffle un peu ? haleta Bon-papa.

— Grimpons sur ce rocher et reposons-nous un instant », suggéra Willbury, indiquant une roche plate qui émergeait de l'eau.

Ils se hissèrent dessus, ravis de s'offrir une pause. Mais ils n'eurent pas le temps de reprendre haleine qu'en un éclair, avec une secousse, ils se retrouvèrent tous les six pêle-mêle dans un filet pendu au plafond.

« Ooh non ! gémit Willbury. Un piège ! Un des pièges de Grapnard ! »

Il n'y avait strictement rien à faire – si ce n'est attendre, en suspens. Trempés, misérables, ils restèrent blottis sans bouger, trop anéantis pour souffler mot. Bientôt, une lueur apparut.

«Vous autres, silence! chuchota Bon-papa pour Willbury, Tom et Rollmop. Feignez d'être des bricoliaux. Même sans fausses dents, ils s'y tromperont, je pense. Et à moi de jouer.»

Sans un mot, ils regardèrent la clique approcher. Willbury repéra Grapnard, plus réjoui qu'un chat face à un bol de crème.

«Celui-ci aussi est plein! lança le fripouillard à ses hommes, chargés comme des baudets. Allez hop! emballez-moi ça et on remonte.»

Ils firent atterrir le filet, examinèrent la prise. L'un des hommes poussa un cri. «Eh, patron! Y a un petit vieux avec les monstres!

« Même qu'on jurerait mon vieux copain d'école,
William Trubmachinchose ! »

— Ça alors ! s'écria Grapnard, se penchant sur Bon-papa. Même qu'on jurerait mon vieux copain d'école, William Trubmachinchose ! » Il rit de toutes ses dents jaunes. « Aha ! voilà donc où tu te terrais, depuis le temps ! C'est tout toi, ça, tiens : cul et chemise avec des fifrelins !

— Archibald Grapnard ! » siffla Bon-papa.

Au son de ce prénom, plusieurs des hommes pouffèrent. Le patron, un Archibald ?

Grapnard les avait entendus. Il se retourna, les fusilla du regard. « Ah ! vous trouvez ça drôle, hein, *Archibald* ? Fourrez-moi ce petit père dans le sac avec les autres. » Et il acheva en ricanant, pour Bon-papa, cette fois : « Attends un peu, William. Tu feras moins le fier, au labo ! Quand j'en aurai fini avec toi, tu peux me croire, tu regretteras de pas avoir choisi plutôt la prison ! »

Le retour du placard-ascenseur avec chasseurs et gibier

Thé et cake aux noix

Chapitre 44

LA VÉRITÉ SORT DU PUITS

Posté face au placard-ascenseur, Grapnard regardait le dernier de ses hommes traîner le dernier des sacs dans le salon de thé. Dehors, un orage secouait Pont-aux-Rats, et ses éclairs zébraient le parquet de lumière bleue à travers les planches obturant les fenêtres. Dans la rue, la pluie fouettait les pavés.

«Emmenez-les au labo et enchaînez-les, prêts à l'usage. Ce sera plus simple, pour l'extraction... Ensuite, je vous propose un petit thé, vite fait, avec un peu de cake aux noix.»

Les hommes reprirent les sacs — qui commençaient à gigoter ferme — et les traînèrent au laboratoire. Là, ils en déversèrent le contenu par terre, enchaînèrent le tout à la rambarde centrale, puis coururent à leur thé.

Willbury passa en revue ses frères d'infortune et les reconnut jusqu'au dernier. Il y avait là, au grand complet, l'équipage du bateau-laverie, plus Marjorie et les bricoliaux qu'Arthur avait délivrés, plus Fretin, Nœuf, Babouche, Titus... et Bon-papa en prime. Tous

faisaient peine à voir, et la plupart des faux bricoliaux avaient perdu leur dentier.

Willbury passa en revue ses frères d'infortune,
et les reconnut jusqu'au dernier.

Le vieil avocat surprit Marjorie à examiner avec insistance le grand entonnoir au-dessus d'eux. Il retira ses dents. « Quel est cet objet, Marjorie ?

— Ils l'ont fait… murmurait-elle comme pour elle-même. Ma machine. Ils l'ont reproduite… En dix fois plus grand au moins…

— Mais vous parliez de *deux* entonnoirs ?

— Voyez le petit, là, au-dessus de la cage ?

— Oui, dit Willbury.

— Je pense que c'est là-dessous qu'ils placent les fifrelins pour les rétrécir.

— Et le gros, là-haut, il agrandit quoi ? »

Marjorie baissa les yeux vers la trappe au sol. « Je n'en sais rien », souffla-t-elle.

Un bruit de pas les fit taire. Ils remirent leurs dentiers en hâte. Le bâton canardier apparut, brandi par Grapnard, suivi des Affiliés en tenue de cérémonie. Grapnard gagna le pied de la cabine de contrôle, il gravit les marches avec un sérieux de pape, puis clama

dans un porte-voix : « Messieurs ! Nous avons ce soir une séance très spéciale. Non seulement nous disposons enfin d'assez de monstres pour conclure notre projet, mais encore, en bouquet final, nous allons pour la première fois rapetisser un être humain... Pour commencer, veuillez préparer le premier bricoliau. »

Quatre hommes marchèrent vers les enchaînés. Marjorie, étant la plus proche, fut la première saisie. Elle cria, se débattit, mais se retrouva dans la cage. Tous les vrais fifrelins se mirent à hurler à la mort. Willbury n'y tint plus ; il arracha ses dents.

« Arrêtez ! C'est inhumain. »

Les hommes se retournèrent, interloqués. Grapnard redescendit de la cabine de contrôle et, à pas lents, se rapprocha de Willbury enchaîné.

Le bâton canardier apparut,
brandi par Grapnard, suivi des Affiliés.

Elle cria, se débattit, mais se retrouva dans la cage.

« Inhumain ? Qu'est-ce qu'un bricoliau sait de ce qui est humain et de ce qui ne l'est pas ? » Il cligna des yeux. « Sauf… sauf bien sûr si vous êtes plus humain qu'il n'y paraît ! » Il rapprocha son œil valide de Willbury. « Oh ! mais je vous reconnais : Willbury Chipott ! Cet avocaillon, ce roi des empêcheurs de tourner en rond ! Nous avons votre cher petit ami sous clé au sous-sol, sir, je vous le rappelle. Je crois d'ailleurs que je vais l'envoyer chercher. Ainsi aurez-vous le plaisir de vous faire rabougrir ensemble… »

Willbury se figea. Arthur ! Si le garçon s'était évadé, Grapnard n'en savait rien encore ; s'il était toujours captif, il fallait retarder sa venue. Dans les deux cas, un

Il rapprocha son œil valide de Willbury.

seul mot d'ordre : gagner du temps. Il résolut de faire
diversion. «Impressionnant, votre engin, là, dit-il. Et
à quoi donc sert-il ?
— Ha! ricana Grapnard. Vous tenez tant à le savoir ?
— Ce n'est pas comme si j'y pouvais grand-chose.
Votre plan ne peut être que génial et sans faille.»
Grapnard se rengorgea. «Génial, c'est peu dire. Bon,
de toute manière, les dés sont jetés; je peux bien vous
révéler ce qui vous attend. Et nous, nous allons retrouver le rôle qui nous revient de plein droit à Pont-aux-
Rats : celui de seigneurs et maîtres. Oui, les Barons du
Fromage vont à nouveau régner!» Il éclata d'un rire
diabolique.
«Ah ? Et comment ?» s'informa Willbury.
À grands gestes, Grapnard désigna la machinerie
alentour. «À l'aide de tout ceci! Nous sommes en train
de créer un monstre titanesque – un SURmonstre!» Il
se tut, ménageant ses effets. «Et ce sera en partie grâce
à vous autres, hé hé! Vous avez vu vos petits amis tout

rétrécis, n'est-ce pas ? Vous ne vous êtes pas demandé où avait pu passer ce qui leur avait été retiré ? »

Willbury se tut, ravalant ses angoisses.

« Ha ! je vois que si ! Je vous donne la réponse : rien de ce qui a été prélevé ne s'est perdu ! Tout a été réinvesti dans un ami à moi, un ami très spécial, qui grossit, qui grossit... et devient INVINCIBLE ! acheva Grapnard dans un délire de toute-puissance.

Grapnard dans un délire de toute-puissance

— Cet ami très spécial, hasarda Willbury, auronsnous l'honneur de le rencontrer ?

— Mais naturellement. Très bientôt !

— Et... que vient faire le fromage dans l'affaire ?

— Le fromage ? Le fromage est crucial ! Pour mieux gonfler notre surmonstre, nous l'en gavons tant et plus. Et ce fromage *descend* fort bien, s'esclaffa Grapnard, ébloui par son propre humour.

— Votre monstre est un fondu de fromage ?

— Très drôle, Mr Chipott ! Mais vous ne croyez pas si

bien dire. Sachez que nous avons ici une fosse chauffée, dans laquelle nous jetons les fromages. Et cette fondue, tiédie, est directement déversée dans le gosier de notre protégé. Lequel, dirais-je, paraît apprécier. »

Willbury était épouvanté. Quel monstre avaient-ils pu créer ?

« Et là, maintenant, quel est le programme ? improvisa-t-il, cherchant désespérément à prolonger la conversation.

— Le bricoliau en cage va faire don d'un peu de lui-même à notre poulain, répondit Grapnard d'un ton gourmand. Après quoi, vous y passerez tous ! Quand vous serez, jusqu'au dernier, réduits à l'état de souris, notre favori sera à point. L'heure sera venue de le lâcher dans la nature. Et cette maudite ville ne l'aura pas volé ! »

Sur ce, il se retourna, réclama une échelle. L'instant d'après, du toit de la cabine, il agitait son bâton canardier. « Messieurs, à vos postes ! La séance va commencer. »

Du toit de la cabine, il agitait son bâton canardier.

Les Affiliés prirent position, chacun face à son engin, Grichouille dans la cabine de contrôle, au-dessous de Grapnard. Sous les halètements de la machine à balancier, les générateurs se mirent à ronfler. La rapetisseuse-agrandisseuse était prête à opérer.

« Ouvrez la trappe ! » mugit Grapnard par-dessus le vacarme.

Merluche père inséra une clé dans le boîtier fixé à la rambarde.

Merluche père inséra une clé dans le boîtier fixé à la rambarde, Merluche fils actionna un treuil. Les chaînes fixées aux battants de la trappe se tendirent, puis commencèrent à s'enrouler lentement au plafond.

« Plus vite que ça, Merluchon ! » aboya Grapnard.

Les battants de la trappe se soulevèrent, révélant un puits aux parois de céramique.

« Faites remonter l'Ultra Maousse ! »

Merluche père donna un demi-tour de clé. Une série de grincements s'éleva du fond de la fosse. De leurs

postes respectifs, les Affiliés allongèrent le cou vers la trappe. Les enchaînés reculèrent tant qu'ils purent.

Les grincements se rapprochaient, doublés d'un autre son, un bruyant souffle d'asthmatique, lent, laborieux. Celui de la Chose qui remontait du puits.

Willbury et les autres tiraient en arrière sur leurs chaînes, Grapnard se penchait en avant. Depuis son perchoir, il avait vue sur ce qui montait là. Il se tourna vers Willbury, ricanant.

« Et voici ma création, Chipott. Pour vous, en avant-première. Afin de vous apprendre à vous occuper de vos oignons. Voyez plutôt ce que je m'apprête à offrir au monde ! »

Une créature bouffie, boursouflée, plus grosse qu'un éléphant.

… un énorme tas de gelée sous un vilain tapis gris aux poils collés.

Chapitre 45

L'Ultra Maousse

Ce qui émergea du puits ressemblait, au premier regard, à un énorme tas de gelée sous un vilain tapis gris aux poils collés. Une asphyxiante odeur de fromage trop fait accompagnait l'apparition.

Le monticule gélatineux montait, tremblotant. Une longue ficelle pelée était attachée à un bout…

Willbury écarquilla les yeux. À l'autre bout pointaient des oreilles, pareilles à de grands paillassons. C'était un monstre, bel et bien.

Des oreilles pareilles à de grands paillassons…

Ensuite émergèrent les yeux, larges comme des soucoupes, injectés de sang, roulant en tous sens.

«Ma parole! cria Tom, incrédule. On dirait…»

La créature montait, montait, révélant un museau busqué, poilu, hideux.

Tom refusait d'y croire. «C'est pas vrai… Non, non…»

Avec un bruit de ferraille, la plate-forme s'immobilisa en fin de course. Et là, dans toute sa gloire, trônait l'Ultra Maousse. Une créature bouffie, boursouflée, plus grosse qu'un éléphant.

«Mais qu'est-ce donc? balbutia Willbury.

— On dirait… on dirait un rat, bredouilla Tom. Je crois même… je crois bien que c'est Framley.

— Eh oui! jubila Grapnard. *C'est* Framley! L'Ultra Maousse! Naguère, petite brute ordinaire. Aujourd'hui, changé en monstre par la main de l'homme!» Il éclata d'un rire sardonique, puis se tut net et reprit, pour Tom : «Je cherchais un sale coco, une peau de vache. Quand j'ai vu votre copain en action, j'ai su que je tenais mon affaire.»

«Ma parole! cria Tom, incrédule. On dirait… Framley!»

Tom ne souffla pas mot. Il regardait, hagard, son ancien compagnon de chambrée. Cet air hébété, ces yeux vides... Le fou perché disait vrai : ils avaient fait de lui un monstre.

Grapnard tapa du pied sur le toit de la cabine.

Grapnard tapa du pied sur le toit de la cabine. «Et maintenant, que mon rêve se réalise! Lancez l'extraction!»

Dans la cabine de contrôle, Grichouille abaissa une manette.

Willbury cligna des yeux. Un éclair bleu avait frappé la cage. Et il ne voyait plus Marjorie! Mais déjà, Grapnard ordonnait : «Grichouille! Transfère au Maousse!»

Un nouvel éclair bleu fusa, cette fois depuis le large entonnoir. Le monstre gélatineux ondula.

«Au suivant! lança Grapnard. Mais j'y pense... Et pourquoi pas le moutard au cachot? Jep, va le chercher!

— NOON! hurlèrent en chœur Bon-papa et Willbury, tournés vers l'Affilié qui gagnait l'escalier.

— Mais si, mais si! glapit Grapnard. Vous allez savourer le spectacle.» Il rappela son homme sur le seuil. «Ohé, Jep! Rapporte donc une boîte à chaussures, aussi, qu'on y range nos petits amis bien précieusement.

— Vous le regretterez ! claironna Willbury.
— Silence ! Ou j'augmente le voltage et vous réduis tous à la taille de fourmis. »
Willbury se tut.
« Sortez cette petite chose de la cage », ordonna le grand chef.
Merluche père quitta son poste pour aller ouvrir la cage et farfouiller à tâtons. Il se redressa enfin, quelque chose dans la main. « Qu'est-ce que j'en fais ?
— Peut-être que monsieur l'avocat aimerait revoir son amie ? Montre-la lui, Merluche. »
Merluche père s'approcha de Willbury enchaîné et ouvrit la main. Sur sa paume se dressait une Marjorie haute comme deux pommes et qui faisait grise mine.

… une Marjorie haute comme deux pommes
et qui faisait grise mine.

« Euh, ça va ? bredouilla Willbury.
— À peu près ! pépia Marjorie – et elle parut la première surprise par cette voix de moineau. Oh ! jamais, jamais je n'aurais dû construire ce prototype ! J'étais loin de me douter… »
Merluche père sursauta. Un bricoliau qui parlait ?

Pour mieux voir, il l'amena sous son nez. Juste comme il commençait à comprendre, Marjorie lui lança un bon coup de pied dans l'œil. Il la lâcha en hurlant. Elle roula par terre et courut se cacher sous une machine.

« À ton poste, maladroit ! gronda Grapnard. Les chiens sauront bien la retrouver. »

Merluche père obéit, furibond. Willbury chercha Marjorie des yeux, mais elle avait disparu.

Marjorie, par pitié ! l'implora-t-il en pensée, trouvez un recoin où vous cacher. L'idée que des chiens puissent vous croquer…

« Bon, et ce petit morveux, il arrive ? » gronda Grapnard, les yeux sur l'escalier du cachot.

Un Arthur tenu au collet apparut,
qui ne se débattait plus que très mollement.

... une série de bruits sourds en provenance du cachot...

Chapitre 46

AU SUIVANT !

Après une série de bruits sourds en provenance du cachot, un pas lourd, enfin, remonta l'escalier. Un Arthur tenu au collet apparut, qui ne se débattait plus que très mollement. Son dompteur semblait à Grapnard plus petit que dans son souvenir, mais sans doute était-ce affaire d'angle de vue.

« Et la boîte ? éclata le chef. Tu l'as oubliée ? Apporte-nous le drôle et file la chercher. »

Les pas de l'homme, entre les machines, rendaient un son étrangement métallique.

Bon-papa et Willbury eurent le cœur déchiré de voir Arthur aux mains de ce mercenaire, et celui-ci, curieusement, se figea soudain face à l'Ultra Maousse et aux enchaînés.

« Tu avances ou quoi ? rugit Grapnard. On n'a pas jusqu'à demain ! »

L'homme poussa Arthur vers la cage, au pied de la cabine de contrôle. Au passage, Arthur, bien que tremblant, adressa un clin d'œil à Bon-papa, et celui-ci

nota que l'Affilié portait un masque de cuir et semblait tenir quelque chose sous son habit de cérémonie. De nouveau, ils firent halte.

«Qu'est-ce que tu attends? beugla Grapnard. Flanque-le dans la cage et va chercher une boîte.

— Nan! lança l'Affilié. Va la chercher toi-même, ta boîte!

— Quoi?! s'étouffa Grapnard, à qui personne, jamais, ne parlait sur ce ton.

— Parfaitement, Archibald! dit l'autre. Va la chercher toi-même, ta boîte!»

Grapnard, violet de rage, faillit dégringoler de son perchoir.

«Toi… hurla-t-il, pointant son bâton vers l'Affilié, toi, tu es *rrrRADIÉ*!»

Alors, l'Affilié, lâchant Arthur, se dépouilla de son chapeau et de sa cape de cérémonie. À côté d'Arthur

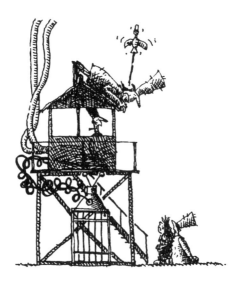

Grapnard, violet de rage, faillit dégringoler de son perchoir.

se tenait Herbert, dans ses chaussettes de fer… et son escrabugne à la main.

Les Affiliés se figèrent ; Grapnard devint très pâle.

« Par tous les… *Lui*, dehors ? Attrapez-le ! »

Nul ne remua d'un pouce.

« Attrapez-le ! » s'égosilla Grapnard. Mais ses hommes ne bougeaient pas. L'escrabugne d'Herbert, ils ne la connaissaient que trop.

Grapnard cédait à la panique. « … Bon… Ben… Alors… Aux armes ! »

Ses hommes se ruèrent sur un grand placard, contre un mur du laboratoire.

Alors, Bon-papa cria : « Herbert ! Pulvérise cette rambarde ! Vite ! »

Avec un sourire épanoui, Herbert leva son escrabugne et l'abattit de toutes ses forces. Dans un fracas d'enfer, une section de la rambarde céda. Le choc fut si rude que l'Ultra Maousse, pris de tremblements, poussa un odieux geignement.

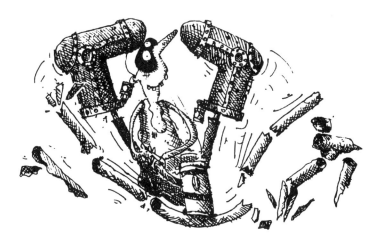

Herbert leva son escrabugne et l'abattit de toutes ses forces.

Plusieurs des bricoliaux ainsi libérés, Herbert passa à la section suivante. Cette fois, le Maousse barrit comme un éléphant.

« Plus vite, bande de loches ! » hurlait Grapnard à ses hommes, qui se bousculaient devant le placard sans trouver la bonne clé.

Quelques coups d'escrabugne plus tard, la rambarde gisait en pièces, tous les prisonniers libérés. Willbury, tout ému, vit Arthur se jeter dans les bras de son grand-père. Mais l'heure n'était pas aux embrassades. Il héla Herbert : « Pourriez-vous percer un trou dans ce mur, je vous prie, afin de nous permettre de sortir d'ici ? »

Willbury, tout ému, vit Arthur se jeter dans les bras de son grand-père.

Herbert fit mine de rechigner. « C'est moi qui décide où je cogne ! »

Puis, avec un éclat de rire, il marcha droit vers le mur opposé à celui du placard où les hommes, à présent, se disputaient des tromblons.

« Vite ! s'égosillait Grapnard. Ils filent ! Tirez, vingt dieux ! »

Willbury entendit un coup, et vit passer au-dessus de sa tête une mitraille qui semblait faite d'un fond de tiroir à couverts. Les machines encombrant la salle masquaient les fuyards à l'ennemi.

Il vit passer au-dessus de sa tête une mitraille
qui semblait faite d'un fond de tiroir à couverts.

« Suivez-moi ! lança le vieil avocat. Rollmop, tu veux
bien aider Arthur à emmener Bon-papa ? »

Après un petit salut militaire, Rollmop courut
prendre Bon-papa par un bras, puis Arthur et lui
l'entraînèrent sur les pas de Willbury.

Pendant ce temps, Herbert s'attaquait au mur sur
la rue. L'instant d'après, celui-ci comportait une
ouverture non prévue par le constructeur. Herbert se
retourna vers Willbury.

Herbert dotant le mur d'une ouverture
non prévue par le constructeur

« Vous la voulez plus large ?

— Pas la peine, dit Willbury. Un éléphant y passerait à l'aise. »

Grapnard, hystérique, trépignait sur son perchoir.

« Ils se carapatent ! Tirez, cornebleu ! »

Une nouvelle volée de mitraille – clous, billes, éclats de faïence et même vieux berlingots – crépita contre le mur, tandis que Willbury guidait les fugitifs à travers la trouée.

Willbury guida les fugitifs à travers la trouée.

« Au bateau ! cria-t-il. Courez vite au bateau ! »

Les derniers sortis furent Rollmop et Arthur, soutenant Bon-papa. Aussitôt, Willbury se tourna vers Herbert : « Pourriez-vous achever de démolir ce mur ?

— Volontiers ! » répondit Herbert ; et, inspectant le mur d'un œil d'expert, il leva son escrabugne.

Ce fut un *bong !* assez modeste et, l'espace d'une seconde, Willbury crut à un coup pour rien. Puis des lézardes grimpèrent à l'assaut de la muraille, sur fond de grondement sourd.

« Arrachons-nous de là ! » cria Willbury et, au même instant, la maçonnerie commença de s'effondrer tranquillement, dans un nuage de poussière.

L'instant d'après, on n'entendait plus que le chant de la pluie et un pas métallique, au loin, sur les pavés.

Willbury et Herbert rattrapèrent Arthur et Rollmop
juste comme ils aidaient Bon-papa à gravir la passerelle.

Tom et le capitaine vinrent à leur rencontre.

Chapitre 47

RIEN N'EST GAGNÉ

Willbury et Herbert rattrapèrent Arthur et Rollmop juste comme ils aidaient Bon-papa à gravir la passerelle. Les perdriols avaient plié bagage, les mannequins sur le pont ne dansaient plus, mais les corbeaux continuaient de pianoter à cœur joie. Leurs talents n'avaient guère progressé.

Sur le pont les attendaient les autres fuyards au complet. Tom et le capitaine vinrent à leur rencontre.

« Tout le monde est sain et sauf ? s'inquiéta Willbury.

— Apparemment, oui, répondit Arthur, mais... et Marjorie ? »

Willbury s'assombrit. « Je l'ai oubliée, dans la bousculade. Elle doit toujours être au labo, cachée sous un meuble.

— Que faire ? dit Arthur.

— Retourner là-bas pour la tirer de là, répondit Willbury sans enthousiasme.

Sans compter qu'il faut aussi empêcher Grapnard de dévaster Pont-aux-Rats.

— Mais comment ? demanda le capitaine.

— Nous n'avons pas le choix. Je ne vois que l'offensive. Et plus tôt nous attaquerons, moins ils causeront de dégâts.

— Ne lambinons pas, alors, déclara le capitaine. À vrai dire, je vois mal que faire contre Framley, vu son nouveau format ; mais il faut essayer, je suppose. » Il se tourna vers l'équipage. « O.K., les gars ! Réunissez toutes les armes possibles !

— Est-ce qu'on peut se défaire de ces stupides cartons ? » demanda Bert. Mais il vit qu'il avait choqué Fretin et rectifia : « Pardon ! Je voulais dire "ces cartons mouillés". Le mien m'irrite les pattes.

— D'accord, dit le capitaine. Tout le monde commence par aller se changer ! »

Rollmop leva la main. « Je peux garder mon carton ?

— Tu… Oui, bien sûr, si tu y tiens ! »

« Frappe un bon coup – mais pas sur mes doigts ! »

Fretin et Rollmop échangèrent un sourire complice.
C'est alors qu'Herbert implora : « Quelqu'un pourrait
m'aider à enlever ces grosses chaussettes ? »

Rollmop courut chercher un ciseau à froid et, glis-
sant la lame dans la jointure de l'une des chaussettes de
fer, il dit à Herbert : « Frappe un bon coup – mais pas
sur mes doigts ! »

L'instant d'après, Herbert regardait ses orteils frétiller à l'air libre.

« Euh, fit Willbury, j'ai dans l'idée qu'un brin de toilette dans le canal ferait le plus grand bien aux pieds
que voilà... Oh ! et Rollmop, si tu pouvais trouver une
cisaille à métaux, je crois qu'Herbert a besoin de se
couper les ongles. »

Lorsque Herbert et Rollmop revinrent, tout le monde
était prêt.

« Vous faut-il des souliers ? demanda Willbury à
Herbert.

« Ce qu'il va vous falloir, en revanche, c'est une cisaille neuve. »

— Moi ? Après tout ce temps dans le fer, j'ai les
pieds plus durs que le granit ! Ce qu'il va vous falloir,
en revanche, c'est une cisaille neuve.

— Herbert, intervint le capitaine, nous aimerions
assez que vous dirigiez l'assaut. »

Il y eut des hourras, et Herbert s'inclina. Alors, Mildred proposa : « Et nous autres corbeaux ? Nous pourrions accompagner la bataille en musique ! »

Un grand silence se fit. Puis le capitaine dit, choisissant ses mots : « Vous accompagnerez notre départ, d'accord ? Ensuite... euh, il faut du monde pour garder le bateau et pour... pour distraire Bon-papa et les mini-fifrelins. »

*Les corbeaux se remirent au clavier
et attaquèrent une marche militaire.*

Les hourras reprirent. Les corbeaux se remirent au clavier et attaquèrent une marche militaire.

Arthur se tourna vers son grand-père. « Tu te rends compte, Bon-papa ? Avec Herbert, tu as un témoin ! Tu vas enfin pouvoir prouver ton innocence... et vivre à l'air libre !

— Oui, Arthur, peut-être. » Bon-papa se fit grave. « Mais d'abord, il faut empêcher Grapnard de réaliser son plan diabolique. Je ne peux t'interdire de retourner là-bas avec les autres, mais réfléchis bien, veux-tu ? »

Arthur le regarda droit dans les yeux. «Il faut que j'y aille, Bon-papa. Je n'ai aucune idée de ce qui va se passer, mais il faut que j'y sois.

— Entendu, Arthur. Simplement…

— Je serai prudent, oui! compléta Arthur avec un sourire. Mais tu comprends, là, maintenant…

— Oui, je comprends, répondit Bon-papa. Allez, va vite. File!»

« Doucement, hein ! Ne blessons pas Bébé. »

Les yeux de Grapnard étincelèrent.

Chapitre 48

Sus à Pont-aux-Rats !

Le nuage de poussière retombé, les yeux de Grapnard étincelèrent. Cette muraille éventrée faisait bien son affaire. «Et moi qui me demandais par où nous allions faire sortir notre Maousse!» Il se retourna. « Préparez la barde!»

Six ou sept de ses hommes se ruèrent au fond du laboratoire et déhoussèrent une forme massive – une grosse ferraille qui ressemblait assez à une armure de guerre, entre coquille de pistache géante et vieille chaudière de tôle rivetée. De chaque côté de l'objet, une petite plate-forme supportait un canon, et par-dessus trônait une sorte de palanquin, comme sur un dos d'éléphant.

Dans la cabine de contrôle, Grichouille tripota des commandes, et une grue sur roues se dirigea vers l'objet, son crochet prêt à l'action. Les Affiliés y suspendirent l'armure, qui s'éleva en oscillant, et la grue roula droit vers le rat géant.

«Doucement, Grichouille, hein! Ne blessons pas Bébé.»

Ils déhoussèrent une sorte d'armure de guerre.

La barde redescendit au bout de son crochet et les hommes en harnachèrent le rat. Grapnard vint inspecter l'armure en place et grommela : « Rrhm ! Un peu lâche aux entournures. Fichus fifrelins. On aurait vraiment eu besoin de leur apport. » Il se retourna brusquement. « Grichouille ! Remonte cette barde un instant… Messieurs Merluche, s'il vous plaît ! Pourriez aller vérifier la bouche d'extraction, dans la cage ? Elle m'a l'air de traviole… »

L'armure remonta dans les airs, les Merluche entrèrent dans la cage. Grapnard, qui avait feint de les y suivre, s'arrêta net à la porte. Sans crier gare, il claqua le battant sur eux et donna un tour de clé.

« Grichouille ? Extraction !

— Mais… MMMaîîîîîîître ! » protestèrent les Merluche, épouvantés.

Un éclair bleu frappa la cage et les cris des Merluche se firent de plus en plus aigus, jusqu'à ressembler à des piaulements de poussins. Puis il y eut un nouvel éclair bleu, au centre du laboratoire cette fois, et Framley trembla comme un flanc aux œufs.

«Voilà qui devrait suffire, déclara Grapnard, satisfait. Nouvel essai!»

L'armure réajustée sur le rat, il inspecta l'effet produit. «Merveilleux! Je le savais, qu'avec lui on pouvait voir grand!»

Grapnard se hissa sur le dos du monstre.

Ainsi bardé de fer, l'Ultra Maousse semblait redoutable. L'échelle menant à la cabine fut amenée contre la plate-forme du palanquin, et Grapnard se hissa sur le dos du monstre. Deux de ses fidèles prirent place aux canons.

«Maintenant, les gars, écoutez-moi bien.»

Les Affiliés s'assemblèrent. Du haut de son rat de bataille, Grapnard se lança dans un discours pompeux.

« Membres de la Nouvelle Guilde Fromagère, l'heure a sonné ! »

Les vivats fusèrent.

« Notre Ultra Maousse est fin prêt, et Pont-aux-Rats va payer ! »

La ferveur redoubla. Alors, il s'emballa et enfila les grands mots : « Oui, mes frères ! Grâce à notre Léviathan, nous allons renverser ceux qui ont jeté sur nous l'opprobre ! Nous allons renverser leur gouvernement, leur système bancaire, leurs manufactures, et rendre à Pont-aux-Rats le libre commerce des produits fromagers ! »

Il y eut un silence, puis Grichouille hasarda : « Euh… On comprend pas tout.

— C'est pourtant simple : grâce à ce rat, nous allons piétiner les goujats qui nous ont ruinés, dévaliser leurs banques et leurs fabriques, et nous remettre à vendre du fromage trafiqué à notre idée ! »

Le délire fut à son comble.

« En avant ! Sus à Pont-aux-Rats ! »

Et Grapnard tira un bon coup sur les rênes du rat géant. Lentement, le char d'assaut vivant s'ébranla en direction du mur éventré. Ses hommes suivirent, tromblon en main.

« Voilà si longtemps que j'attendais ce jour ! » s'émerveilla Grapnard.

…

 SUS À PONT-AUX-RATS !

« Bon, quel est le plan ? » s'informa le capitaine.

Herbert ouvrant la marche sur ses pieds roses et propres

Chapitre 49
SUS AU CASTEL !

Herbert ouvrait la marche à travers Pont-aux-Rats encore endormie. Un soupçon de jour se faufilait entre les nuages d'orage, et les grondements du tonnerre, mêlés au chuintement de la pluie, couvraient les bruits de pas.

Passant en revue sa petite troupe, Willbury s'interrogeait sur le choix des armes. Certes, une poignée d'ex-pirates et de rats s'apprêtaient à bombarder l'ennemi du restant des précieuses «craspouilles», mais les autres...

Les bricoliaux s'étaient armés d'une sélection de tournevis et de clés à molette; Titus, d'un seau de gravier et d'un petit transplantoir; quant au reste de l'équipage, chacun semblait avoir saisi ce qui lui était tombé sous la main: balais à franges et lave-pont, gratte-dos et cannes à pêche... Willbury, pour sa part, avait un parapluie qui le tenait au sec et qui, à son avis, pouvait faire bonne figure dans une bataille. Arthur enfin n'avait que son pantin.

Un coup de tonnerre bien senti salua leur arrivée devant le Castel Fromager.

« Bon, quel est le plan ? s'informa le capitaine.

— Peut-être qu'Herbert pourrait "ouvrir" la porte pour nous, et comme ça, on entrerait par surprise ? suggéra Rollmop, les yeux brillants.

— La surprise ne sera pas bien grande, fit remarquer Arthur, vu le boucan que ça va faire. »

Tom avait son idée : « Oui, mais si, au prochain éclair, on laisse passer cinq ou six secondes avant qu'Herbert fasse *bong !* dans la porte ? Alors, le tonnerre masquera le *bong !*

— Bien vu ! » reconnut Willbury, et Tom prit un air modeste.

L'éclair suivant ne tarda pas. Willbury leva un doigt, compta jusqu'à six, puis fit signe à Herbert d'opérer. À l'instant même où ce dernier balançait son escrabugne, le tonnerre se mit à rouler d'un bout à l'autre du ciel. La porte fut réduite en bois d'allumage et tous attendirent en silence, redoutant de voir l'ennemi surgir de nulle part et de partout. Mais le silence revint, et personne n'apparut.

« Ils n'ont pas dû nous entendre, dit Rollmop.

— Non, dit le capitaine. Armez les lance-craspouille ! »

Deux à deux, les craspouilleurs étirèrent le linge de tir, que les rats chargèrent de boules offensives. Un troisième homme maintenait l'arme tendue, prête à tirer.

« Maintenant, silence, ordonna le capitaine. Suivez les craspouilleurs. »

Prudemment, les artilleurs s'engagèrent dans l'entrée, et les autres suivirent. Au niveau de l'arche, un éclaireur prit les devants, et signala que la voie était libre. La petite armée s'avança dans le hall.

Prudemment, les artilleurs s'engagèrent dans l'entrée...

« Préparez-vous, chuchota le capitaine. Le mieux, je crois, est qu'Herbert escrabugne la porte du labo, et nous tirerons une bonne volée de... »

Il n'eut pas le temps d'achever : la porte du laboratoire s'entrouvrit en grinçant. Tous se figèrent.

Dans l'entrebâillement, tout en bas, une minuscule personne apparut. Marjorie !

« Je me demandais quand vous alliez arriver, pépiat-elle. Trop tard : ils sont partis ! »

Stupeur, soulagement, inquiétude, ils n'auraient su dire ce qui l'emportait.

« Dieu soit loué, se réjouit Willbury, vous êtes sauve !

— Je ne suis pas blessée, ni rien, admit Marjorie d'une petite voix chagrine. Mais dire que je me sens bien... Six pouces de haut, même pas !

*Dans l'entrebâillement, tout en bas,
une minuscule personne apparut.*

— Je comprends, compatit Willbury, mais je ne crois pas que nous y puissions grand-chose pour l'heure. L'important est de rattraper Grapnard et sa clique avant qu'ils ne provoquent le pire. Savez-vous où ils allaient ?

— En ville, avec leur rat monstre, piailla Marjorie. Pour y causer des ravages. Ils parlaient de démolir l'Hôtel de Ville, de dévaliser la banque, de mettre à sac les usines ! »

Ils s'entreregardèrent, horrifiés.

« Il faut les arrêter ! s'écria Willbury.

— Mais comment ? dit Arthur.

— Une volée de craspouilles, suggéra Herbert, et une bonne escrabugnée ! »

Rats et ex-pirates approuvèrent haut et fort, mais Marjorie fit la moue. « Même ça, dit-elle de sa voix de souris, ça ne les arrêtera pas, vous savez. Leur rat est bardé de fer comme un destrier du Moyen Âge, et équipé de canons… Je l'ai vu mieux que vous, j'ai vu ce qu'ils ont fait de lui. Triste à dire, mais avec le gavage et

la captivité, votre Framley est devenu un *vrai* monstre : une machine vivante, incapable de penser à autre chose qu'à son confort immédiat. Et maintenant, plus rien ne lui fait peur, c'est un engin de guerre. Non, pour l'arrêter, je ne sais pas ce qu'il faudrait. »

Ils se turent, assommés. Puis Arthur rompit le silence : « Bardé de fer, vous avez dit ?

— Oui, répondit Marjorie.

— Du même métal que les chaussettes d'Herbert ?

— Oui, pourquoi ?

— Je ne sais pas si ça peut marcher, mais j'ai une idée… Au cachot, au-dessus de la cellule d'Herbert, il y a une espèce d'électro-aimant, très puissant. Quand ils voulaient empêcher Herbert d'attaquer, ils branchaient ce truc-là, et Herbert se retrouvait soudé au plafond par ses chaussettes. On pourrait peut-être s'en servir ? »

Le regard de Marjorie s'éclaira. « S'il est vraiment très, très puissant, ça pourrait marcher, dit-elle lentement.

« On pourrait peut-être utiliser l'électro-aimant ? »

— Je ne comprends pas, avoua Willbury.

— Mais si ! dit Arthur : cet électro-aimant, on pourrait le mettre en marche. Si Framley est tout bardé de fer, il sera peut-être attiré ici.

— Je vois... Mais l'aimant sera-t-il assez puissant ? J'en doute », dit Willbury, sceptique.

Marjorie eut un petit sourire. « Il le sera... quand je l'aurai un peu bricolé ! » Les autres applaudirent. Elle se tourna vers Herbert : « Où était votre cellule ?

— Pas loin. Juste en dessous.

— Pourriez-vous me transporter sur son emplacement exact, à cet étage ? Parions que c'est ici que se trouve l'appareil. »

D'un geste délicat, Herbert cueillit Marjorie d'une main puis, après un coup d'œil vers l'escalier, il contourna résolument la machine à balancier. Arthur et les autres suivirent. Herbert passa un angle et Marjorie eut un petit cri. « Je le vois ! »

Une espèce de grosse bobine était posée là, sur un chariot.

« En êtes-vous sûre ? dit Willbury. Je ne vois qu'une espèce de grosse bobine.

— Et c'en est une ! pépia Marjorie, émoustillée. Jusqu'au moment où vous y faites passer du courant électrique ! Plus qu'à l'alimenter d'une bonne dose de courant pour offrir à ce rat la surprise de sa vie !

— Qu'attendez-vous de nous ?

— Voyons... Quand nous mettrons la chose en marche, il faudra faire en sorte que ce soit le monstre en armure qui vienne à l'aimant, et non l'inverse. Si nous parvenons à intercaler quelque chose de vraiment solide entre cette bobine et le monstre, elle devrait rester en place, assura Marjorie de sa voix fluette.

Une espèce de grosse bobine était posée là, sur un chariot.

— Pourquoi pas le mur du fond, là-bas ? dit Arthur. En plus, il est tourné vers l'Hôtel de Ville.

— Bonne idée, approuva Marjorie.

— Mais... et toutes les machines, ici ? s'alarma Willbury. Elles ne vont pas être attirées aussi ?

— Hmmm, il va nous falloir fixer l'aimant au mur. Certaines des pièces libres sur ces machines s'envoleront sans doute vers lui, mais le plus gros m'a l'air fermement vissé au sol. »

Fretin émit un gargouillis et Titus traduisit en choutrogne à l'oreille de Willbury.

« Titus me signale que les bricoliaux proposent leur aide, résuma Willbury. Ils sont très doués pour ce genre de choses.

— Génial ! piailla Marjorie, se tournant vers les intéressés. Vous voulez bien fixer cette bobine au mur, là-bas ? »

Les bricoliaux sourirent et Fretin gargouilla quelque chose. Titus transmit le message à Willbury, qui le fit passer à Marjorie : « Pour ma part, précisa-t-il, je n'y comprends rien ; mais eux voudraient savoir si vous

aimeriez qu'ils refassent le branchement de manière à pouvoir mettre la chose en marche d'ici plutôt que du sous-sol.

— Quelle bonne idée ! Ce serait merveilleux, pépia Marjorie. Pourraient-ils nous installer ça dans la cabine de contrôle ? Et brancher la bobine directement sur les générateurs ? »

Babouche acquiesça énergiquement et les bricoliaux se mirent au travail. Marjorie se tourna vers le capitaine : « Il va nous falloir le plus de courant possible, pour attirer ce rat-éléphant. Vos hommes pourraient-ils commencer à charger la chaudière ? La machine à balancier, qui alimente les générateurs, doit fonctionner à plein régime.

— Aucun problème ! répondit le capitaine. Faire chauffer une chaudière à blanc, ça nous connaît. »

Tout l'équipage du bateau-laverie se mit en devoir de bourrer de charbon jusqu'à la gueule la chaudière de la machine à vapeur. Comme celle-ci était encore chaude, le grand bras du balancier ne tarda pas à s'activer et le volant à tourner gaiement.

Marjorie pria Willbury de la transporter dans la cabine de contrôle; Arthur et Titus suivirent. À l'intérieur, sur l'établi, traînaient les ailes d'Arthur et un étrange objet muni de deux petits entonnoirs, que Willbury montra à Marjorie.

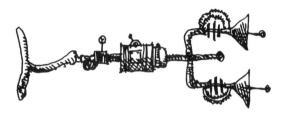

Un étrange objet muni de deux petits entonnoirs

« Ce ne serait pas à vous, par hasard ?

— Euh, fit Marjorie, gênée. Si. »

Arthur n'écoutait pas. Il inspectait ses ailes. Cette fois, au moins, ils n'avaient pas eu le temps de les démonter.

Willbury posa Marjorie sur le tableau de commande. Elle étudia les différents boutons et manettes, puis désigna un cadran. «Celui-ci, dit-elle de sa voix flûtée, indique la pression de la vapeur… Et cette manette lance les générateurs. Arthur, tu veux bien la mettre en position haute, s'il te plaît?»

Arthur obéit. Aussitôt s'éleva un ronronnement très doux, qui s'amplifia, s'amplifia jusqu'à se faire vrombissement et emplir tout le laboratoire. Sur l'un des cadrans, une aiguille se mit à monter.

«J'ai une question, dit soudain Arthur. Comment faisaient-ils fonctionner l'électro-aimant quand la machine n'était pas en marche?

— Bonne question; il y en a, là-dedans! le taquina Marjorie. Tu vois ces grands récipients de verre?

— Oui.

— Ce sont des "batteries". Elles stockent du courant. Assez pour clouer Herbert au plafond, pas assez pour ce que nous voulons faire. C'est pour ça que j'ai demandé aux bricoliaux de relier la bobine directement aux générateurs. Bien! Plus qu'à attendre que cette aiguille entre dans le rouge.

— Ce n'est pas dangereux, vous êtes sûre?

— Sûre, non, avoua Marjorie. Mais ça devrait aller… au moins pour un temps.»

L'équipe chargée de garnir la chaudière excellait. Le balancier accélérait la cadence, les générateurs ronflaient. Bientôt, l'aiguille atteignit le rouge.

«Arthur, pria Marjorie, tu peux aller demander aux bricoliaux de s'écarter de la bobine, à présent?»

Arthur ouvrit la porte de la cabine et cria bien fort: «Attention, attention! L'aimant va entrer en action, écartez-vous tous! Je répète: écartez-vous tous!»

À sa surprise, instantanément, tous les bricoliaux lâchèrent leurs outils et coururent à l'autre bout du laboratoire. Il se tourna vers Marjorie : «Voilà, ils sont tous à l'abri.

— Parfait ! pépia Marjorie. Tu veux bien tourner ce bouton ? » Arthur parut incertain. « N'aie pas peur. Que veux-tu qu'il arrive ? »

Arthur hésita une seconde encore, puis il tourna le bouton.

Dans le laboratoire, tout ce qui était en fer et libre ou mal fixé s'envola. Outils, vis, écrous, pièces détachées, maillons de chaîne, timbales et gamelles variées, sans parler d'une poignée de porte, tout prit la voie des airs et le chemin le plus court pour aller se plaquer sur l'aimant, en décoration insolite.

« Puissant, n'est-ce pas ? » dit Marjorie, en extase.

En tête du cortège se dandinait Grapnard, sur le dos de son rat éléphantesque. Sa clique le suivait de près, armée de tromblons et autres instruments de combat, les chiens fromagiers sur les talons.

Les volets s'ouvraient, les portes s'entrebâillaient...

Chapitre 50

MAGNÉTISME

Petite cité singulière, Pont-aux-Rats avait connu bien des spectacles aussi singuliers qu'effarants, mais aucun à ce jour, sans doute, plus effarant ni singulier que celui qui s'offrait dans les rues en cette aube d'automne.

En tête du cortège se dandinait Grapnard, sur le dos de son rat éléphantesque. Sa clique le suivait de près, armée de tromblons et autres instruments de combat, les chiens fromagiers sur les talons. Sous le ventre traînant de la bête, la barde de fer lançait des étincelles chaque fois qu'elle heurtait les pavés. Le vacarme arrachait du lit les populations ratipontaines et, à l'approche de la procession, les volets s'ouvraient, les portes s'entrebâillaient... pour se refermer aussitôt, à grand bruit de verrous tirés.

Ravi de la terreur provoquée, Grapnard voguait sur un nuage. Il n'avait pas connu pareil bonheur depuis... oh! depuis des années, peut-être jamais encore. Que la vie était donc belle!

«Hôtel de Ville, à nous deux!» murmura-t-il, les

… pour se refermer aussitôt, à grand bruit de verrous tirés.

yeux sur la rangée de boutiques qu'il longeait présentement. Son regard tomba sur une enseigne de prêteur
sur gages. « Hé hé ! Il y a sûrement des choses intéres-
santes, là-dedans… »

Il immobilisa sa monture et se tourna vers sa suite
qui avait dû stopper net.

« Désolé, les gars, mais… c'est plus fort que moi !
dit-il, et il dirigea son rat d'assaut sur la boutique.
Vas-y, mon tout beau : charge ! Montre ce que tu sais
faire. »

Durant une fraction de seconde, Framley ne bougea
pas. Puis il se rappela qu'il était gros, jugea la bâtisse
bien petite et bien frêle… et fonça.

La boutique n'opposa guère de résistance. Quelques
instants plus tard, son précieux contenu jonchait le
pavé : bijoux, chandeliers et autres objets précieux
remis en gage par des emprunteurs… Avec des glapis-
sements de joie, la clique se rua pour faire cueillette.

« Ça va être un vrai jeu d'enfant ! hennit Grapnard.
Servez-vous, les gars ! Vous gênez pas ! »

Et il relança sa monture, droit vers la place du marché.

Chemin faisant, deux ou trois autres boutiques à son
goût se firent éventrer et vider de la même façon en un
rien de temps.

Sur la place du marché, au pied de l'Hôtel de Ville, le grand Maître arrêta le cortège, se tourna vers ses Affiliés et corna : « C'est maintenant que l'amusement commence ! Préparez-vous pour l'assaut !

— Oh ! pria Grichouille, s'approchant. Est-ce qu'on pourrait tirer du canon, aussi ? J'adore quand ça fait *boum* ! Oh, s'il vous plaît, Maître, un peu de canon ! »

Du haut de son perchoir, Grapnard lui adressa un bon sourire. « D'accord, Grichouille. Vous avez été si braves, tous. Va pour le canon. » Il leva un bras. « Préparez-vous à tirer ! En joue !... »

Les canonniers s'apprêtèrent, les autres braquèrent leurs tromblons sur l'Hôtel de Ville.

Grapnard abaissa le bras. « ... Feu ! »

La boutique n'opposa guère de résistance.

Mais à la seconde même où rugissait la poudre, un phénomène des plus étranges se produisit, semblant défier les lois de la nature : après avoir fusé vers la cible, toute la mitraille des tromblons et les boulets de canon eux-mêmes perdirent de la vitesse à vue d'œil... Et, brutalement, comme s'ils changeaient d'avis, ces projectiles se détournèrent pour un retour à l'envoyeur !

Les canonniers s'apprêtèrent à tirer.

« À terre ! » hurla Grapnard, se plaquant contre son rat.

Ses hommes se jetèrent à plat ventre, sous les missiles qui sifflaient au-dessus de leurs têtes comme pour retourner droit au Castel Fromager. La clique n'en croyait pas ses yeux.

« On recommence ! aboya Grapnard. En joue !… »

Ses hommes se relevèrent, mais voilà qu'à présent, c'étaient leurs armes, en plus de leurs munitions, qui semblaient décidées à reprendre le chemin de la maison. Mieux : elles les forçaient à faire de même !

Les hommes se jetèrent à plat ventre.

*Leurs munitions semblaient décidées
à reprendre le chemin de la maison.*

« Maaaître... bêla Grichouille, hagard. Il se passe des choses !

— Tenez bon ! » jappa Grapnard. Mais déjà ses hommes, terrorisés, lâchaient tromblons et munitions pour échapper à cette force invisible qui les entraînait à travers la place.

« Reeechargez les canons ! » tonna Grapnard.

Les deux hommes aux flancs du rat géant sortirent chacun un boulet de son coffre. Mais aucun d'eux n'eut le temps de recharger son arme que chacun décollait de sa plate-forme et s'envolait en hurlant, cramponné à son boulet.

« C'est de la sorcellerie ! vagit un Affilié.

— Sauve qui peut ! » chevrota un autre.

Et ils s'égaillèrent en tous sens.

Les Ratipontains, derrière leurs volets clos, auraient pu – et dû – s'affoler du vacarme. Mais, outre que le tonnerre couvrait en partie le concert, ils avaient leurs propres soucis : dans chaque foyer, des objets prenaient vie. Poêles et poêlons allaient se plaquer au mur, réchauds et lits de fer partaient en balade. Des dames

en corset à baleines d'acier se retrouvaient plaquées au mur avec casseroles et fourchettes. Un malheureux qui s'était fait faire des fausses dents du même métal s'agrippait éperdument à une table, des chiens à collier clouté glissaient sur les pavés, à reculons, crissant de toutes leurs griffes – le tout en direction du Castel.

Grapnard y perdait son latin. Abasourdi, il regardait passer à travers la place les objets les plus divers – un vélocipède sans vélocipédiste, un banc de jardin, des bidons –, tous très pressés. Il se pencha vers les oreilles de son grand rat et lui siffla : « Il n'y a plus que nous deux, Framley ! À l'assaut ! » Et il orienta sa monture vers l'Hôtel de Ville. L'Ultra Maousse gémit tout bas. « Va, mon Invincible ! » insista Grapnard.

Grapnard y perdait son latin.

Framley semblait très perturbé. Ses pattes se démenaient sur le pavé mouillé, mais au lieu d'avancer... Au lieu d'avancer, Grapnard et lui, insidieusement, commençaient à reculer.

À l'intérieur du laboratoire, Arthur et les autres s'inquiétaient des bruits insolites qui leur parvenaient du dehors : des sifflements, des crissements, qui s'amplifiaient, s'amplifiaient, puis s'achevaient en sons mats, en bruits de choc, des *boum !* des *plom !* des *pang !* des *clang !*...

« On devrait peut-être aller voir ce qui se passe ? dit Arthur à Tom.

— Ce qui se passe ? répondit Tom. Facile à deviner ! Et mieux vaut rester à l'abri de ce bombardement, crois-moi. D'autant qu'il risque d'y avoir, dehors, des gens pas contents du tout. »

Pendant ce temps, sur la place du marché, Grapnard venait de voir le dernier boulet de canon se libérer de lui-même et prendre la voie des airs. Sa monstrueuse monture reculait toujours malgré elle, et de plus en plus vite, en dépit de ses efforts pour planter ses griffes entre les pavés. Les crissements de l'armure sur le sol étaient à faire grincer des dents.

« Mon pauvre Horribilis ! » lui dit Grapnard.

Framley répondit d'un geignement funèbre.

Pour gagner la place du marché, Grapnard avait pris le plus court chemin. Il découvrait à présent qu'il existait plus court encore : la ligne droite.

Toujours à reculons, le monstre bardé de fer atteignait l'autre côté de la place. Et ce n'est pas vers une rue que pointait son arrière-train, mais vers l'échoppe d'un cordonnier. Voyant venir la catastrophe, Grapnard s'aplatit contre le dos du rat et se cramponna ferme.

La boutique, comme tant de bâtisses à Pont-aux-Rats, était de construction légère; elle ne résista pas trois secondes. Il y eut un immense craquement, puis monture et passager disparurent derrière la façade, laissant une large trouée vaguement en forme de rat. À l'étage au-dessus de l'échoppe, où vivait le cordonnier, on fut un peu surpris de voir cet énergumène à chapeau, criant comme un putois, traverser la pièce sur une plate-forme et redisparaître par le mur opposé. Après quoi, l'Ultra Maousse glissa dans la boue du jardin avant d'emboutir posément la maison suivante.

On fut un peu surpris de voir cet énergumène à chapeau,
criant comme un putois, traverser la pièce sur une plate-forme
et redisparaître par le mur opposé.

Son armure protégeait Framley tandis qu'il défonçait bâtisse après bâtisse – toutes de piètre qualité, il faut l'admettre –, mais Grapnard commençait à souffrir de quelques contusions. Et tous deux ne cessaient de prendre de la vitesse.

Pour finir, après avoir cassé bien du bois et fait voltiger bien des briques, Framley émergea de la pâtisserie qui jouxtait l'auberge, face au Castel Fromager. Il traversa la rue en bolide et alla se plaquer contre le mur du laboratoire, dans un nuage de sucre glace et de miettes de gâteau.

Tout le bâtiment trembla.

«Je crois que voilà quelqu'un!» pépia Marjorie, et Herbert pouffa de rire.

«Arthur, dit Willbury, pourrais-tu grimper jusqu'à l'une de ces fenêtres et nous dire ce que tu vois dehors?»

Arthur redescendit de la cabine et alla chercher un grand escabeau qu'il avait repéré. Il le plaça sous la fenêtre la plus proche de l'électro-aimant et grimpa. «C'est bien Grapnard et son rat monstre, annonça-t-il. Ils n'ont pas l'air de très bonne humeur…

— Maintenons-les où ils sont, alors», commenta Willbury.

Arthur regarda plus attentivement. «Hum! ce n'est peut-être pas une très bonne idée.

— Pourquoi donc?

— Parce que… à cause de l'aimant, Framley est à moitié écrasé par son armure. Il a l'air prêt à éclater d'une seconde à l'autre!

— Marjorie, demanda Willbury, pouvons-nous réduire la puissance de l'aimant, juste un peu?»

Marjorie parut incertaine. Les hommes chargés d'alimenter la chaudière ne faiblissaient pas et les générateurs tournaient à plein régime.

«Malheureusement, dit-elle, avec le courant électrique, c'est du tout ou rien: allumé ou éteint. Le seul moyen de calmer cet aimant sans tout couper, c'est de

ralentir les générateurs. Ce qui va demander plusieurs minutes, même en cessant de garnir la chaudière et en relâchant de la vapeur...

— Vite! cria Arthur à la fenêtre. Framley va exploser...

« Framley est à moitié écrasé par son armure.
Il a l'air prêt à éclater ! »

— Alors ? demanda Willbury à Marjorie.

— Peut-être qu'en coupant le courant quelques secondes...

— Alors, faites-le ! décida Willbury.

— Herbert ? pépia Marjorie. Vous voulez bien me soulever, que je puisse atteindre cet interrupteur ? »

Marjorie recula vivement.

Mais le bouton était brûlant. Marjorie recula vivement sans même l'effleurer.

« Laissez-moi faire ! dit Herbert, allongeant le bras vers le bouton, mais lui aussi recula d'un bond. Aïe ! ça brûle comme le diable ! »

Alors, Willbury s'emmitoufla la main de son mouchoir et fit un essai à son tour. Peine perdue : pour cause de surchauffe, l'interrupteur avait fondu. Il ne risquait plus de répondre.

Willbury n'hésita pas. À pleine voix, il lança à travers le laboratoire : « Évacuation immédiate ! Je répète : évacuation immédiate ! Risque d'explosion, et ce qui reste de ce labo ne tiendra pas debout ! »

Herbert cueillit Marjorie et sortit en trombe de la cabine de contrôle, Titus et Willbury sur les talons. Du haut des marches, Willbury lança de nouveau, haut et fort : « Tout le monde dehors, vite ! Mais surtout pas par la trouée dans le mur : c'est trop près du rat monstre ! Passez par le hall d'entrée ! »

Tous se précipitèrent – bricoliaux et chauffeurs de chaudière inclus. Willbury se retourna pour vérifier qu'Arthur suivait et le surprit en train de regagner la cabine à toutes jambes. Il éclata :

«Arthur! Mais où vas-tu?

— Chercher mes ailes!» répondit Arthur sans se retourner.

Il gravit les marches quatre à quatre, s'engouffra dans l'habitacle, empoigna ses ailes sur l'établi, s'en harnacha en un tournemain. Puis il saisit le petit prototype de Marjorie et ressortit d'un trait. Sitôt sur la plate-forme, il remonta le ressort de ses ailes aussi vite qu'il put.

Par-dessus le ronflement des machines en fièvre, il entendit Willbury l'appeler depuis la porte du hall. «Arthur! Aaaarthur!»

Il se retourna. Le dernier des fifrelins franchissait la grande porte devant Willbury, qui attendait toujours.

Arthur régla sa molette de vol, il pressa sur les deux boutons et sauta.

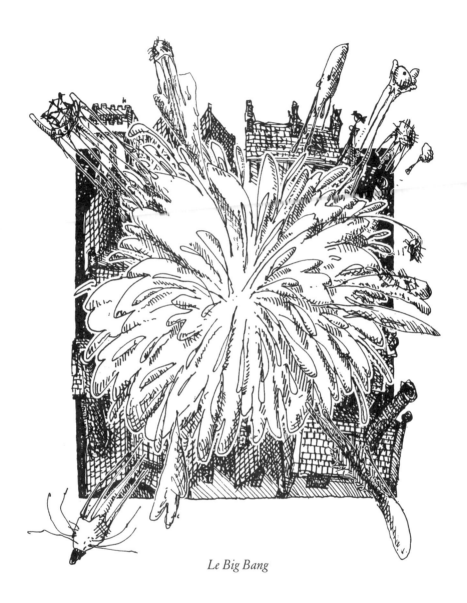

Le Big Bang

Ce n'était pas jour de chance pour Grapnard.

Chapitre 51
LE BIG BANG

Ce n'était pas jour de chance pour Grapnard. Sa prise de l'Hôtel de Ville avait échoué; ses fidèles s'étaient volatilisés; il s'était fait traîner comme un ballot à travers les rues – ainsi qu'à travers un certain nombre de bâtisses – et, à présent, en plus de l'eau du ciel, il recevait sur lui une pluie de petits objets de fer et d'acier venus de partout. Que pouvait-il arriver de pire?

Au-dessous de lui, l'armure qui avait protégé le rat monstre donnait des signes de fatigue. L'Ultra Maousse, comprimé, commençait à déborder aux jointures, pareil à un ballon écrasé.

Puis ce fut le drame.

Framley n'avait rien avalé depuis son dernier « agrandissement ». Il avait beau étouffer sous sa coque de fer, il se sentait comme un petit creux. Or, justement, par terre, à portée de museau, traînait un éclair au café. Ce n'était pas un gros éclair, à peine un petit four, mais ce serait mieux que rien en attendant la prochaine ventrée de fondue. Il allongea le nez, aspira l'éclair, avala.

Par terre, à portée de museau, traînait un éclair au café.

L'effet fut instantané : il y eut un claquement géant, comme un bruit de baudruche qui explose, et tout devint jaune.

Ce n'était pas un gros éclair…

LÉGENDE

JAUNE
PRIMEVÈRE

ÉCHELLE 1/400

Tout devint jaune

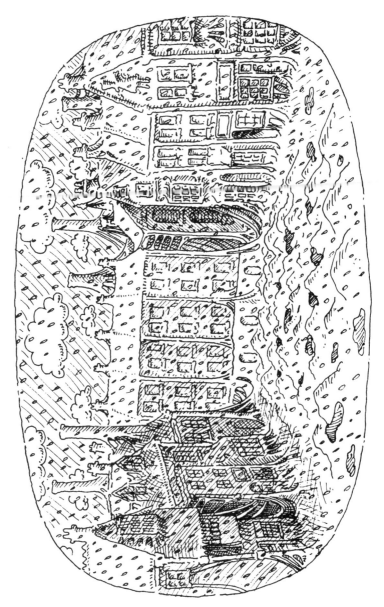

Tout avait disparu sous une fine pellicule élastique

Les deux souris dans leur carafon

Chapitre 52

Sous pellicule...

Arthur vola d'un trait jusqu'à la porte du laboratoire où Willbury l'attendait. Lorsque le vieil avocat fut certain que le garçon suivait le mouvement, il s'élança vers la sortie. Arthur le suivit.

Mais en plein vol, au milieu du hall, Arthur se rappela soudain les deux souris dans leur carafon. Il fit demi-tour, se rua dans le salon présidentiel, se posa et prit le carafon en hâte. Il s'élançait de nouveau, en courant, vers la sortie, lorsqu'une violente explosion dans son dos le projeta en avant.

Le souffle fut si puissant qu'Arthur se retrouva dehors, propulsé dans les airs – mais une main ferme l'attrapa et le plaqua au sol. Alors il sentit quelque chose d'épais et de poisseux l'ensevelir, et un étrange silence se fit.

Arthur tenta de se redresser. Il était sous une sorte de toile de tente, jaune tendre, élastique et molle, sentant le fromage à plein nez. Non sans effort, il libéra ses mains et, d'un doigt, perça la membrane jaune. En

forçant un peu plus, il parvint à élargir le trou et put s'extirper de cette housse. Des filaments de fromage pendaient à ses ailes.

Il cligna des yeux. La rue était tapissée de jaune luisant, tout avait disparu sous cette fine pellicule élastique. Il se retourna vers le Castel Fromager; il n'en restait plus rien qu'un monticule de hauteur modeste, nappé de jaune. Les bâtisses alentour présentaient toutes des façades jaunes mais semblaient intactes, hormis la pâtisserie d'en face, à côté de l'auberge, largement éventrée

D'un doigt, il perça la membrane jaune.

Où sont les autres? songea-t-il soudain. Il regarda à ses pieds. Sous la membrane de fromage, des formes s'agitaient, certaines commençaient même à percer à l'air libre. La plus proche semblait bien être Willbury, immobile et plat comme une galette. Arthur se précipita et entreprit d'arracher la pelure de fromage.

«Willbury… Willbury, s'il vous plaît… répondez! Ça va?»

Un grognement étranglé se fit entendre. Arthur acheva de déchirer la pellicule et Willbury émergea.

Il entreprit d'arracher la pelure de fromage.

«Merci, Arthur! dit-il, débarrassant sa perruque des filaments de fromage. Vite, aidons les autres à se dégager!» Il se tut net. «Marjorie? Où est Marjorie?

— Avec Herbert, non?

— Non, je la lui avais reprise… Elle a dû m'échapper des mains quand j'ai bondi pour te rattraper.»

Ils inspectèrent la pellicule jaune plaquée sur les pavés. Arthur n'y voyait nulle forme qui pût être Marjorie. C'est alors qu'il leva les yeux vers l'auberge, et là, sur la porte d'entrée, se distinguait un parfait moulage de Marjorie.

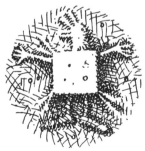

… un parfait moulage de Marjorie.

« Je la vois ! » cria Arthur, la désignant du geste.

Willbury fut le plus preste. C'est lui qui dégagea Marjorie.

Elle toussa un bon coup. « Beuark ! Horreur du fromage ! »

Quelques minutes plus tard, chacun s'était dépiauté de ses pelures indésirables et le groupe s'était reformé, encore sous le choc mais plutôt réjoui et soulagé – à l'exception du capitaine et des bricoliaux, qui tous avaient la mine longue. Il faut dire, pour ce qui est des bricoliaux, que leurs cartons déjà ramollis avaient beaucoup souffert du dernier aléa, de sorte qu'être vus en si piètre tenue les démoralisait un peu. Quant au capitaine...

Arthur se souvint soudain du carafon, et courut à l'endroit où il devait se trouver, sous le fromage. À sa consternation, le verre était brisé. Juste à côté, deux souris minuscules gisaient sur le pavé.

« Capitaine ! appela-t-il. Vous pourriez venir, s'il vous plaît ? » Le capitaine le rejoignit en trois bonds. « Ce ne seraient pas Levi et Piccalilli ?

— Hum, si, dit le capitaine. Je les reconnaîtrais entre mille, le format n'y change rien. Mais... ils ne bougent pas. » Délicatement, il les prit dans ses pattes et les examina de plus près. « C'est bien eux, et pourtant... je leur trouve le ventre bien rond et... Oh ! ils ont des fils de fromage au museau ! » Son regard s'éclaira. « Et ils respirent !!! »

Levi et Piccalilli commencèrent à s'agiter et à pousser de petits grognements.

« Ils se sont gorgés de fromage, tout bonnement ! » s'écria le capitaine, soulagé. Et il glissa les deux lascars dans sa poche, avec soin.

Le capitaine les prit dans ses pattes et les examina de plus près.

« À votre avis, où sont passés Grapnard et Framley ?
demanda Arthur lorsqu'ils eurent rejoint le groupe.

— Pour Framley, je pense qu'on le devine, répondit
Willbury avec un bref regard circulaire. Paix à son âme,
le pauvre bougre. Mais pour Grapnard… Je crois que
nous ferions bien de chercher à le savoir. »

*Il entraîna le groupe vers le monticule
qui avait été le Castel Fromager.*

Il entraîna le groupe vers le monticule qui avait été le Castel Fromager et ils le contournèrent pour gagner l'arrière. La pluie commençait à former des flaques çà et là, sur la pellicule de fromage. Dans la rue de derrière, ils cherchèrent des traces de Grapnard. En vain.

Une demi-heure plus tard, ils s'apprêtaient à renoncer lorsqu'un étrange grondement se fit entendre. C'était sourd et continu, et cela provenait des profondeurs, sous leurs pieds. Les fondations de l'ancien Castel, fort anciennes, avaient déjà beaucoup souffert de la montée des eaux et le choc de l'explosion venait d'avoir raison d'elles. Le grondement allait croissant; bientôt, le sol se mit à trembler. Arthur, les yeux sur le monticule, vit des ridules se former à la surface des flaques. « Willbury ! dit-il. Regardez ! Regardez ces rides sur l'eau !

— Vite ! cria Willbury à la ronde. Vite, tout le monde ! Écartez-vous ! »

Le grondement se fit assourdissant, et le monticule se mit à trembler. Chacun recula vivement, et tous, à distance prudente, regardèrent le monticule s'effondrer

« Willbury ! Regardez ! Regardez ces rides sur l'eau ! »

sous terre à vue d'œil, dans un immense bruit de succion.

Au même instant, à travers la ville, les plaques de tôle obturant les accès à l'En-dessous sautèrent en l'air comme bouchons de champagne et, dans les bois, les blaireaux courvites fusèrent de leurs terriers à la façon de boulets de canon, avec tant de force qu'ils furent propulsés dans le comté voisin.

Quant aux lapinelles, par bonheur pour elles et pour leurs familles d'adoption, elles avaient muni leurs galeries de portes si robustes que rien, chez elles, ne souffrit du souffle souterrain.

Dans le calme revenu, le petit groupe se risqua en avant pour jeter un coup d'œil au trou. Profond d'au moins vingt pieds, il était entièrement tapissé de fromage. Tout au fond clapotait de l'eau.

« Sacré trou ! commenta Rollmop.

— Pour ça, oui, dit Tom.

— Dommage que les parois soient jaunes, reprit Rollmop. En bleu, ça ferait piscine.

— C'est quoi, une piscine ? » s'enquit Arthur.

Willbury sourit. « Nous ferions mieux de regagner le bateau, pour aller rassurer ton grand-père et les autres. Rollmop t'expliquera plus tard ce qu'est une piscine. »

« Sacré trou ! »

Puis il avisa le petit air chiffonné des bricoliaux.
«Nous vous trouverons de beaux cartons neufs, leur
promit-il. Sinon, je vous en ferai faire.»

Les bricoliaux rayonnèrent. Jamais ils n'avaient eu
de cartons neufs.

«J'en suis contente pour eux, dit Marjorie, sincère.
Mais… et nous autres, les rapetissés ?

— Attendez !» s'écria Arthur, se souvenant du prototype, et il courut d'un trait là où il avait retrouvé le
carafon. L'invention de Marjorie gisait non loin, sous
la pellicule, aisément reconnaissable à ses deux entonnoirs. Arthur la dégagea avec soin et rejoignit les autres
au galop.

Marjorie eut un petit cri de joie. «Oh! Arthur, ma
redimensionneuse ! Merci, merci !»

Willbury prit l'engin des mains d'Arthur et ravala
un soupir. «Ce n'est pas pour vous décevoir, Marjorie,
mais… où comptez-vous prélever de quoi récupérer
votre taille normale, à présent que Framley n'est plus ?»

Elle s'assombrit. «Je n'avais pas pensé à ça…

— Il y a sûrement un moyen, hasarda Arthur.

— Nous y réfléchirons», dit prudemment Willbury.

Ils repartirent vers le canal. Autour d'eux, la ville se

*« Où comptez-vous prélever de quoi
récupérer votre taille normale ? »*

risquait enfin à mettre le nez dehors. On rouvrait les
volets, on sortait dans la rue. Les plus hardis gagnaient
les lieux de la catastrophe et contemplaient le trou
à l'emplacement du Castel, et les façades alentour
repeintes en jaune fromage. Quant aux fifrelins, les
épreuves traversées les avaient transformés : même Titus
croisait les passants tête haute, son chou bien droit sur
le crâne, de façon totalement non choutrognesque.

Ce qu'aucun n'avait noté, c'est que le pignon de la
pâtisserie éventrée s'ornait d'une statue inédite, sorte de
figure de proue représentant un bonhomme en haut-
de-forme, manifestement furibard. Et cette statue sous
pellicule commençait à glisser vers le bas du mur…

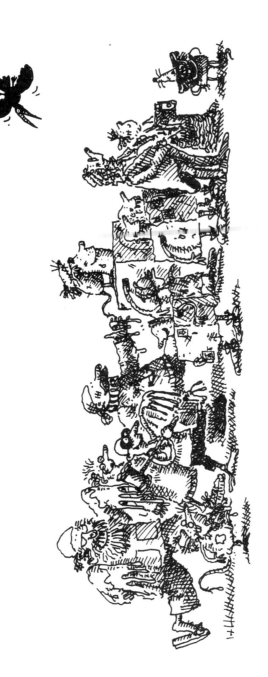

Elle descendit en piqué.

Un corbeau apparut, qui volait droit vers eux.

Chapitre 53

AU NOM DE LA LOI

Épuisés et couverts de filaments de fromage, mais soulagés et plutôt fiers d'avoir sauvé la ville, nos héros regagnaient le bateau-laverie. La pluie avait enfin cessé et, tout à coup, un corbeau apparut, qui volait droit vers eux. C'était Mildred.

Elle descendit en piqué, puis tournoya au-dessus des têtes en coassant : « C'était quoi, c'était quoi, tous ces bruits, par là-bas ? Un grand *boum !*, un grand *crac !*, c'était quoi, c'était quoi ? »

Tous sourirent, et Willbury répondit : « Ce sera long à raconter, mais nous ramenons Marjorie, et Levi, et Piccalilli… Et Grapnard a raté son coup.

— Tout le monde est sauf ? s'inquiéta Mildred.

— Il semblerait, répondit Rollmop. Enfin… Marjorie, Levi et Piccalilli sont encore un peu petits… »

Marjorie étouffa un piaulement morose.

« Et Framley a éclaté, ajouta Arthur.

— C'était ça, le grand *boum !*, compléta Tom. Pour Grapnard, on ne sait pas trop. Il a disparu.

— Éclaté ? s'étonna Mildred. Framley a éclaté ?

— C'est une longue histoire, reprit Willbury. Regagnons le bateau, nous la raconterons à tout le monde à la fois.

— Je vais prévenir Bon-papa », décida Mildred.

Arthur eut une idée. « Tu m'attends ? lui dit-il. Je viens avec toi. »

Et Mildred, les yeux ronds, vit le garçon tourner la manivelle du coffret sur son estomac. Puis Arthur pressa un bouton et ses ailes se déployèrent.

« C'est quoi, ces fils qui pendouillent ? »

« Wouah ! s'écria l'oiselle. Super, tes ailes ! Mais… c'est quoi, ces fils qui pendouillent ?

— Du fromage ! » gloussa Rollmop.

Arthur ploya les genoux, sauta en l'air et pressa l'autre bouton. Mildred s'écarta d'un battement d'ailes. Le garçon la rejoignit dans les airs.

« À tout de suite ! leur lança Willbury. Mettez le chocolat à chauffer ! »

Par-dessus les toits, les cheminées, Arthur suivit Mildred en direction du bateau. Dans les rues, les nez

D'autres corbeaux vinrent se joindre à eux.

se levaient, les têtes se tournaient pour suivre des yeux le garçon et l'oiseau.

« Ils n'ont jamais vu personne voler ? » coassa Mildred.

Arthur exultait. Quelle ivresse de voler en plein jour, dans un air limpide, lavé par la pluie ! Aux abords du bateau, d'autres corbeaux vinrent se joindre à eux. Arthur repéra Bon-papa, debout sur le pont principal, et lui adressa un petit signe. Bon-papa répondit. À l'évidence, il avait le sourire.

« Tout va bien ! lui annonça Arthur.

— À la bonne heure ! dit Bon-papa.

— Vite ! il faut mettre le chocolat à chauffer, ajouta Arthur, se posant. Les autres arrivent ! »

Bon-papa vint à lui et ouvrit grands les bras. « C'est bon de te voir en un seul morceau !

— Pas fâché de te revoir aussi », avoua Arthur.

Bon-papa relâcha son étreinte. « Allons préparer ce chocolat. Le laitier est passé, et l'eau chaude ne manque pas.

— On s'en occupe ! coassa Mildred. Tu nous donnes un coup de main, Arthur ? »

Il la suivit en bas, et ils remontèrent juste à temps pour l'arrivée des autres. Peu après, tout ce petit monde était assis sur le pont, très occupé à rire, à échanger des récits, à boire du chocolat chaud. Même Marjorie semblait moins mélancolique, son prototype à côté d'elle.

C'est alors qu'un coup de sifflet impérieux s'éleva du chemin de halage, et chacun tourna la tête. Les perdriols !

« Bonté divine, gémit Willbury. Il n'y a donc pas moyen d'avoir la paix ? » Il se leva et gagna la passerelle, suivi de la bande au complet.

Les perdriols avaient mis pied à terre et sortaient leur arsenal de matraques et menottes. Le brigadier-chef vint se planter au pied de la passerelle, une liasse de papiers à la main. Le nez sur le premier feuillet, il s'éclaircit la voix.

« Au nom de la loi, j'arrête toutes les personnes présentes sur ce bateau, ci-devant connu sous le nom de Laverie Nautique Ratipontaine, pour infraction aux lois n°... » Il s'interrompit, chercha dans ses papiers.

« Au nom de la loi, j'arrête toutes les personnes présentes sur ce bateau... »

« … C35… D11… Y322… T14… W24a… W24b… Q56… W4711… T2204…. du code pénal ratipontain. Je prononce également leur inculpation sous les chefs suivants : …» De nouveau, il farfouilla dans sa liasse. «Destruction en bande organisée de bâtiment public de classe 6… Évasion de garde à vue… Tapage nocturne et production de musique sans licence, nuisances sonores entre onze heures du soir et six heures et demie du matin, ainsi que… quatorze autres chefs d'inculpation.»

Willbury leva la main. «Si je peux me permettre, sir, je dirai que jeter la première pierre ne sied guère à quelqu'un qui s'est rendu complice d'enlèvement, d'emprisonnement abusif, de recel de marchandises

« Si je peux me permettre, sir… »

volées, de complot en vue de la destruction d'un bâtiment public de classe 1, sans parler de l'affiliation à une société secrète interdite par la loi, coupable de chasse au fromage illégale et d'expérimentation sans licence sur des êtres vivants.»

Le brigadier-chef plissa le front. « Qu'entendez-vous par là ?

— Je l'expliquerai devant un tribunal ! rétorqua Willbury. D'ailleurs, tant que nous y sommes, j'ai une autre affaire à voir avec vous. » Il fit signe à Herbert et Bon-papa d'approcher, et poursuivit pour le brigadier-chef : « Vous souviendriez-vous, par hasard, de cette sombre histoire d'empoisonnement à l'huile de chou, dans une auberge de cette ville, voilà des années ?

— Sûr ! Je venais juste d'entrer dans la police, c'était ma première affaire criminelle. Sale histoire. Nous avions poursuivi l'agresseur à l'arrière de l'auberge, mais il s'était volatilisé.

— Et vous souvenez-vous que l'un des témoins de l'affaire avait également disparu ?

— Oui… Parti souper, d'après Mr Grapnard.

— Souper ? À midi ? Et n'était-ce pas cet homme ? » conclut Willbury, désignant Herbert, qui souriait jusqu'aux oreilles.

Le brigadier-chef regarda Herbert d'un drôle d'air. « Mmoui… Pourrait bien être lui…

— Et moi, je vous dis : c'*est* lui. Et cet homme, mis K.O. par votre cher ami Archibald Grapnard, croupissait depuis lors au fond d'un cachot, sous le Castel Fromager. Enfermé là pourquoi ? Pour l'empêcher de porter témoignage et de faire éclater la vérité. » Willbury se tut un instant, les yeux sur le brigadier-chef. « Le véritable empoisonneur, brigadier, c'était Mr Archibald Grapnard ! Celui à qui, nous en sommes témoins, vous avez donné pleins pouvoirs, justifiant de surcroît un enlèvement d'enfant et le vol d'une paire d'ailes mécaniques – toutes choses dont je témoignerai volontiers devant la justice. Et je compte bien poursuivre, au nom

de mes clients ici présents, ce qui reste de la Guilde Fromagère afin d'obtenir des dédommagements. Cette fois, toute l'affaire éclatera au grand jour.»

Le brigadier-chef blêmit. «Humm... Euh... Doit y avoir malentendu...» Il abaissa sa liasse. «N'avez-vous pas dit que vous étiez en retraite?

— Je l'étais. Mais la loi et le devoir m'appellent.»

Le brigadier-chef se retourna vers ses hommes. «Euh... On rentre au poste. C'est l'heure.»

Les perdriols remontèrent en selle et disparurent sur le chemin de halage sous les hourras du bateau entier.

Arthur leva les yeux vers Willbury et déclara: «Vous êtes fort, dites donc, pour ces trucs de loi!»

Le vieil avocat rit en silence, et se tourna vers Bon-papa. «À mon avis, sir, vous allez pouvoir rester à l'air libre, si le cœur vous en dit.

— Merci», dit simplement Bon-papa, et il serra la main de Willbury.

Sur le pont de la Laverie Nautique Ratipontaine

Petit somme sous le soleil du matin

Chapitre 54

UN PETIT CHEZ-SOI

Le chocolat chaud dégusté et les perdriols repartis tête basse, un aimable vent de détente souffla sur le bateau. Les uns descendirent à fond de cale pour un brin de toilette, les autres optèrent pour un petit somme sous le soleil du matin. Willbury s'approcha d'Arthur et lui dit tout bas : « Je crois que ton grand-père est bien fatigué. Il serait bon qu'il se repose un peu. Que dirais-tu de descendre avec lui dans la cabine du capitaine, avec l'aide d'Herbert par exemple, et de veiller sur lui pendant que je m'occupe de diverses choses ?

— D'accord », répondit Arthur avec un regard affectueux pour Bon-papa. Puis il se retourna vers Willbury, la mine grave. « Ça m'ennuie de vous parler de ça, mais je me tracasse un peu. Je me demande où nous allons habiter, et…

— Ne t'inquiète pas, coupa Willbury, j'ai mon idée. Occupe-toi bien de ton grand-père, c'est tout. Tu lui as manqué, j'en suis sûr. Vous avez du temps perdu à rattraper, tous les deux. »

Arthur accepta d'un sourire et rejoignit Bon-papa et Herbert, en grande conversation tous deux.

«Bon-papa, dit-il, Willbury nous conseille de descendre à la cabine du capitaine, pour que tu puisses te reposer.

— Bon, bon, d'accord. S'il le faut! Cela dit, je me sens tout guilleret, surtout maintenant qu'il ne pleut plus et que mes vieux os commencent à sécher.

— Viens quand même!» dit Arthur en riant. Et Herbert et lui aidèrent Bon-papa à se remettre debout, puis à descendre à la cabine.

Durant les heures qui suivirent, assis auprès de son grand-père, Arthur écouta Herbert et Bon-papa

Herbert et Arthur aidèrent Bon-papa à se remettre debout.

échanger des histoires du temps de leur jeunesse. Herbert semblait avoir recouvré sa mémoire, et Arthur trouvait difficile de s'arracher à leurs récits lorsqu'il lui fallait – trop souvent, à son gré – aller chercher pour ces deux gourmands encore un peu de chocolat chaud et d'autres biscuits. Toutes leurs histoires tournaient autour d'inventions farfelues, d'expériences échevelées ou d'élevage de grenouilles, et c'était passionnant.

Vers la fin de l'après-midi, ils s'assoupissaient doucement, tous les trois, lorsque Bon-papa se tourna vers Arthur et dit : « Nous voici à l'air libre et j'en suis bien content. Non que le temps m'ait duré dans l'Endessous, grâce à toi, mais ce n'est pas un endroit pour grandir. Il te faut du soleil, il te faut des amis. Et, à présent, tu vas avoir les deux. »

Arthur hocha la tête, radieux, et un silence paisible enveloppa la cabine.

Vers sept heures du soir, on frappa à la porte. Arthur, Herbert et Bon-papa émergèrent de leur petit somme pour voir surgir Rollmop, la mine réjouie et de la peinture sur le nez.

« Si vous voulez bien me suivre… Willbury a appelé au rassemblement dans la cale et votre présence nous ferait plaisir.

— Tu as de la peinture sur le nez, lui dit Arthur. Pourquoi ?

— Tu le sauras bientôt », répondit l'ex-pirate, et il repartit vers la cale.

Herbert et Arthur voulurent aider Bon-papa à se lever de son transat, mais ils n'en eurent pas le temps : il était déjà debout. « Qu'est-ce que vous fabriquez, vous deux ? leur dit-il, arrivé à la porte avant eux. Secouez-vous un peu, on nous attend ! »

Ils échangèrent un sourire ravi.

Dans la cale, Willbury avait repris place derrière la planche à repasser, auprès du capitaine. Devant lui était posée l'invention de Marjorie… masquant presque son inventrice, plantée derrière.

Willbury vit Bon-papa entrer sans soutien et il sourit. « Venez vous asseoir à côté de moi, Bon-papa, voulez-vous ? Cette chaise vous attend. »

Bon-papa gagna la chaise réservée pour lui, tandis qu'Arthur et Herbert rejoignaient Rollmop parmi les bricoliaux. Arthur remarqua que bon nombre d'ex-pirates et de rats étaient, eux aussi, tout mouchetés de peinture, et qu'ils le regardaient d'un air malicieux. Puis Willbury reprit la parole.

« Mes chers amis, nous avons un certain nombre de points importants à aborder, et le plus simple, je

Tout moucheté de peinture

pense, est que je les énumère d'abord, après quoi nous les examinerons un à un. » Il se tourna vers Bon-papa. « J'ai déjà pris la liberté de demander à ma logeuse si elle acceptait de louer le deux-pièces vacant au-dessus de chez moi – de *vous* le louer, plus précisément. Elle a consenti et, cet après-midi même, Rollmop et une équipe de volontaires ont tout nettoyé, tout repeint. Il y a même un réduit qui sera parfait pour Herbert, le temps qu'il trouve à se loger. Rollmop s'est chargé d'équiper ces pièces d'un petit mobilier de base, donc vous emménagerez quand vous voudrez. »

Avec un immense sourire, Bon-papa se tourna vers Arthur : « Qu'en dis-tu ?

— Ouimerci ! » répondit Arthur, en un seul mot, comme toujours.

Rollmop et Fretin le gratifièrent chacun d'une bourrade et l'assistance applaudit. Alors, Bon-papa se leva pour parler : « Du fond du cœur, je vous remercie tous, mais… comment payer ce loyer ? Je n'ai pas d'emploi, et pas d'économies non plus.

— Ne vous tracassez pas, intervint Willbury. Cet après-midi même, au greffe du tribunal, j'ai déposé une demande de dommages-intérêts, en votre nom et au nom d'Herbert, contre Grapnard et sa Guilde. En attendant le jugement, si Arthur veut bien rendre de menus services, je me chargerai de ce loyer. »

Les applaudissements reprirent, mais Willbury réclama le silence. « Venons-en à nos amis fifrelins, dit-il, se tournant vers eux. Le problème des accès à l'En-dessous s'est résolu de lui-même, mais… l'En-dessous est encore largement inondé. Quelqu'un a-t-il une suggestion ? »

Marjorie se dressa sur la table à repasser et piailla : « Facile !

« Cet après-midi même, j'ai déposé une demande de dommages-intérêts, en votre nom et au nom d'Herbert. »

— Ah ? fit Willbury, surpris.

— Nous avons une machine à balancier, non ? Ces engins sont conçus pour pomper l'eau. Il suffit de faire descendre un tuyau dans l'En-dessous…

— Je suis sans doute un peu obtus, dit Willbury, mais… que faire de toute cette eau, ensuite ? »

Marjorie parut désemparée. Rollmop leva la main.

Marjorie parut désemparée.

« On pourrait la rejeter dans le canal, dit-il, mais pourquoi ne pas l'amener à ce grand trou, là où était le Castel ? La pellicule de fromage a l'air parfaitement étanche, elle empêcherait cette eau de repartir vers l'En-dessous.

—Votre avis, Marjorie ? » demanda Willbury.

Marjorie réfléchit un instant. « L'idée m'a l'air bonne… Et, une fois l'En-dessous à peu près sec, les bricoliaux devraient pouvoir réparer les conduits et assurer l'étanchéité, je suppose ? »

Les bricoliaux confirmèrent par de véhéments gargouillis. Rollmop leva la main derechef. « Je pourrai les aider ?

— Je n'y vois aucun inconvénient », dit Willbury. Mais il consulta du regard le capitaine. Celui-ci acquiesça. Rollmop parut fou de joie.

« Bien, reprit Willbury. Reste le dernier problème, un problème de taille – je veux dire, de dimensions.

Plusieurs de nos amis ici présents ont été cruellement rapetissés, et nous savons que d'autres, beaucoup d'autres, ont subi le même sort et sont traités comme des bibelots. Il faut leur rendre la liberté et, si possible, leur taille initiale. Mais où prélever ce qui leur manque ? »

Bert avait son idée : « On retrouve les hommes de Grapnard et on les rétrécit tous ! »

Les ex-pirates et les rats l'acclamèrent. Willbury attendit le retour du silence, puis il dit d'un ton ferme : « Je suis désolé, mais je ne saurais admettre le rétrécissement à titre de vengeance. Ne nous abaissons pas à cela. D'autres suggestions ?

— On ne pourrait pas rapetisser des légumes ? proposa Tom. Des céleris-raves, des potirons ? »

Titus frissonna, mais Marjorie pépia : « Ça ne marcherait pas. Il faut prélever sur des êtres animés. Sur des légumes, ce serait très dangereux. On risquerait d'obtenir de curieux résultats.

— Comme des courvites moitié blaireau, moitié patate, par exemple ? demanda Rollmop.

— Par exemple.

— Ce ne serait pas plus mal, commenta Tom.

« Comme des courvites moitié blaireau, moitié patate,
par exemple ?»

— Nous nous en tiendrons aux êtres vivants, dit fermement Willbury. Mais je vois mal lesquels.

— Et si chacun de nous donnait un peu ? suggéra Bon-papa.

— Ça pourrait se faire, dit Marjorie d'une petite voix triste. Mais nous sommes si nombreux à avoir été rapetissés qu'il ne resterait plus grand-chose de vous autres avant même que la différence se voie.

— Il va falloir réfléchir là-dessus, dit Willbury. Ainsi qu'à cet autre problème : comment récupérer tous les fifrelins miniatures, pour commencer ? Ils sont un peu partout en ville et nous ne savons pas où. Sans compter que, même si nous le savions, les reprendre à leurs propriétaires ne ferait que nous attirer de nouveaux ennuis ; or, c'est bien la dernière chose à faire avec le cas Grapnard-Bon-papa à plaider devant le tribunal. »

Un silence navré se fit. Alors, Willbury conclut : « Prenons un peu de repos. Ces derniers jours ont été fatigants et une bonne nuit nous portera conseil. Rendez-vous demain matin ici même, pour lancer l'opération de pompage. Marjorie, je vous confie ce soin ? » Marjorie acquiesça. « Pour ceux qui m'accompagnent maintenant à la boutique : on se retrouve sur le pont ? »

Quelques minutes plus tard, ils étaient tous là, en haut de la passerelle, autour de Willbury : Arthur et les bricoliaux, Titus et le choutrogne miniature, Bon-papa et Herbert, et Marjorie sur l'épaule d'Herbert.

« Voyons, dit Willbury. Sommes-nous bien au complet ?

— Pas sûr, répondit Arthur. La mini-vache d'eau douce ne vient pas avec nous ?

— Non, elle reste ici pour le moment. L'équipage l'adore », expliqua Willbury.

Ils se mirent en chemin et arrivèrent bientôt à la

Willbury ouvrit la porte et s'arrêta, cloué sur place.

boutique. Willbury ouvrit la porte et s'arrêta, cloué
sur place. «Sapristi!»

Devant eux, la boutique resplendissait, propre et nette
et bien rangée. Murs et plafond avaient été blanchis à la
chaux; la vieille bibliothèque, jusqu'alors de guingois,
se dressait droite comme un I, tous les livres en bon
ordre sur ses rayons; le plancher reluisait, encaustiqué
de frais; et contre le mur du fond s'adossaient des caisses
en bois superposées, formant un rangement à casiers
dans lequel tout ce qui avait, jusqu'alors, traîné au petit
bonheur, trouvait sagement sa place. Le lit de Willbury
était fait au carré, des couvertures supplémentaires soigneusement pliées au bas du couvre-pied.

Devant eux, la boutique resplendissait,
propre et nette et bien rangée.

Entendant un crépitement léger, Willbury se tourna vers l'âtre. Un feu y rougeoyait. Il sourit. Son vieux fauteuil était là aussi – lui aussi réparé !

Il se retourna vers sa petite troupe : «Bienvenue, vous tous ! Entrez, je vous prie. Vous êtes chez vous !»

Tous le suivirent et Willbury referma la porte. Puis il détacha une clé de son trousseau et la tendit à Bon-papa. «Ceci est la clé de la porte sur la rue. Allez et venez à votre guise.» Il se tourna vers Fretin. «Veux-tu bien montrer à nos amis leur nouveau logis ?»

Avec un regard complice pour Arthur, le bricoliau ouvrit la voie jusqu'à l'entrée de derrière – et ce fut son tour d'être surpris. Cette entrée, qu'il avait toujours vue sombre, lugubre et un peu miteuse, ruisselait à présent de lumière, pimpante et immaculée. Une lampe tempête allumée pendait au plafond, et tout avait été peint en blanc. Fretin s'apprêtait à mener ses hôtes dans l'escalier lorsqu'il s'aperçut que l'arrière-boutique aussi avait changé. Il courut y regarder de plus près et gargouilla de bonheur. Arthur, Herbert et Bon-papa le rejoignirent, intrigués.

L'arrière-boutique avait tout d'une quincaillerie flambant neuve. Un autre meuble à casiers couvrait les murs, en carton fort celui-là, et les vis et écrous jusqu'alors entassés en vrac y étaient rangés, classés par tailles, dans de petites niches étiquetées.

Fretin siffla d'admiration, mais une nouvelle découverte lui coupa le sifflet. Là, sur le plancher, s'élevait une pile nette et carrée de… cartons tout neufs, tout propres, bien pliés ! Après un instant de stupeur, il s'avança gravement, caressa le carton du haut de la pile… et se retourna pour lancer un gargouillis de joie sauvage.

Il s'avança gravement, caressa le carton du haut de la pile…

Aussitôt, les autres bricoliaux se précipitèrent pour voir, et tous se mirent à pousser des cris de joie. Leurs regards allaient sans cesse des cartons neufs à Arthur, à Herbert et à Bon-papa. Alors Fretin, gentil mais ferme, poussa le trio hors de la pièce. Sitôt la porte refermée, on entendit des bruits variés – crissements de carton déplié, déchiré, petits cris de victoire, bruits de mâchouillement – et, pour finir, la porte se rouvrit. Fretin et ses frères, entièrement vêtus de cartons neufs, se firent admirer sous tous les angles.

Ils se firent admirer sous tous les angles.

Puis Fretin, d'un pas fier, gagna le bas de l'escalier et signala à Bon-papa, Arthur et Herbert de le suivre. Sur le palier, Arthur prit les devants. Il y avait là trois portes. Il ouvrit la première; elle était meublée sobrement, d'un hamac et d'un carton – un de plus. Mais celui-là était à l'envers, pour former une table. Un petit bouquet dans un vase était posé dessus, ainsi qu'un cake aux raisins.

« C'est là, ma chambre ? s'enquit-il par-dessus la rampe.

— Non, c'est celle d'Herbert », répondit Willbury depuis le pied de l'escalier.

Arthur ouvrit la porte voisine. Il y avait là un lit de cuivre et, à sa surprise, un établi avec des outils.

« C'est celle-là, alors ? demanda-t-il.

— Non ! C'est celle de Bon-papa.

— Et j'en suis bien content », dit Bon-papa, passant devant Arthur pour entrer dans sa chambre.

« C'est celle-là, alors ? »

Il regarda l'établi, s'assit sur le bord du lit et eut un sourire de gamin.

Arthur se tourna vers la dernière. « Alors, c'est forcément celle-ci ! » dit-il, et il ouvrit.

La pièce était un peu plus petite que la chambre de Bon-papa et peinte entièrement en blanc, plancher compris. Un carton y tenait lieu de table, comme dans celle d'Herbert, mais il y avait aussi des étagères. Sur celle du haut, une grande bouteille de verre reposait sur le flanc. Et à l'intérieur de la bouteille, il y avait un navire en modèle réduit, reproduction parfaite de la Laverie Nautique Ratipontaine, avec du linge pendu aux gréements. Arthur eut tôt fait de remarquer une petite plaque sur la bouteille, portant l'inscription : « Pour Arthur, de la part de la L.N.R. » Il se tourna vers les autres, des étoiles plein les yeux.

« Ce bateau en bouteille, expliqua Herbert, Rollmop y travaillait depuis leur arrivée à Pont-aux-Rats. Lorsqu'il a appris que tu n'avais plus un seul jouet, il a décidé qu'il serait en de bonnes mains avec toi. »

Arthur fut tout ému. « Je le chérirai toujours », dit-il. Puis, de nouveau, il dévora sa chambre des yeux.

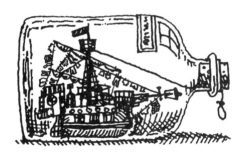

Et à l'intérieur de la bouteille, il y avait un modèle réduit de la Laverie Nautique Ratipontaine.

Un hamac était tendu d'un angle à l'autre. Il se hissa dedans et s'allongea. C'était étonnamment confortable… enfin, hormis cette bosse dure, là, sous sa nuque. Il y porta la main pour retirer la source d'inconfort et… surprise! C'était son pantin qu'il tenait! N'y comprenant plus rien, il vérifia sous sa chemise. Peut-être existait-il *deux* pantins? Mais non, car sous sa chemise, il n'y avait rien.

C'était son pantin qu'il tenait!

Il sauta à bas de son hamac et courut à la chambre voisine. «Bon-papa! Mon pantin… Il était… il était dans ma chambre!

— Et alors? Où voulais-tu qu'il soit?

— Je ne comprends pas.

— Tu as dû le perdre quand tu as été projeté par le souffle de l'explosion. C'est Tom qui l'a retrouvé. Le voyant cassé, il me l'a apporté. Comme ma vue est un peu basse, j'ai prié Marjorie de le retaper un peu dans l'après-midi.»

Arthur serra son pantin contre lui.

« Il ne volera plus jamais, malheureusement, reprit Bon-papa. Mais tu pourras continuer à m'appeler à distance d'ici quelques semaines – le temps que je me fasse la main avec ces nouveaux outils. »

Ils échangèrent un sourire et Bon-papa conclut : « Je crois que nous allons être heureux, ici. »

« *Chocolat chaud !* » appela une voix en bas.

« Je le crois aussi », dit Arthur.

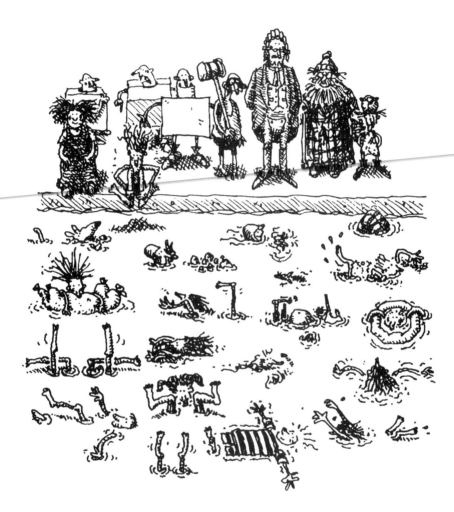

Les ébats des enfants dans le « trou d'Herbert et Bon-papa »

Arthur aidant au pompage des eaux de l'En-dessous

Chapitre 55

MESURE POUR MESURE

Les semaines suivantes trouvèrent Arthur très occupé. Bon-papa jugeait excellent pour son éducation de lui faire mettre la main à la pâte un peu partout, et ce n'était pas l'ouvrage qui manquait. C'est ainsi que, chaque matin, Arthur allait au bateau-laverie et prenait part à la tâche en cours, peu importait laquelle. L'après-midi, auprès de Marjorie, il participait au pompage des eaux de l'En-dessous avec l'équipage, ou donnait un coup de main aux bricoliaux qui réparaient les canalisations. Il adorait voir Tom et Rollmop se joindre aux bricoliaux. Rollmop, toujours vêtu de son carton cabossé, commençait à « parler » le bricoliau – ce qui le rendait à la fois très heureux et très précieux.

Pendant ce temps, Willbury, Herbert et Bon-papa passaient des heures à peaufiner leur plaidoirie en vue d'obtenir des indemnités de Grapnard et sa Guilde. Le jour du jugement, ni l'accusé ni aucun des Affiliés ne s'étant présentés, le tribunal accorda à Herbert et Bon-papa, en dédommagement, l'entière propriété du

Trou Fromager — ce gouffre resté à la place du Castel, unique bien au nom des accusés.

Ce soir-là, après souper, toute la maisonnée de l'ancienne animalerie se rendit en promenade sur les bords du «trou d'Herbert et Bon-papa». Là, une nuée de gamins du quartier s'ébattait dans l'eau joyeusement.

«Il va falloir le clôturer, ce trou, dit Willbury. Imaginez qu'il arrive quelque chose à un enfant!

— Ce serait bien rabat-joie, dit Bon-papa, le front plissé. Si nous chargions plutôt un ou deux ex-pirates de surveiller la baignade? Oui mais... comment les payer? Nous n'avons même pas le premier penny pour vous rembourser notre loyer.

— Pourquoi ne pas réclamer une modique somme pour l'entrée? suggéra Willbury. Notez bien, de toute manière, il faudra clôturer pour éviter les accidents.»

Herbert et Bon-papa trouvèrent l'idée bonne. Ils poursuivirent donc la balade jusqu'à la laverie, où ils furent chaleureusement accueillis.

«Le capitaine est-il dans le coin? demanda Willbury à Mildred, descendue d'un mât pour les saluer.

— Dans sa cabine. Vous connaissez le chemin.»

Ils descendirent, frappèrent à la porte.

«Entrez!» dit une voix familière.

Willbury ouvrit. Tom était là, tricorne de capitaine sur la tête, derrière un océan de facturettes.

«Hé! que fais-tu ici? s'étonna Willbury.

— Ha! fit Tom en riant. C'est moi qui ai été élu capitaine, vendredi. Bon, c'est sympathique, mais il me tarde d'être à vendredi prochain. Ces paperasses, j'en ai horreur. Que puis-je pour vous?»

Willbury exposa l'affaire et il fut décidé que, moyennant un partage des profits, la L.N.R. assurerait la

*Tom était là, tricorne de capitaine sur la tête,
derrière un océan de facturettes.*

présence de maîtres nageurs sauveteurs tous les jours
de six à vingt heures, et qu'elle contribuerait à la pose
d'une clôture autour du bassin. De surcroît, tout surplus d'eau chaude de la laverie serait amené à la piscine
par tuyau.

L'Aqua-Lido Ratipontain devint presque immédiatement la grande attraction de la ville. Du matin au
soir, les enfants y barbotaient, et le soir venu, sauf
en cas de pluie, les élégantes venaient parader sur ses
berges, tandis que les ex-pirates se livraient à des courses
de radeaux. Herbert, féru de natation, initia Arthur aux
quatre nages. Et, lorsque l'eau fut bien réchauffée, on
put voir Bon-papa faire sa trempette presque tous les
jours.

Pendant ce temps, le gros problème des rapetissés restait entier – mais c'est alors qu'il y eut du nouveau.

Une Franciaise arriva à Pont-aux-Rats et se trouva

Les ex-pirates se livraient à des courses de radeaux.

un emploi dans l'un des cafés ultra chics qui avaient poussé comme des champignons autour de l'Aqua-Lido. Elle devint aussitôt la coqueluche des élégantes, car elle venait de Parii.

Toute une semaine, ces dames brûlèrent d'envie d'interroger la Pariisienne, sans jamais oser l'aborder. Ce fut une miss Hawkins qui, n'y tenant plus, en trouva l'audace :

« S'il vous plaît… Pourrais-je vous interroger sur les dernières tendances à Parii ?

— Mais il va de soi. Que savoir voulez-vous ?

— Par exemple, est-il exact que le postérieur hexagonal va faire fureur cette année ? s'enquit miss Hawkins d'un ton de connaisseur.

— Hexago… Quelle horrheurh ! Mais pourhquoi se crhoient les Pontirhataines obligées avoirh un arrhière ÉNORHME ? C'est rhi-di-cule ! »

La pauvre miss Hawkins en laissa choir son mini-bricoliau pour respirer son flacon de sels. Sitôt remise, elle alla droit chez une amie qui tenait la rubrique de mode dans *La Semaine Ratipontaine*. Le vendredi

« Quelle horrheurh ! »

suivant, l'hebdomadaire sortait une édition spéciale comportant deux gros titres : PONT-AUX-RATS ÉCHAPPE À UN NOIR COMPLOT et PETITS POSTÉRIEURS, LA GRANDE MODE !

Le lendemain matin, comme il approchait de la laverie, Arthur eut un choc : le chemin de halage était envahi par les élégantes de la ville. Tant bien que mal, il gagna la passerelle et là, il vit Rollmop et quelques gros bras qui s'efforçaient d'empêcher ces dames – aussi galamment que possible – de prendre d'assaut le bateau. Rollmop repéra Arthur, il le saisit par les aisselles et le hissa à bord. Tom et Marjorie étaient là, soucieux.

« Qu'est-ce qui se passe ? demanda Arthur bien haut, pour se faire entendre par-dessus le brouhaha.

— On n'en sait trop rien, pépia Marjorie, mais c'est en rapport avec ma redimensionneuse. Elles ont entendu dire que nous avions ça, ici.

— Marjorie, par pitié ! appela Rollmop. Venez les raisonner ! Il n'y a plus moyen de les contenir !

— Qu'allez-vous leur dire ? demanda Arthur.

— Je n'en sais fichtre rien ! s'affola Marjorie.

— Si nous recevions l'une d'elles à bord, suggéra Tom, pour découvrir de quoi il retourne ? Sinon, nous risquons l'émeute. »

Ainsi fut fait. Tom donna à Rollmop l'instruction de laisser monter à bord une dame, une seule.

Rollmop repéra Arthur, le saisit par les aisselles et le hissa à bord.

Rollmop s'exécuta. Une élégante fort courroucée, disant s'appeler miss Hawkins, mit le pied sur le pont, et le silence se fit.

«Que puis-je pour vous? s'enquit Marjorie de sa voix aigrelette.

— À ce qu'il paraît, vous avez ici une rapetisseuse comme celle qu'avait Grapnard.

— Euh… oui, bredouilla Marjorie.

— Alors, il faut me rapetisser le postérieur. Un maximum. Et vite!

— Euh… balbutia Marjorie. Vous en êtes sûre?

— Je ne quitterai ce bord que lorsque ce sera fait! Tenez, voici mon bricoliau, vous n'aurez qu'à y mettre tout ce que vous m'enlèverez, ajouta l'élégante, tendant à Marjorie un mini-bricoliau.

— Si vous insistez… dit Marjorie avec un début de sourire. Mais l'opération est payante, aussi.

— Peu m'importe. J'y mettrai le prix. Faites-moi un séant tout petit petit.

— Ce sera dix couronnes par demi-livre retirée, improvisa Marjorie. Plus votre bricoliau, que je garderai. Ça vous va?

« Il faut me rapetisser le postérieur. »

— C'est parfait, déclara miss Hawkins, ouvrant sa bourse. Qui voudrait d'un *grand* bricoliau, de toute manière ?

— Bien ! pépia Marjorie, et elle se tourna vers Tom et Arthur. Vous pourriez installer un rideau pour ces dames et tenir la caisse, s'il vous plaît ? Il nous faut un écran, quelque chose, percé d'un orifice de la taille de l'entonnoir de mon engin. »

Puis elle se tourna vers miss Hawkins. « Je vais préparer ma machine. Pendant ce temps, vous irez vous placer derrière l'écran que nous allons installer et vous vous tiendrez prête. À mon retour, je glisserai l'entonnoir par l'orifice et je vous demanderai de lui présenter l'un de vos fessiers. C'est totalement indolore, je peux vous l'assurer. L'extraction terminée, vous présenterez le second fessier. Après quoi, j'agrandirai le bricoliau. »

Marjorie disparut à l'intérieur du bateau, Tom tendit un rideau avec l'aide des corbeaux, Arthur se fit caissier. Un ex-pirate armé de ciseaux découpa un petit trou rond dans la toile, à la hauteur indiquée. Miss Hawkins, le bec pincé, posa son bricoliau sur le pont et se glissa derrière l'écran.

Tom tendit un rideau avec l'aide des corbeaux.

Marjorie réapparut, traînant sa machine trop grande pour elle. « Tom, dit-elle, tu veux bien demander à l'un de tes matelots d'actionner cette machine pour moi ? Je suis trop petite, hélas. »

Tom trouva un volontaire, qui installa l'engin suivant les instructions de Marjorie.

 AU BONHEUR DES MONSTRES

«Madame, êtes-vous prête ? demanda celle-ci. Veuillez présenter à l'extracteur votre fessier droit !

— Prête ! répondit la voix derrière la toile.

— Extraction ! » ordonna Marjorie à l'ex-pirate.

Il abaissa la manette. Il y eut un éclair bleu, et un filet de fumée monta derrière l'écran. Un petit cri de joie suivit.

«Veuillez présenter votre fessier gauche !

— Prête !

— Extraction ! »

Il y eut un nouvel éclair bleu, un nouveau filet de fumée, un nouveau cri de joie. Peu après, une miss Hawkins rayonnante émergea de derrière l'écran. Les dames sur la passerelle frémirent. L'arrière-train rebondi de la patiente avait laissé place à un séant plat comme une planche.

Sans un au revoir, sans un merci, elle passa devant ses rivales, dandinant son absence de derrière, redescendit à terre et disparut.

*L'arrière-train rebondi de la patiente avait laissé place
à un séant plat comme une planche.*

534

Alors, Marjorie demanda au matelot de braquer le second entonnoir sur le mini-bricoliau, à côté. «Comprends-tu ce que nous faisons là? Es-tu d'accord?» demanda-t-elle à l'intéressé. Il fit oui de la tête avec un sourire épanoui. «Parfait, dit-elle alors. Transfert!» Il y eut un nouvel éclair et le bricoliau grandit de trois bons pouces.

*Il y eut un nouvel éclair et le bricoliau grandit
de trois bons pouces.*

«Ça va?» s'enquit Marjorie.
Il semblait très satisfait.
Et il en fut ainsi tout le jour, les élégantes exigeant toutes de se faire «rétrécir» le séant – y compris un certain nombre qui n'avaient pas de mini-fifrelins. Ce qui permit à Marjorie de rendre leur taille initiale à tous les rapetissés, choutrognes et bricoliaux, sans parler de quelques mini-vaches d'eau douce. À vrai dire, pour ces dernières, l'opération fut délicate, car il fallait les sortir des seaux et les maintenir humides durant l'opération, puis haler par-dessus bord les grosses bêtes ainsi reconstituées afin de les relâcher dans le canal.

Le pont fourmillait de fifrelins de taille normale.

Avant la fin de l'après-midi, la boîte à biscuits tenant lieu de caisse débordait de pièces et de billets, et Arthur dut transférer le tout dans un baril. Le pont fourmillait de fifrelins de taille normale.

Il restait encore, sur le chemin, une petite file d'attente de candidates à la réduction de postérieur, mais plus une seule n'avait de créature miniature.

« Où transférer ce que je retire, maintenant ? s'inquiétait Marjorie. Il nous faut d'autres rétrécis.

— Je cours chercher Fétu chez Willbury, proposa Tom. Et aussi le mini-protégé de Titus.

— Bonne idée ! Et la petite vache d'eau douce qui est devenue mascotte de ce bateau, à propos ?

— Il y a belle lurette qu'elle a été faite, répondit Tom.

— Bon, mais où mettre le surplus en attendant ? dit Marjorie. Vous avez vu ces dames qui piaffent sur le chemin ?

— Vous n'avez pas une petite idée ? la taquina Tom.

— Non.

— Vous ne tenez donc pas à retrouver votre taille normale, Marjorie ?

— Nom d'un petit bonhomme ! Où avais-je la tête ? »

Tom revint une demi-heure plus tard avec Willbury et les autres. Ils retrouvèrent sur le pont une Marjorie

Marjorie alla vers Willbury, tout heureuse.

grandeur nature, auprès de versions grandeur nature de Levi et Piccalilli.

Marjorie alla vers Willbury, tout heureuse, mais le vieil avocat se fit sévère : « Je ne suis pas certain d'approuver ces pratiques, Marjorie.

— Nous n'avions pas le choix, plaida-t-elle de sa voix plus du tout flûtée. Ces dames nous auraient lynchés, je crois, si nous n'avions cédé. Et voyez comme les fifrelins sont heureux ! »

Willbury se radoucit. « Bien, finissons-en. Fretin, amène ici Fétu. Il y a droit, lui aussi. »

Fretin plaça Fétu devant l'écran et Marjorie dit aux matelots d'admettre une nouvelle patiente.

Au cours des minutes qui suivirent, la file d'attente s'épuisa, tandis que Fétu et le mini-choutrogne retrouvaient leur taille initiale.

« C'était le dernier ! triompha Marjorie. Tout le monde a retrouvé sa taille normale !

— Parfait, déclara Willbury. Maintenant, chère amie, voulez-vous bien me passer cet engin une minute ? »

Marjorie, intriguée, lui tendit sa machine. Il la posa sur le pont et recula d'un pas.

« Herbert, pouvez-vous venir ici avec votre escrabugne ?

— Mais… » tenta de protester l'inventrice.

Willbury l'arrêta d'une main. « Non ! Cet engin a causé bien assez d'ennuis comme ça. Je prie instamment Herbert de le mettre hors d'état de nuire, et je vous prie instamment, Marjorie, de ne pas tenter d'en reconstruire un autre. »

Elle s'attrista. « Vous avez sans doute raison…

— *J'ai* raison ! Herbert ? »

Il y eut un *bong !* bien franc – quoique mesuré, par égard pour le pont – et la rapetisseuse-agrandisseuse

Il y eut un bong ! *bien franc.*

ne fut plus qu'un petit tas de ferraille, escrabugné sans recours.

«Merci, Herbert.»

Marjorie contemplait, mélancolique, les vestiges de sa machine, mais Willbury désigna le baril contenant la recette. «Ne vous plaignez donc pas, dit-il. Vous en avez retiré une jolie somme. De quoi inventer quelque chose de plus utile qu'une machine à jouer avec la taille des êtres vivants.

— Et qui fasse moins de dégâts, ajouta Bon-papa, les yeux sur la brume enfumée qui enveloppait la petite ville comme chaque soir. Vous n'avez jamais songé à vous lancer dans la lutte contre la pollution, Marjorie?

— Si, dit-elle, retrouvant le sourire. J'ai un projet de distillation du pétrole qui permettrait de faire tourner un moteur. Ce serait beaucoup plus propre que les machines à vapeur.

— Je pourrai vous aider? demanda Arthur.

— Bien sûr. Je recherche un assistant à l'esprit vif.»

Ce soir-là, ce fut la fête à bord.

Ce soir-là, ce fut la fête à bord. Les corbeaux jouèrent de l'harmonium, on but du chocolat à pleins seaux, tout le monde dansa et, bien sûr, les perdriols reçurent des plaintes pour tapage nocturne, mais ils n'intervinrent pas. Comme la fête tirait à sa fin – à une heure fort raisonnable –, Arthur alla se balader sur le chemin de halage avec ses meilleurs amis, Fretin, Tom et Rollmop. Soudain, dans l'ombre, ils aperçurent Bon-papa et Willbury. Assis sur la berge avec Titus, ils semblaient gesticuler par instants.

« Que font-ils ? s'étonna Arthur.

— Ils jettent des herbes dans l'eau, je crois bien », dit Rollmop.

À leur approche, Willbury mit un doigt sur ses lèvres, indiquant le canal. La grosse vache aquatique était là, avec ses veaux de taille normale, tous occupés à brouter l'herbe que leur jetaient Bon-papa et Willbury.

Longtemps, ils regardèrent les bovins d'eau douce se gorger d'herbe tendre, puis ils les suivirent des yeux lorsque la petite famille s'éloigna au fil de l'eau. Willbury et Arthur aidèrent Bon-papa à se remettre sur pied et tous firent un petit signe d'adieu aux vaches aquatiques.

« Savez-vous ? dit Willbury. J'aime bien Pont-aux-Rats, malgré tous ses travers.

— Elle a ses charmes, à ses heures, n'est-ce pas ? » dit Bon-papa avec un clin d'œil pour Arthur.

TABLE DES MATIÈRES

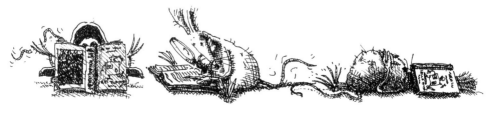